Das Buch

Was wäre, wenn plötzlich der absolut perfekte Mann vor der Tür stünde? Die 38-jährige Apothekerin Theresa Neumann kann ihr Glück kaum fassen, als sich der unglaublich gutaussehende und charmante Raphael von Hohenstein in sie verliebt. Was sie nicht ahnt: Raphael ist eigentlich ein Schutzengel und wurde wegen einer himmlischen Wette auf die Erde geschickt. Theresa kann ein wenig attraktive Ablenkung gut gebrauchen: Das Scheitern ihrer letzten Beziehung nagt noch an ihrem Selbstbewusstsein, ihr Bruder Sebastian nervt sie mit seinem unreifen Verhalten, und dann zieht auch noch ihre Mutter bei ihr ein. Angeblich nur vorübergehend, da der frisch pensionierte Vater meint, das gemeinsame Haus auf den Kopf stellen zu müssen. Zum Glück liest der göttliche Raphael Theresa jeden Wunsch von den Augen ab, auch wenn er dazu manchmal etwas Coaching per SMS aus dem Himmel benötigt. Doch Theresa muss feststellen, dass die Erfüllung aller Wünsche allein nicht glücklich macht. Vor allem nicht, wenn ein ganz normaler Mann mit Ecken und Kanten ihr Herz viel schneller schlagen lässt ...

Die Autorin

Heike Wanner, geboren 1967, arbeitet als Angestellte bei einer Fluggesellschaft und lebt in der Nähe von Frankfurt. Sie ist verheiratet und hat einen Sohn.

Von Heike Wanner sind in unserem Hause bereits erschienen:

Der Tod des Traumprinzen
Frauenzimmer frei

HEIKE WANNER

Für immer und eh nicht

ROMAN

Ullstein

Besuchen Sie uns im Internet:
www.ullstein-taschenbuch.de

Originalausgabe im Ullstein Taschenbuch
1. Auflage Juli 2011
© Ullstein Buchverlage GmbH, Berlin 2011
Umschlaggestaltung und Titelabbildung: © bürosüd° GmbH, München
Satz: LVD GmbH, Berlin
Gesetzt aus der Garamond
Papier: Pamo Super von Arctic Paper Mochenwangen GmbH
Druck und Bindearbeiten: CPI – Ebner & Spiegel, Ulm
Printed in Germany
ISBN 978-3-548-28316-6

Himmlischer Prolog

Jesus trommelte gereizt mit den Fingern auf den Konferenztisch. Es war 8.05 Uhr am Freitagmorgen, und seine Mitarbeiter waren wieder einmal zu spät.

Seit fast zweitausend Jahren fand das himmlische Team-Meeting jeden Freitagmorgen um 8 Uhr statt. Aber noch nie in diesen zweitausend Jahren waren seine Kollegen pünktlich erschienen. Petrus entschuldigte sein verspätetes Erscheinen jedes Mal mit einem Wetterproblem, das kurzfristig irgendwo auf der Welt aufgetaucht war und sein Eingreifen erforderte. Adam und Eva hatten immer mindestens ein krankes Kind in ihrer zahlreichen Nachkommenschaft, das sie zunächst irgendwo unterbringen mussten, bevor sie zur Arbeit erscheinen konnten. Die Jungfrau Maria war zwar schon im Haus, räumte aber vermutlich gerade das Büro ihres Sohnes auf. Und der Erzengel Gabriel schließlich war ein ausgesprochener Morgenmuffel und entschuldigte sich grundsätzlich nie für seine Unpünktlichkeit.

Jesus seufzte und blickte wieder zur Uhr. Da öffnete sich die Tür und Petrus eilte ins Zimmer.

»Entschuldigung«, murmelte er, während er einen dicken Aktenordner auf den Tisch fallen ließ und seinen Laptop aufklappte. »Über dem Äquator in Afrika tobt ein schwerer Gewittersturm, den ich erst einmal umleiten musste.«

Er zog einen Stuhl zu sich heran und setzte sich ächzend

darauf. »Sonst hätten wir Teile des kostbaren Regenwaldes verloren.«

Wieder öffnete sich die Tür, und die Jungfrau Maria trat zusammen mit dem Erzengel Gabriel ins Zimmer. Während der Engel zur Begrüßung nur nickte und sich schweigend auf seinen Platz setzte, musterte Maria ihren Sohn liebevoll. »Guten Morgen, mein Schatz«, sagte sie und störte sich nicht im Geringsten daran, dass alle mithörten. »Du siehst müde aus.«

»Äh – wirklich?«, murmelte Jesus peinlich berührt und war froh, dass in diesem Moment Adam und Eva eintrafen. Wie vermutet hatte das Paar eine schlaflose Nacht wegen eines erkrankten Kindes hinter sich. Die beiden wirkten erschöpft und gereizt.

»Da sitze ich sonst immer«, protestierte Eva, als sich Adam auf den nächstgelegenen freien Stuhl fallen ließ.

»Ich weiß«, antwortete Adam und gähnte herzhaft. »Aber heute tauschen wir mal. Schau, hier ist auch noch frei!« Er deutete auf den Platz rechts neben sich.

Eva schüttelte den Kopf. »Ich will aber da sitzen, wo ich immer sitze!«

»Und ich bin zu müde, um aufzustehen.«

»Du warst schon die ganze Nacht zu müde zum Aufstehen«, bemerkte Eva mit spitzer Stimme. »Ich war diejenige, die das Kind herumgetragen hat, bis es eingeschlafen ist –«

»... nachdem ich es den ganzen Abend lang beschäftigt hatte, während du unbedingt bei der Auswahl der neuen Engelskleidung helfen musstest.«

»Das Einkleiden der Engel geht uns alle an«, giftete Eva zurück.

»Mich nicht. Mir ist es egal, wie sie herumlaufen.«

»Dir ist es ja auch egal, wie du herumläufst«, brummte Eva und warf ihm einen vielsagenden Blick zu.

Adam verdrehte die Augen. »Seit wann erfüllen wir hier oben eine modische Mission?«

Eva ignorierte seine letzte Frage. »Kann ich jetzt auf meinem Stuhl sitzen oder nicht?«

Wortlos rückte Adam einen Platz weiter, und Jesus atmete erleichtert auf. Er hasste Auseinandersetzungen am Morgen, und solch ein Streit gleich zu Beginn der Sitzung wirkte sich immer schlecht auf die Stimmung aus. »Es ist mittlerweile acht Uhr zehn.« Sein strafender Blick traf alle in der Runde. »Lasst uns endlich anfangen! Erster Tagesordnungspunkt: Statistik. Petrus, kannst du uns einen Überblick verschaffen?«

Petrus nickte und schlug seinen Ordner auf. »Wir hatten in der vergangenen Woche weltweit mehr Abgänge durch Todesfälle und Austritte als Zugänge durch Geburten und Taufen. Es waren exakt –«

»... viel zu viele!«, unterbrach ihn der Erzengel Gabriel und legte seine hohe Stirn in sorgenvolle Falten.

»Äh ... wie bitte?« Petrus sah von seinen Akten auf.

»Wir haben schon seit Wochen mehr Abgänge als Zugänge. Das ist nicht gut.«

»Warum nicht?«, wollte Maria wissen.

»Wenn Petrus' Informationen stimmen, sinkt die Zahl der Menschen, um die wir uns kümmern müssen, ständig.«

»Natürlich stimmen meine Zahlen!«

»Das ist besorgniserregend.« Gabriels Miene wurde immer finsterer. »Wir haben jetzt schon Probleme mit Schutzengeln, die nicht vermittelt werden können.«

Adam lachte. »Arbeitslose Schutzengel. Der Witz ist gut!«

»Das ist nicht komisch!«, wies Eva ihn zurecht.

»Das stimmt leider«, bestätigte Gabriel. »Diese Engel sitzen herum, langweilen sich und kommen auf dumme Ideen.«

»O ja!«, bestätigte Eva. »Gestern Abend bei der Kleiderprobe haben sich mehrere Engel ziemlich danebenbenommen.«

»Und wie? Haben sie nicht auf Anhieb die farblich passenden Schuhe zu ihren neuen Gewändern gewählt?«, fragte Adam und grinste spöttisch.

»So etwas erwarte ich bei Männern gar nicht, mein Lieber!« Eva sah ihn verächtlich an.

»Was haben sie dann gemacht?«, wollte Maria wissen.

»Sie haben herumgealbert, nicht richtig zugehört und sind schließlich noch während der Anprobe eingeschlafen!«

»Was für ein Skandal!«, sagte Adam lachend. »Wenn ich stundenlang irgendwelche Klamotten anprobieren müsste, würde ich auch einschlafen.«

»Natürlich. Du schläfst ja auch ein, wenn neben dir ein krankes Kind schreit und –«

»Ich werde mich um das Problem kümmern«, unterbrach Gabriel den Wortwechsel der beiden. »Mir fällt schon etwas für sie ein. Können wir jetzt bitte zur Tagesordnung zurückkehren? Ich habe nicht ewig Zeit.«

Petrus nickte erleichtert und begann, mit monotoner Stimme sein umfangreiches Zahlenmaterial vorzutragen. Gerade, als er bei der aktuellen Zahl der Ehescheidungen in den einzelnen Ländern angelangt war, meldete sich Maria zu Wort. »Das werden ja immer mehr!«

»Wen wundert es?«, fragte Adam mit einem Seitenblick auf seine Frau.

»Ja, genau«, bestätigte Eva höhnisch. »Bei der Einstellung der Männer heutzutage kann keine Beziehung gut gehen!«

»Du meinst also, es liegt an den Männern?«

»Natürlich!«

»Das glaube ich nicht«, warf Maria schüchtern ein.

»Kann ich mir denken«, entgegnete Eva. »Aber du vermagst das auch nicht richtig zu beurteilen.«

»Warum nicht?«

Eva seufzte. »Du bist so eine Art Sonderfall.«

»Ich bin sehr glücklich.«

»Mit dem richtigen Mann wäre ich das auch.«

Adam schüttelte den Kopf. »Du wärst mit keinem Mann zufrieden.«

»Sollen wir wetten?«

Maria sprang auf. »Ihr wollt doch hoffentlich keinen Ehebruch begehen!«

»Natürlich nicht«, beruhigte Adam sie. »Das hätte wenig Aussicht auf Erfolg. Den perfekten Mann für eine Frau gibt es nämlich nicht.«

»Und wenn doch?« Eva erhob sich ebenfalls und stemmte angriffslustig ihre Hände in die Seiten. »Ich werde dir beweisen, dass eine Frau mit einem Mann glücklich sein kann, wenn er nur die richtigen Eigenschaften hat.«

»Und wie willst du das anstellen?«

»Tja ...« Eva wirkte plötzlich ratlos und blickte hilfesuchend in die Runde. Als ihr Blick auf Gabriel fiel, hellte sich ihr Gesicht schlagartig auf. »Wir nehmen einfach einen arbeitslosen Schutzengel, formen ihn zum Traummann um und schicken ihn auf die Erde zu einer alleinstehenden Frau.«

»Auf keinen Fall!«, widersprach Gabriel entsetzt. »Für so etwas lasse ich meine Engel nicht missbrauchen.«

»Es trifft doch nur einen«, beschwichtigte Eva ihn. »Und er wird bestimmt nicht leiden.«

»Kommt auf die Frau an«, murmelte Adam.

»Ich weiß nicht recht.« Gabriel blieb skeptisch. »Dazu müssten wir erst einmal einen Engel zu einem Menschen umwandeln und ihm eine Identität verschaffen.«

Eva schüttelte ungeduldig den Kopf. »Das ist kein großes Problem, oder? Schließlich haben wir das in der Vergangenheit schon öfter gemacht. Ich erinnere euch nur an Hildegard von Bingen oder Mutter Teresa.«

»Das war ja wohl etwas ganz anderes«, brummte Gabriel.

»Aber es beweist, dass es technisch möglich ist.«

»Hm.« Jesus beugte sich interessiert vor. »Diese Idee könnte mir gefallen. Wir veranstalten eine Art Wette. Das wäre eine nette Abwechslung zu den trockenen Themen, um die wir uns hier sonst kümmern müssen.«

»Richtig!« Ermuntert durch den Zuspruch ergriff Eva wieder das Wort. »Außerdem kann man den Plan leicht umsetzen. Wir brauchen für die Wette nur einen Engel und einen weiblichen Single, vorzugsweise eine junge Frau, die relativ klare Vorstellungen von ihrem Traummann hat.«

»Und dann?«, wollte Gabriel wissen.

»Dann statten wir den Engel mit allen Eigenschaften aus, die sich die Versuchsperson bei einem Mann erträumt.«

»Und damit erschaffen wir sozusagen einen himmlischen Supermann.« Adam hatte augenscheinlich Mühe, sein Grinsen zu verbergen.

Gabriel hingegen wirkte alles andere als belustigt. »Mir gefällt das nicht.«

»Das wundert mich nicht.« Eva seufzte. »Vielleicht sollten wir uns ein praktisches Beispiel suchen. Petrus, könntest du uns bitte live in den Traum eines durchschnittlichen Singles einblenden?«

Petrus warf einen zögernden Blick in Richtung seines Chefs. Als dieser zustimmend nickte, griff er zu seinem Laptop und tippte einige Daten ein. Nach einigen Sekunden bekam er offenbar eine Antwort, denn er räusperte sich und begann zu erklären:

»Den besten Empfang habe ich bei einer Frau aus Deutschland. Ihr Traum ist relativ klar und deutlich zu sehen. Das liegt vermutlich daran, dass sie uns gerade sehr nahe ist.«

»Na, so etwas! Ist sie etwa Astronautin?« Adam lachte.

»Nein. Aber sie sitzt in zwölf Kilometer Höhe im Flugzeug. Ihr Name ist Theresa Neumann. Sie ist achtunddreißig Jahre alt, ledig und von Beruf Apothekerin. Hier ist sie.« Petrus drehte seinen Laptop so, dass seine Kollegen die Frau auf dem Bildschirm sehen konnten.

Sie hockte schlafend in einem Flugzeugsessel. Ihre kurzen braunen Haare waren stark gelockt und standen etwas verwuschelt vom Kopf ab. Das runde Gesicht war voller Sommersprossen. Durch den Schlaf war ihr Unterkiefer leicht nach unten gerutscht, so dass sich die Lippen geöffnet hatten.

»Niedlich!« Adam pfiff anerkennend. »Besonders der Mund.«

Eva warf ihm einen bösen Blick zu.

»Warum schläft sie noch?«, fragte Gabriel.

»Sie fliegt schon seit zehn Stunden und ist erst vor Kurzem eingeschlafen.«

»Wohin reist sie?«

»Nach Kapstadt. Sie hat eine Woche Urlaub und will ihre Freundin besuchen.«

»Und gerade jetzt träumt sie tatsächlich von einem Mann?«, fragte Maria neugierig.

Petrus nickte. »Sie stellt sich eigentlich immer den gleichen Typ Mann vor: groß, sportlich, braungebrannt, schwarze Haare und blaue Augen. In ihren Träumen ist er adelig, besitzt ein Schloss und einen Stall voller Rassepferde –«

»Pferde?«, unterbrach ihn Adam. »Reitet sie gern?«

»Nein. Sie kann nicht reiten, aber sie liebt Träume, in denen Pferde vorkommen.«

Adam grinste vieldeutig.

»Nun ja, Männer, die mit Pferden umgehen können, wirken auf Frauen sehr anziehend«, bemerkte Eva. »Ich kann sie gut verstehen.«

»Das hatte ich befürchtet.« Adams freches Grinsen wurde breiter.

Petrus zog den Laptop näher zu sich heran, drückte ein paar Tasten und drehte ihn dann wieder um. »Hier – sie träumt gerade von einem Ausritt bei Sonnenuntergang!«

Auf dem Bildschirm galoppierten zwei Reiter in die untergehende Sonne: Ein dunkelhaariger Mann mit fein geschnittenem Gesicht streckte die Hand nach seiner Partnerin aus, die ihm lachend folgte. In der Ferne tauchten die Umrisse eines Schlosses auf.

»Von so etwas träumen Frauen?« Gabriel schüttelte den Kopf.

»Warum nicht?«, fragte Eva. »Im Traum ist alles erlaubt.«

»Offensichtlich«, bestätigte Adam und deutete auf den Bildschirm, wo das Paar inzwischen von den Pferden gerutscht war und sich auf einer Blumenwiese wälzte.

Petrus klappte hastig den Bildschirm zu. »Das wäre jetzt ein bisschen zu indiskret«, murmelte er.

»Wohl wahr.« Jesus lehnte sich in seinem Stuhl zurück.

»Diese Frau ist perfekt«, stellte Eva fest. »Es würde keine drei Wochen dauern, bis sie mit unserem Engel glücklich ist – auf ewig glücklich, da bin ich mir ganz sicher.«

Adam schüttelte den Kopf. »Auf immer und ewig klappt nicht. Es wird nicht einmal eine Woche gutgehen. Ich wette dagegen.«

»Du wirst verlieren. Unser Engel ist ihr absoluter Traummann.«

»Was passiert nach Ende der Wette?«, wollte Maria wissen. »Eine Beziehung besteht aus mehr als ein paar ersten Wochen.«

Adam nickte vielsagend. »Auch wir waren im Paradies, bis die Schlange kam.«

»Jetzt fang nicht schon wieder mit der Schlange an«, brummelte Eva.

»Marias Einwand ist gerechtfertigt«, sagte Gabriel. »Was machen wir mit dem Engel, wenn sich die Frau tatsächlich ernsthaft verliebt?«

»Oder nach den drei Wochen feststellt, dass es doch nicht für immer ist?«, ergänzte Adam.

»Wo ist das Problem?«, entgegnete Eva. »Für den absolut unwahrscheinlichen Fall, dass ich die Wette verliere, kommt der Engel einfach zurück in den Himmel. Andernfalls bleibt er bei der Frau, heiratet sie und führt ein irdisches Leben mit ihr.«

»Das sind ja tolle Aussichten!«, stichelte Adam. »Das verraten wir aber erst, wenn es sich nicht mehr vermeiden lässt. Sonst finden wir keinen Freiwilligen.«

Seine Frau warf ihm einen bösen Blick zu. »Über die Zukunft des Engels können wir immer noch entscheiden, wenn es so weit ist.«

»Also gut!« Jesus klopfte mit der Faust auf den Tisch und beendete damit die Diskussion. »Ich werde eurer Wette eine Chance geben. Eva, du hast drei Wochen Zeit, diese Frau auf dem Pferd ... wie heißt sie noch?«

»Theresa Neumann«, half ihm seine Mutter.

»Ja, genau. Du hast drei Wochen Zeit, um diese Theresa Neumann mit einem Schutzengel sehr glücklich zu machen.«

»Kein Problem.« Eva war sich ihrer Sache sehr sicher.

»Das klappt niemals«, widersprach Adam.

Auch Gabriel schüttelte den Kopf.

»Ich bin auf Evas Seite«, bemerkte Maria und zwinkerte Eva zu. »Wir Frauen müssen schließlich zusammenhalten und an die große Liebe glauben!«

»Und was ist mit dir?« Jesus wandte sich an Petrus.

Der Angesprochene fuhr erschrocken aus seinen Akten hoch. »Was ist mit mir?«, fragte er verwirrt.

»Glaubst du, dass es den perfekten Mann für eine Frau gibt, oder nicht?«

»Ich weiß nicht.« Petrus kratzte sich nachdenklich die Stirn. »Ich habe von solchen Sachen keine Ahnung. Kann ich nicht neutral bleiben?«

»Du wirst die Projektgruppe leiten. Da kann es ganz nützlich sein, wenn du keine eigene Meinung hast.«

»Wir gründen eine Projektgruppe?« Maria war begeistert.

»Fein«, brummte Gabriel missgestimmt.

»Fein!«, wiederholte Eva wesentlich fröhlicher.

»Ihr beobachtet das Geschehen auf der Erde sehr genau und dürft notfalls eingreifen. Einmal pro Woche trefft ihr euch und stimmt das weitere Vorgehen ab. Ich hätte gern nach jeder Zusammenkunft einen kurzen schriftlichen Zwischenstand auf meinem Schreibtisch«, fuhr Jesus fort. »Nach drei Wochen werde ich entscheiden, wer die Wette gewonnen hat.«

»Wie aufregend!« Maria freute sich. »Ich war noch nie Teil einer Projektgruppe.«

»Wann soll das Ganze starten?«, fragte Gabriel. »Ich muss noch den passenden Engel auswählen.«

»Am besten heute«, schlug Eva vor. »Wir können gleich im Anschluss an diese Sitzung ein Kick-off-Meeting machen!«

»Ein Kick-off-Meeting«, wiederholte Maria begeistert. »Das klingt so professionell!«

»Wir haben nicht mehr viel Zeit.« Gabriel deutete auf den Computer. »Die Frau landet bald.«

Petrus klappte den Laptop vorsichtig wieder auf. Erleichtert registrierte er, dass die Träume der Frau inzwischen in eine andere Richtung gingen. Auf dem Bildschirm war ein riesiges Stück Marmorkuchen zu sehen.

»Sie hat Hunger«, stellte Maria fest.
»Ich auch«, sagte Jesus und schielte auf die Uhr. »Lasst uns rasch weitermachen!«

Woche I

»Management by men:
Sie haben keine Ahnung,
aber sie fangen schon mal an.
Management by women:
Sie haben auch keine Ahnung,
aber sie reden darüber.«
(Verfasser unbekannt)

Projekt: Engel für Single (EfüSi) / Protokoll des Meetings vom 07. Mai

Teilnehmer: Petrus (Projektleiter)
Gabriel (stellv. Projektleiter)
Maria
Adam
Eva (Protokollführerin)

TOP 1: Projektname
Die Teilnehmer einigen sich nach längerer Diskussion auf die Abkürzung EfüSi (Engel für Single).

TOP 2: Versuchsengel (im Folgenden VE genannt)
Zunächst wird ein geeigneter VE bestimmt. Die Wahl fällt auf den Engel Nr. 946, der schon seit Jahrhunderten im Dienst steht, mo-

mentan aber beschäftigungslos ist. Er verfügt nach Meinung des stellvertretenden Projektleiters über die nötige Reife und über große Erfahrung im Umgang mit Menschen.

Die äußerliche Verwandlung wird problemlos gelingen.

Da der VE gemäß der Vorgaben aus den Träumen ein deutscher Graf sein soll, der ein Schloss und einen Reitstall besitzt, ermittelt der Projektleiter online ein entsprechendes Objekt: Schloss Silberstein im Rheingau steht zum Verkauf. Die Abwicklung des Kaufes wird ungefähr eine Woche in Anspruch nehmen, so dass der VE nach seiner Rückkehr aus dem Urlaub über das Schloss verfügen kann.

Um die weitere Ausstattung des VE (Geld, Kreditkarte, erste Bekleidung, Handy etc.) kümmert sich die Protokollführerin. Die Kommunikation zwischen Projektgruppe und VE soll per SMS gesteuert werden.

Zu diesem Zweck erhalten der stellvertretende Projektleiter und die Protokollführerin je ein Telefon. Um den VE nicht mit unnötigen Anweisungen zu verwirren, dürfen nur diese beiden Teammitglieder dem VE Textnachrichten senden.

TOP 3: Versuchsperson (im Folgenden VP genannt)
Bei der VP handelt es sich um die achtunddreißigjährige Apothekerin Theresa Neumann aus Wiesbaden. Ihre letzte langjährige Beziehung ging vor elf Monaten kurz vor der Hochzeit in die Brüche. Seitdem lebt die VP allein.

TOP 4: Erster Kontakt zwischen VE und VP
Der VE wird nach Kapstadt geschickt, wo die VP eine Woche Urlaub machen wird. Auf Vorschlag der weiblichen Projektteilneh-

mer soll der erste Kontakt möglichst romantisch erfolgen. Der VE verspricht, situationsgerecht zu handeln.

Die Protokollführerin wird sich um die organisatorischen Einzelheiten der Reise kümmern.

TOP 5: Verschiedenes
Auf ausdrücklichen Wunsch des stellvertretenden Projektleiters wird ins Protokoll aufgenommen, dass er

- den Namen EfüSi albern findet,
- alle beschlossenen Maßnahmen für überflüssig und illegal hält,
- sich aber der Stimmenmehrheit beugt.

TOP 6: Termine
Nächstes Treffen am Freitag, 14. Mai, um 9 Uhr.

I

»Meine Damen und Herren, hier spricht Ihr Kapitän.«
Die schnarrende Stimme über das Bordmikrofon riss mich aus dem Schlaf. Müde streckte ich die Beine aus, so gut es in dem engen Sitz ging.

»Wir werden in Kürze unsere Reiseflughöhe verlassen und in den Anflug auf Kapstadt International Airport gehen. Das Wetter dort ist sonnig: Es sind jetzt am Morgen acht Grad bei strahlend blauem Himmel und leichtem Nordwind. Wir werden über das Meer anfliegen, was Ihnen die Chance bietet, einen schönen Blick auf das Kap oder die Stadt zu bekommen. Die voraussichtliche Ankunftszeit ist zehn Uhr fünfundzwanzig – also genau in dreißig Minuten. Ich hoffe, Sie haben sich bei uns an Bord wohl gefühlt ...«

Mein verschlafener Blick fiel auf das Fernsehgerät über dem Gang, auf dem unsere Flugroute sowie einige Daten zu Flughöhe, Flugdauer, Außentemperatur und Uhrzeit am Zielort zu lesen waren.

Schlagartig fiel die Müdigkeit von mir ab, und ich begann zu rechnen. Wir befanden uns in diesem Moment auf einer Höhe von 41 000 Fuß, was ziemlich genau 12 496 Metern entsprach. Wenn wir in 30 Minuten landen würden, mussten wir in jeder Minute 416,5 Meter sinken. Das entsprach einem Höhenverlust von knapp sieben Metern pro Sekunde.

Obwohl ich jede mathematische Fragestellung liebte und

eine große Schwäche für das Kopfrechnen hatte, war ich mir in diesem Moment nicht sicher, ob mich das Ergebnis meiner Rechnung nicht eher beunruhigen sollte. Sieben Meter pro Sekunde waren verdammt viel. War das normal?

Ich blickte mich in der Kabine um. Die Flugbegleiter, die jetzt durch die Reihen gingen und die Frühstückstabletts abräumten, wirkten so freundlich und gelassen wie immer. Vermutlich war meine Sorge unbegründet. Ich schüttelte über mich selbst den Kopf. Ich sollte es wirklich unterlassen, ständig nachzurechnen, sobald ich mehr als zwei Zahlen vor mir sah!

»Guten Morgen«, begrüßte mich die blonde Stewardess, die auf meiner Seite für den Service zuständig war. »Jetzt haben Sie leider das Frühstück verpasst.«

»Macht nichts«, log ich, obwohl ich auf einmal furchtbaren Hunger verspürte. »Ich werde am Flughafen frühstücken.« Mein Magen knurrte, aber die Fluggeräusche übertönten das Brummeln.

»Darf ich Ihnen noch etwas zu trinken bringen?«

»Ja, ein Wasser bitte!«, sagte ich und lehnte mich in den Sitz zurück. Um nicht wieder auf die Zahlen auf dem Bildschirm starren zu müssen, schloss ich die Augen und versuchte mich an meinen Traum zu erinnern.

Marmorkuchen.

Seltsam. Eigentlich mochte ich Kuchen gar nicht so gern. Das musste wohl am Hunger liegen. Aber war da nicht noch etwas anderes gewesen?

Ja, genau, mein Lieblingstraum!

Der Traum von dem Mann, der mit mir in den Sonnenuntergang galoppierte. Ein Mann, der verdammt gut aussah. Ein Mann, der nicht nur äußerlich, sondern auch innerlich überzeugte. Ein Mann, der verständnisvoll, sensibel, großherzig und treu war. Ein Mann, der nur in meinen Träumen existierte ...

Die Wirklichkeit sah leider ganz anders aus.

Die Wirklichkeit hieß Lukas und war vier Jahre lang mein Freund gewesen, davon ein Jahr sogar mein Verlobter. Am Ende hatte er sich als treuloser Idiot entpuppt. Es war jetzt elf Monate her, als ich ihn mit einer langhaarigen Blondine im Bett entdeckt hatte. Nach diesem Erlebnis hatte ich mir geschworen, so schnell keine neue Bindung mehr einzugehen, selbst wenn der perfekte Mann vorbeikäme.

Außerdem: Wo gab es den schon?

Bestimmt nicht hier im Flugzeug, und vermutlich auch nicht in Südafrika. Momentan war ich mir nicht einmal sicher, ob es ihn überhaupt irgendwo auf der Welt gab.

Rechts von mir regte sich etwas, und ich öffnete die Augen langsam wieder. Meine Sitznachbarn wachten auf, zwei russische Geschäftsleute, die den ganzen Abend versucht hatten, mit mir ins Gespräch zu kommen. Ihr weniges Deutsch bestand hauptsächlich aus der Frage nach meiner Telefonnummer und der Behauptung, dass sie sich irrsinnig in mich verliebt hätten.

Nachdem ich ihnen endlich klarmachen konnte, dass es mit uns niemals etwas geben werde, hatten sie achselzuckend zwei weitere Gläser Wodka bestellt und waren danach eingeschlafen.

»Hallo Zuckerpuppe!«, begrüßte mich einer der beiden jetzt. Er saß am Gang und hatte sich gestern als Sergej vorgestellt.

»Dobroje utro!«, nuschelte der andere, der Wladimir hieß. Ich nickte ihnen zu.

»Kapstadt?«, fragte Sergej und zeigte aus dem Fenster. Ich nickte erneut.

»Ich Moskau.« Er deutete auf sich selbst und hob dann den Finger fragend in meine Richtung.

»Klein-Adelholzried«, antwortete ich nicht ganz wahrheitsgemäß. Es war der komplizierteste Ortsname, der mir einfiel. Sie würden ihn garantiert nicht behalten.

Wladimir lachte. »Wo liegt?«

»In Mecklenburg-Vorpommern.« Das stimmte zwar auch nicht, war aber ebenso schwierig zu merken wie Klein-Adelholzried.

»Kriege ich Telefonnummer?«, erkundigte sich Sergej.

»Nein.«

»Und ich? Kriege ich Nummer?«, fragte Wladimir.

»Nein.«

»Ich dich lieben trotzdem«, versicherte Sergej.

»Ich liebe dich auch«, echote Wladimir.

»Schön. Ich liebe euch leider immer noch nicht.«

»Okay.« Wladimir seufzte und lächelte bedauernd. Sergej zuckte nur mit den Schultern und gähnte.

Ich schmunzelte. Eigentlich waren die beiden ganz amüsant. Zumindest konnten sie ihre Absichten mit einer eindeutigen Aussage artikulieren und akzeptierten ein »Nein« widerspruchslos. Lukas und ich hatten für den gleichen Prozess vier lange Jahre gebraucht.

»Hier ist Ihr Mineralwasser!« Die Flugbegleiterin reichte mir eine kleine Flasche.

»Danke.« Ich öffnete das Getränk und schaute aus dem Fenster. Die Aussicht war atemberaubend schön. Schlagartig vergaß ich sowohl meine Sitznachbarn als auch die Bedenken wegen der sieben Meter Sinkflug pro Sekunde. Ich war gefangen vom Anblick der eindrucksvollen Landschaft, die sich unter mir ausbreitete.

Zuerst flogen wir über die Berge. Schroff und karg ragten sie in den blauen Himmel. Hier und da war sogar ein bisschen Schnee zu sehen. Nach einiger Zeit änderte sich das Bild. Die Berge öffneten sich zu weiten, grünen Tälern. Überall erkannte ich kleine Orte, und dazwischen buntgefleckte Felder.

Langsam ließen sich Straßen und einzelne Häuser ausmachen. Die Besiedelung wurde dichter.

Das Flugzeug fuhr die Landeklappen aus und sackte noch ein Stück tiefer. Am Horizont glitzerte das Meer, und ein paar Minuten später überflogen wir lange, einsame Strände, über die breite Wellen schäumend hinwegrollten.

»Meine Damen und Herren, hier spricht noch einmal Ihr Kapitän. Wir werden in wenigen Minuten eine Rechtskurve machen und dann in den direkten Landeanflug auf Capetown International Airport gehen. Auf der linken Seite haben Sie eine wunderschöne Sicht auf das Kap der guten Hoffnung ...«

Der Pilot gab noch einige weitere Informationen durch, bevor das Flugzeug tatsächlich nach rechts drehte. Vor mir tauchte eine schmale Halbinsel auf. Das türkisfarbene Meer schlug an die schroffe Felsenküste. Das also war das berühmte Kap der guten Hoffnung. Unglaublich, dass ich mich tatsächlich hier befand!

Gut gelaunt drückte ich meine Nase gegen das Flugzeugfenster und atmete tief durch. Ich hatte allen Grund dazu, fröhlich und entspannt zu sein.

Ich würde gleich meine beste Freundin Hanna wiedersehen, die vor einem Jahr aus beruflichen Gründen zusammen mit ihrer Familie nach Südafrika gegangen war. Nach zwei Jahren ohne Auszeit war die kommende Woche außerdem der erste richtige Urlaub, den ich mir gönnte. Endlich konnte ich mich wieder einmal erholen – sowohl von der vielen Arbeit, die die Übernahme der Apotheke mit sich gebracht hatte, als auch von der Sache mit Lukas.

Mit einem lauten Poltern fuhr das Fahrwerk aus. Wenige Sekunden später setzte das Flugzeug auf der Landebahn auf und hielt an einer Parkposition. Beim Aussteigen herrschte das übliche Gedränge in den Gängen, aber schließlich fand ich eine Lücke zwischen den Wartenden und verabschiedete mich von der netten Flugbegleiterin. Dann ging ich langsam die Stufen der Flugzeugtreppe hinab. Meine Ferien hatten begonnen!

Zwanzig Minuten später hatte ich die Einreiseformalitäten hinter mich gebracht, stand am Gepäckband und rieb mir müde die Augen. Jetzt machte sich der wenige Schlaf bemerkbar. Um mich herum herrschte das übliche Chaos aus wartenden Menschen, Gepäckwagen und Reisetaschen.

Aber ich hatte Glück: Meine beiden Koffer kamen bereits nach wenigen Minuten. Sergej und Wladimir halfen mir, das Gepäck auf einen Wagen zu stellen. Dankbar lächelte ich sie an.

»Kriege ich jetzt Telefonnummer?«, fragte Wladimir hoffnungsvoll.

»Nein.«

»Trotzdem wir dich lieben«, bekräftigte Sergej feierlich.

»Ich liebe euch auch. Zumindest auf eine platonische, dankbare Weise!« Zum Abschied winkte ich ihnen zu und schob den Gepäckwagen Richtung Ausgang.

Die große Tür zum Empfangsbereich des Flughafens öffnete sich automatisch, und ich spähte neugierig in die Halle. Vor mir standen an die hundert Menschen, die mit erwartungsvollen Gesichtern in meine Richtung starrten. Einige hielten Schilder in die Höhe, auf denen ein Name und eine Flugnummer zu lesen waren. Andere umklammerten einen Blumenstrauß, trugen ein Kind auf dem Arm oder traten ungeduldig von einem Bein auf das andere. Im Hintergrund entdeckte ich eine Gruppe schwarzer Frauen in farbenprächtigen Gewändern, die leise vor sich hin sangen. Unablässig tönten Lautsprecheransagen durch das Gebäude.

Ich schob mich in die Menge hinein und wurde sogleich von zwei Armen umfangen.

»Endlich!«, rief eine mir wohlbekannte Stimme.

»Hanna!« Ich drückte meine Freundin an mich.

»Willkommen in Kapstadt!« Sie strahlte mich aus ihren grauen Augen glücklich an.

»Lass dich ansehen!« Ich schob sie ein wenig von mir fort und betrachtete sie gründlich. »Du hast dich nicht verändert. Nur brauner bist du geworden.« Die Farbe stand ihr gut, denn bislang hatte sie mit ihren rotblonden Haaren immer etwas blass gewirkt.

»Ja, brauner. Und leider auch älter.« Sie lachte. »Du siehst aber mindestens genauso gut aus.«

»Und mindestens genauso alt.« Ich grinste zurück.

»Hattest du einen angenehmen Flug?«

»Eigentlich nicht. Über dem Äquator hat es ziemlich gewackelt. Wir mussten einen Gewittersturm umfliegen.«

»Wie lästig!« Hanna ergriff den Gepäckwagen und lotste uns durch die Menge.

»Ist deine Familie schon unterwegs?«

»Ja. Wir haben sturmfreie Bude.«

Hannas Töchter waren für zehn Tage auf einem Schulausflug, und ihr Mann Peter hatte kurzfristig zu einem längeren Kongress nach Washington fliegen müssen. Er war Arzt und arbeitete bei einer internationalen Hilfsorganisation.

»Schöne Aussichten.« Es gefiel mir, meine beste Freundin ganz für mich allein zu haben. »Aber eigentlich auch schade, dass ich sie nicht sehen werde.«

»Habe ich dir nicht gleich gesagt, dass eine Woche Ferien viel zu kurz sind?«

»Länger als eine Woche kann ich aber meine Apotheke nicht allein lassen, wenigstens jetzt noch nicht.«

»Aber sie läuft doch gut, oder? Du hast Angestellte, die –«

»Hanna!« Ich warf einen theatralischen Blick zur Decke. »Diese Diskussion können wir uns sparen, weil wir sie schon hundert Mal am Telefon geführt haben.«

Sie lachte. »Okay, ich weiß. Du bist die Chefin, und eine

Chefin muss gerade zu Beginn eines neuen Geschäftes immer präsent sein.«

»Das hast du schön gesagt.«

»Ich habe es von dir. Du hast es mir in den letzten Wochen mindestens hundert Mal erklärt.«

»Und endlich hast du es begriffen!« Gut gelaunt hakte ich mich bei ihr unter. Hanna lenkte den Wagen zu einem kleinen, wenig besetzten Café am Rande der Empfangshalle. Hier roch es nach verbranntem Toast und Zwiebeln.

»So, da sind wir.« Sie stellte den Gepäckwagen neben einem Tisch ab und winkte einer Bedienung. »Setz dich doch und bestelle dir etwas zu trinken. Mir kannst du einen Tee bringen lassen.«

»Aber warum fahren wir nicht zu dir nach Hause?«

»Ich muss noch jemanden abholen«, erklärte sie.

»Erwartest du Gäste?« Hanna vermietete zwei kleine Häuser in ihrem Garten an Touristen.

»Ja.« Sie nickte. »Ich hatte vor einer halben Stunde einen etwas seltsamen Anruf von einer Frau, die sich Eva nannte. Sie hat eines der Gartenhäuser für einen gewissen Raphael von Hohenberg gebucht. Ich vermute, sie ist seine Sekretärin. Allerdings konnte sie mir nicht sagen, mit welchem Flieger er anreisen wird. Ich weiß nur, dass er jeden Moment landen muss.«

»Hm.« Etwas enttäuscht ließ ich mich auf einen Stuhl sinken. Eines der beiden nebeneinanderliegenden Gästehäuser war mir versprochen worden. In das andere würde nun also ein Fremder einziehen. Ich hatte mich auf die Ruhe und die Abgeschiedenheit gefreut und musste sie jetzt mit einem Unbekannten teilen.

Aber ich wollte nicht undankbar erscheinen. Hanna konnte das Geld sicherlich gut gebrauchen, und ich würde mich von meinem neuen Nachbarn einfach nicht stören lassen. Also lächelte ich meiner Freundin aufmunternd zu. »Viel Glück beim Suchen!«

»Danke! Und pass ein bisschen auf deine Sachen auf. Hier sind Taschendiebe unterwegs.« Mit diesen Worten verschwand Hanna wieder in Richtung der großen Schiebetür.

Ich nahm die Speisekarte, studierte das Angebot und bestellte ein Käse-Sandwich und zwei Tassen Tee. Dann holte ich einen kleinen Taschenspiegel aus dem Rucksack und betrachtete prüfend mein Gesicht. Für jemanden, der in der Nacht nur knapp zwei Stunden geschlafen hatte, sah ich ganz passabel aus. Meine Augen glänzten so grün und lebhaft wie immer. Ich fuhr mir mit den Händen durch die braunen Locken und nickte zufrieden.

Plötzlich hörte ich hinter mir ein lautes Räuspern. Vor Schreck fuhr ich zusammen und ließ fast den Spiegel fallen. Ich konnte ihn gerade noch halten und umklammerte ihn mit beiden Händen. Ungläubig starrte ich auf das Spiegelbild, das in diesem Moment eingefangen wurde: Es zeigte das fein geschnittene Gesicht eines Mannes mit dunklen Haaren und hellblauen Augen, die mich neugierig beobachteten. Seine sanft geschwungenen Lippen verzogen sich zu einem hinreißenden Lächeln. Langsam ließ ich den Spiegel sinken und drehte mich um.

Er stand dicht an meinem Stuhl. »Guten Tag!« Seine Stimme hatte einen angenehm tiefen Klang.

»Was? Äh ... ja ... hallo!«, stammelte ich und betrachtete ihn von oben bis unten. Er trug Jeans, Turnschuhe und ein helles Sweatshirt, das seine braungebrannte Haut betonte. In der einen Hand hielt er eine große Reisetasche aus schwarzem Leder, die er jetzt zu meinen Koffern auf den Gepäckwagen stellte. In der anderen Hand hatte er eine zusammengebundene Rolle mit Zeitschriften, die er ebenfalls auf meinen Koffern ablegte.

»Was tun Sie da?«, fragte ich. Mir fiel Hannas Warnung vor Taschendieben ein. Ob ich tatsächlich gleich zu Beginn meiner Ferien überfallen wurde? Doch seit wann brachten Diebe ihr eigenes Gepäck mit? Und überhaupt: Der Mann hinter meinem Stuhl sah nicht wie ein Krimineller aus. Dazu war seine Kleidung zu gepflegt und sein freundlicher Blick zu offen.

»Was ich mache? Ich stelle meine Tasche ab.«

Ich wusste immer noch nicht, wie ich reagieren sollte, und blickte mich hilfesuchend um. Wo blieb Hanna? Aber statt meiner Freundin kam jetzt die Kellnerin an unseren Tisch und brachte den Tee und das Sandwich.

Der Mann trat einen Schritt vor und setzte sich zu mir.

»Haben Sie geahnt, dass ich kommen werde?«, fragte er verblüfft und deutete auf die zweite Tasse, die eigentlich für Hanna bestimmt war.

»Wie bitte?« Ich verstand kein Wort.

Er runzelte nachdenklich die Stirn und schüttelte dann den Kopf. »Ach, schon gut. Das können wir später noch besprechen.«

»Später?«, wiederholte ich alarmiert. Wie lange wollte er denn bleiben?

Er grinste fröhlich. »Wir werden noch genügend Zeit miteinander verbringen.«

»Ach, wirklich?«

»Ja, ich denke schon.«

»Hören Sie mal ...«, begann ich, als er Hannas Tee zu sich heranzog und Zucker in die Tasse schüttete. »Es sind noch viele andere Tische frei.«

»Ich weiß. Hier gefällt es mir aber am besten.« Wieder lächelte er, und auf seinen Wangen erschienen kleine Grübchen.

»Warum?«

»Erstens sind Sie eine bezaubernde junge Dame.«

»Was Sie nicht sagen!« Er hatte wohl noch nicht viele andere Frauen kennengelernt.

Der Mann überging meine Bemerkung. »Und zweitens sprechen Sie Deutsch, genau wie ich. Das erleichtert die Konversation.«

»Ich möchte mich eigentlich gar nicht unterhalten.« Er war mir immer noch unheimlich. Wie gut, dass um uns herum so viele Menschen standen!

»Wie Sie wollen.« Er wirkte kein bisschen beleidigt.

Ich beschloss, ihn vorerst zu ignorieren und biss in das Sandwich. Dann vertrieb ich mir die Zeit, indem ich die Preise auf der Speisekarte auswendig lernte. Allerdings wanderte mein Blick immer wieder nervös zu meinem Nachbarn. Im Gegensatz zu mir wirkte er vollkommen ruhig und entspannt. Er trank seinen Tee in kleinen Schlucken und hielt die Tasse in beiden Händen, während er interessiert die Menschen in der Halle beobachtete. Für jemanden, der vermutlich gerade einen Langstrecken-Flug hinter sich gebracht hatte, wirkte er erstaunlich munter.

»Sind Sie auch vorhin erst gelandet?«, platzte ich heraus und ärgerte mich im nächsten Moment über mich selbst. Auf diese Weise würde ich ihn bestimmt nicht loswerden!

»Sozusagen, ja.« Er schmunzelte, als ob ich einen Witz gemacht hätte.

»Vielleicht saßen wir ja im selben Flieger.«

»Das glaube ich kaum.«

»Warum nicht?«

»Ich fliege meistens allein.«

»Im Privatflugzeug?«

»So ähnlich.« Irgendetwas an dieser Unterhaltung erheiterte ihn außerordentlich. Wieder vertieften sich seine Grübchen auf eine unglaublich anziehende Art.

Ich seufzte. Es musste an der Müdigkeit liegen, dass ich zwar seine Witze nicht verstand, ihn aber trotzdem attraktiv fand ...

Mein Tischnachbar stellte unterdessen vorsichtig die Tasse ab und beugte sich ein Stück in meine Richtung. »Und wann sind Sie gelandet?«

Der intensive Blick aus seinen blauen Augen brachte mich völlig durcheinander. »Äh ... vor ungefähr einer Stunde. Aus ... aus Frankfurt. Es war ... äh ... ein ziemlich turbulenter Flug.« Während ich ihm ausführlicher als nötig von den Turbulenzen über dem Äquator berichtete, schaute er mich unverwandt an.

»Sie Arme!«, bedauerte er mich, als ich mein überflüssiges und für ihn sicherlich auch langweiliges Gestammel beendet hatte.

»Na ja, Gott sei Dank habe ich es jetzt überstanden.«

»Ja.« Er lachte. »Gott sei Dank! Und Petrus sei Dank! Wie wahr!«

Auch ich musste schmunzeln. Diesen Witz verstand ich endlich.

»Ich habe mich Ihnen noch gar nicht vorgestellt. Mein Name ist Raphael von Hohenberg.«

Hatte ich seinen Namen heute nicht schon einmal gehört? »Natürlich! Raphael von Hohenberg – Sie müssen der Gast von Hanna sein!«

»Das ist gut möglich.« Er holte einen Zettel aus seiner Hosentasche und überflog die Notizen. »Ich wohne im ›Hanna's Heavenly Bed & Breakfast‹ in Somerset West«, las er laut vor und nickte dann. »Ja, da hat man für mich reserviert.«

»Dann werden wir Nachbarn sein. Ich wohne auch bei Hanna. Sie ist meine beste Freundin.«

»Was für ein Zufall!« Er strahlte mich an.

Ich konnte nicht anders, ich musste zurücklächeln. Diese

Augen! Diese Grübchen! »Ich ... ich ... heiße übrigens Theresa Neumann.«

»Theresa. Ein sehr schöner Name.«

»Danke.« Jetzt wurde ich auch noch rot! Schnell wechselte ich das Thema. »Übrigens trinken Sie gerade Hannas Tee.«

»Oh.« Schuldbewusst schob er die Tasse in die Mitte des Tisches. »Das tut mir leid.«

»Macht nichts, Hanna wird Ihnen bestimmt verzeihen«, tröstete ich ihn. Wenn sie nicht plötzlich blind und taub geworden war, würde sie seinem Charme ebenso wenig widerstehen können wie ich.

»Wo ist sie eigentlich?«

»Ich glaube, sie sucht nach Ihnen.«

»Dann sollten wir zahlen und zu ihr gehen.« Er bat um die Rechnung.

Eine gute Gelegenheit für mich, zu sachlichen Angelegenheiten zurückzukehren. Von Mathematik verstand ich etwas, und Kopfrechnen hatte normalerweise eine beruhigende Wirkung auf mich.

»Das macht zusammen 71,90 Rand«, bemerkte ich beiläufig, noch ehe die Kellnerin den Kassenzettel gebracht hatte.

»Wie bitte?«

»71,90 Rand. Sie hatten einen Tee für 22 Rand. Ich zahle die restlichen 49,90 Rand für einen Tee und ein Sandwich. Dazu kommen noch 10 Prozent Trinkgeld. Das sind dann genau 7,19 Rand. Wenn wir aufrunden auf 80 Rand, dann macht das 8,10 Rand Trinkgeld. Davon zahlen Sie 2,48 Rand, und ich übernehme die restlichen 5,62 Rand.«

Ich lehnte mich zurück und atmete tief durch. Der kleine Ausflug in die trockene Zahlenwelt hatte meine Selbstsicherheit zurückgebracht.

Verwundert starrte Raphael von Hohenberg mich an. »Haben Sie die Karte schon auswendig gelernt?«

»Nein, ich habe lediglich ein perfektes Zahlengedächtnis.« Ich hielt ihm das Menü hin. »Sie können nachrechnen, wenn Sie wollen.«

»Ich vertraue Ihnen.« Er schüttelte den Kopf. »Und ich hasse Rechnen.«

»Ich liebe alles, was mit Mathematik zu tun hat.«

»Das habe ich gerade gemerkt«, murmelte er. »Leider habe ich überhaupt nichts von dem verstanden, was Sie gesagt haben. Wie viel muss ich nochmal zahlen?« Er kramte in seinen Hosentaschen herum.

»24,48 Rand«, entgegnete ich. »22 Rand für den Tee, und 2,48 Rand Trinkgeld.«

»Sorry«, mischte sich die Kellnerin ein, die an unseren Tisch getreten war. »Unsere Kasse ist defekt. Ich muss Ihnen einen Kassenzettel mit der Hand schreiben.« Sie schlug die Speisekarte auf und begann, umständlich zu rechnen.

Am liebsten hätte ich sie unterbrochen und ihr meine Rechnung präsentiert, aber irgendetwas in Raphaels Blick hielt mich zurück.

»Das macht 75,90 Rand«, verkündete die Frau nach einigen Minuten.

»Das kann nicht sein«, widersprach ich. »Es müssen 71,90 Rand sein. Zweimal 22 Rand, und dazu noch 27,90 Rand für das Sandwich.«

Etwas hilflos wollte die junge Frau wieder zur Speisekarte greifen, aber Raphael kam ihr zuvor. »Es ist schon okay so«, sagte er und legte 100 Rand auf den Tisch. »Das geht auf mich«, fügte er hinzu, als er sah, dass ich protestieren wollte.

Die Kellnerin nahm das Geld, bedankte sich und ging zu den nächsten Gästen.

»Das war ganz schön viel Trinkgeld«, kritisierte ich.

»Wirklich?« Er zuckte mit den Schultern. »Ich glaube, ich muss mich erst einmal an das Geld gewöhnen.«

»Es sieht lustig aus, nicht wahr?« Ich dachte an das Nashorn und den Elefanten auf den Banknoten. »Da kann man schon mal durcheinanderkommen.«

»Ja, genau. Geld kann sehr verwirrend sein.« Umständlich stopfte er die restlichen Scheine wieder in die Hosentaschen.

In diesem Moment kam Hanna zu uns an den Tisch geeilt. »Ich finde ihn nirgends!«, rief sie mir zu. Erst dann entdeckte sie Raphael und sah mich fragend an.

»Das ist Raphael von Hohenberg, dein Gast«, stellte ich vor, während er aufstand, sich leicht verbeugte und ihre Hand schüttelte.

Erleichtert atmete Hanna auf. »Gott sei Dank! Ich dachte schon, Sie wären ins falsche Flugzeug gestiegen.«

»Da kann ich Sie beruhigen. Ich verfliege mich grundsätzlich nicht. Ich habe einen eingebauten Radar!« Er tippte sich an die Stirn und grinste verstohlen. Erneut hatte ich den Verdacht, dass er irgendetwas furchtbar komisch fand.

Hanna schenkte ihm ein strahlendes Lächeln. »Jedenfalls freut es mich, dass Sie bei uns wohnen werden.« Offensichtlich war er ihr auf Anhieb sympathisch.

»Ganz meinerseits. Ich hatte nicht damit gerechnet, gleich zwei so charmante Damen kennenzulernen.«

Hanna wurde rot und kicherte dümmlich. Sie würde doch jetzt nicht mit ihm flirten? Oder er mit ihr? Das gefiel mir ganz und gar nicht. Raphael war *meine* Entdeckung!

»Er hat deinen Tee getrunken.« Etwas verstimmt deutete ich auf die leere Tasse.

»Macht nichts. Ich koche uns zu Hause einen Kaffee.« Sie lächelte freundlich. »Übrigens tut es mir leid, dass du hier warten musstest.«

»Naja, ich war ja nicht allein«, murmelte ich.

»Ich habe ihr Gesellschaft geleistet«, mischte sich jetzt Raphael ein. »Inzwischen kennen wir uns schon ein wenig.« Er stupste mich behutsam an und lächelte. Seine kurze Berührung an meinem Arm war weich und angenehm. Schlagartig war ich wieder gut gelaunt.

Hanna schien nichts von meinen Stimmungsschwankungen zu bemerken, sondern mahnte zum Aufbruch. »Wir müssen los. Habt ihr schon bezahlt?«

»Ja.« Ich erhob mich. »Herr von Hohenberg hat das übernommen.«

»Sagen Sie bitte Raphael zu mir. Wir werden uns vermutlich in der nächsten Zeit oft sehen. Da können wir auch gleich zum Du übergehen.«

Ich spürte, wie meine Knie weich wurden, und fragte mich, ob das an der Aussicht auf die gemeinsame Zeit lag oder an dem vertraulichen Du, das er angeboten hatte. Was war nur mit mir los? »Äh ... gern.«

»Natürlich! Das macht alles gleich viel leichter.« Hanna griff nach dem Gepäckwagen. »Ihr werdet sehen, wir werden eine tolle Zeit miteinander haben!«

Raphael warf mir einen bedeutsamen Blick zu. In diesem Moment wurde mir klar, dass die kommende Zeit nicht so erholsam und entspannend werden würde, wie ich es mir eigentlich vorgenommen hatte.

Hanna lenkte das Auto aus dem Chaos am Flughafen hinaus und fuhr auf eine Autobahn. Ich saß neben ihr und blickte interessiert aus dem Fenster.

Links und rechts der Autobahn waren einfache Wohnviertel zu sehen. Immer wieder drückten sich Kinder, Kühe oder Hunde durch die Lücken der Zäune auf den Straßenrand. Dieser bestand nur aus einem schmalen Grünstreifen.

Erwachsene, die einen Stapel Holz auf dem Kopf balancierten, rannten wagemutig quer über die Autobahn. Ich schloss entsetzt die Augen, als ein weißer Minibus auf einen kleinen Hund zuraste, der sich zu weit auf die Straße gewagt hatte. Als ich vorsichtig blinzelte, stand das Tier unversehrt am Straßenrand und bellte die Autos an. Ich atmete auf.

Hanna war meinen Blicken gefolgt. »Willkommen in Afrika!«, sagte sie lächelnd. »An diesen Anblick wirst du dich gewöhnen müssen.«

»Hast du dich daran gewöhnt?«

»Mir bleibt nichts anderes übrig.«

»Ich hätte mich nach hinten setzen sollen.«

»Soll ich anhalten, damit du dich zu Raphael setzen kannst?«

»Nein!« Ihr erstaunter Blick traf mich, und so fügte ich hastig hinzu: »Mir wird hinten immer schlecht, weißt du das nicht mehr?«

Auf keinen Fall wollte ich näher als nötig zu ihm, jedenfalls heute nicht. Es reichte schon, dass ich seine Blicke in meinem Rücken spürte.

Verlegen schaute ich wieder zum Fenster hinaus und versuchte, mich auf die Landschaft zu konzentrieren. Die Siedlungen zu beiden Seiten der Autobahn waren verschwunden. Jetzt waren nur noch Felder und Wiesen zu sehen. Wir fuhren auf eine lange Bergkette zu, die von der Sonne bestrahlt wurde. Über den Gipfeln hingen kleine Wolken, die im Sonnenlicht wie Wattebällchen aussahen.

»Dort hinten liegt Somerset West«, sagte Hanna und deutete auf einen Ort am Fuße der Berge. »Es ist herrlich hier draußen. Du wirst dich wohlfühlen!« Sie strahlte mich an, und sofort bekam ich ein schlechtes Gewissen. Vermutlich freute sie sich riesig auf die gemeinsame Zeit mit mir, während ich momentan fast jeden meiner Gedanken an den Mann auf ihrem Rücksitz verschwendete.

»Ganz bestimmt«, antwortete ich deshalb betont herzlich und betrachtete weiter die Aussicht vor uns.

Hanna blickte in den Rückspiegel. »Wie sind eigentlich deine Pläne für die Zeit hier, Raphael?«

Er beugte sich vor, und ich spürte deutlich seine Nähe. »Ich möchte eine Woche bleiben ...«

Mein Herz machte einen Hüpfer. Genauso lange wie ich!

»... und auf den Weingütern einige Seminare besuchen. Die Winzer in Südafrika gehören zu den besten der Welt, da kann ich einiges lernen. Ich habe nämlich gerade ein Schloss gekauft, das —«

Er hatte was? Verwundert drehte ich mich um und wäre fast mit seinem Kopf zusammengestoßen. Hastig rückte ich ein paar Zentimeter ab.

»Du hast ein Schloss gekauft?« Hannas Stimme klang ähnlich überrascht.

»Eigentlich ist es eine ganze Schlossanlage«, korrigierte sich Raphael. »Es gehören noch ein Hotel, ein Weingut und ein Pferdestall dazu.«

Ich kurbelte das Fenster auf meiner Seite herunter und schnappte nach frischer Luft. Das konnte doch nicht sein Ernst sein!

Auch Hanna war misstrauisch. »Ein Schloss«, wiederholte sie ungläubig. »Ein Hotel, ein Weingut und ein Reitstall. Wow!«

»Ja, wow!« Im Seitenspiegel hatte ich einen guten Blick auf Raphael und musterte ihn skeptisch. Sagte er die Wahrheit?

Raphael hatte mein zweifelndes Gesicht im Spiegel entdeckt und lächelte mir beruhigend zu. Er sah absolut offen und aufrichtig aus. Verwirrt kurbelte ich das Fenster wieder hoch und starrte geradeaus auf die Straße.

»Das klingt unglaublich, oder?«, bemerkte er, als ob er meine Gedanken lesen konnte. »Aber ein Schloss und ein paar Pferde waren schon immer mein Traum. Und dann, als ich plötzlich zu Geld kam –«

»Ein Lotteriegewinn?«, unterbrach ihn Hanna.

»Nein ... eher so etwas Ähnliches wie ... wie eine Familienangelegenheit.«

»O je, eine Erbschaft? Mein Beileid!«

»Danke. Aber es ist niemand gestorben. Es war eine Schenkung ... Eine Schenkung von Gabriel ... meinem Großvater ... Opa Gabriel.« Raphael formulierte die letzten Sätze sehr vorsichtig. Ich hatte sofort den Eindruck, dass es ein Geheimnis um seinen Großvater Gabriel gab, das er uns nicht mitteilen wollte.

Auch Hanna hatte sein Zögern bemerkt und offenbar beschlossen, nicht weiter nachzubohren. »Also hast du die Gelegenheit ergriffen und dir einen Traum erfüllt.«

»Ja, genau.«

»Wo liegt das Schloss?«

»Im Rheingau. Es heißt Schloss Silberstein.«

»Schloss Silberstein? Das ist doch ganz in der Nähe von Wiesbaden!«, rief Hanna. Sie drehte sich kurz zu Raphael um. »Theresa wohnt in Wiesbaden.«

»Was für ein Zufall«, sagte Raphael und tippte mich sanft an der Schulter. »Du kannst dir das Schloss gern mal anschauen.«

»Mal sehen«, murmelte ich, noch immer benommen von den Ereignissen der letzten halben Stunde. Aber vielleicht war ich auch einfach nur müde und brauchte dringend ein paar Stunden Ruhe.

»Schloss Silberstein hatte immer schon einen ausgezeichneten Ruf als Weingut«, sagte Hanna zu Raphael. »Langweilig wird es dir dort bestimmt nicht werden.«

»Nein, und ich freue mich riesig auf die Aufgabe. Das ist etwas ganz Neues für mich.«

»Was hast du denn bisher gemacht?«

»Naja.« Er räusperte sich verlegen. »Ich war sozusagen als Personenschützer tätig.«

»Echt?« Hanna bekam große Augen. »So richtig wie im Film, mit Sonnenbrille, Knopf im Ohr und dunklem Anzug?«

Ich löste meinen Blick von der Straße und musterte Raphael wieder im Seitenspiegel. Er grinste amüsiert vor sich hin und schüttelte den Kopf. »Über Einzelheiten meines Jobs darf ich nicht sprechen, das ist ein Berufsgeheimnis.«

»Hast du viele Menschen bewacht?«, wollte Hanna wissen.

»Ja, sehr viele.«

»Auch berühmte?«

»Ja, ein paar bekannte Persönlichkeiten waren im Laufe der Jahre dabei.«

»Jemand, den wir kennen?« Hanna rutschte aufgeregt in ihrem Sitz hin und her. Vermutlich hoffte sie, gleich ein paar private Details aus dem Leben der Reichen und Schönen zu erfahren.

Aber Raphael lachte nur und winkte ab. »Ich sagte schon, das ist ein Berufsgeheimnis.«

»Nicht mal einen Namen?«

»Nein!«

»Schade.« Hanna konzentrierte sich wieder auf den Verkehr und bog wenig später auf eine breite Straße ab, die von großen Hecken gesäumt war. Ich sah Hibiskus, Bougainvillea und Jakaranda-Bäume im Wechsel mit hohen Mauern und breiten Toren, hinter denen sich prächtige alte Villen verbargen.

»Wieso interessierst du dich für fremde reiche Leute, wenn

du selbst so traumhaft schön wohnst?«, fragte ich Hanna. »Das ist noch viel besser, als du es mir am Telefon beschrieben hast.«

Sie lächelte stolz und hielt vor einem messingfarbenen Tor, das sich nach einem Druck auf die Fernbedienung am Autoschlüssel langsam öffnete. »Herzlich willkommen!« Langsam fuhren wir die Auffahrt entlang auf ein einstöckiges Haus zu, das inmitten eines üppigen Gartens stand. Die Blätter der Bäume und Sträucher hatten sich bereits herbstlich bunt gefärbt und bildeten einen farbenfrohen Kontrast zu der weißen Farbe der Hauswände.

Als ich aus dem Auto stieg, schossen sofort laut bellend zwei Hunde heran, die mich neugierig beschnüffelten.

»Das sind Molly und Gunther«, stellte Hanna vor. »Unsere Hausgenossen.«

»Welcher ist Gunther?«, wollte ich wissen und streichelte einen der Hunde, einen Labrador, hinterm Ohr.

»Der, mit dem du gerade Bekanntschaft schließt. Molly ist der Bordercollie.« Hanna deutete auf den anderen Hund, der freudig an Raphael hochsprang. »Vorsicht! Molly ist manchmal etwas wild und lässt sich nicht von jedem anfassen.«

»Ich komme gut mit Tieren zurecht«, sagte Raphael und tätschelte Mollys Kopf. Und tatsächlich, die Hündin seufzte wohlig, ließ sich auf den Rücken fallen und streckte ihre vier Pfoten von sich. Raphael bückte sich und kraulte ihr den Bauch.

»Das hat sie noch nie bei einem Fremden gemacht«, wunderte sich Hanna.

Auch Gunther näherte sich jetzt Raphael und schnüffelte neugierig an seiner Hand. Nachdem Raphael ihn mit ruhiger Stimme begrüßt hatte, jaulte er leise, drängte sich ungestüm gegen Raphael und leckte ihm über das Gesicht.

»Gunther!«, schimpfte Hanna. »Entschuldige bitte, Raphael. Ich weiß gar nicht, was mit den Hunden los ist.«

»Kein Problem. Ich sagte doch, dass ich mit Tieren sehr gut auskomme. Sie mögen mich einfach.«

Kein Wunder! Wie er so da hockte, vollkommen vertieft in das liebevolle Spiel mit den Hunden, musste man ihn einfach mögen. Mehr noch: Man wollte ihn näher kennenlernen. Man wollte alles über ihn erfahren, auch wenn das meiste, was er bislang erzählt hatte, völlig verrückt klang.

Ich konnte einen Seufzer nicht unterdrücken. Auch das noch. Das hatte mir gerade noch gefehlt. Ich war auf dem besten Wege, mich Hals über Kopf in diesen geheimnisvollen Fremden zu verlieben!

Als ich nach einem ausgiebigen Mittagsschlaf erwachte, fiel helles Sonnenlicht durch die rot karierten Vorhänge. Aus der Ferne erklangen durchdringende, heisere Vogelschreie, die rasch näherkamen und ebenso schnell wieder verschwanden.

Ich räkelte mich zufrieden im Bett und blickte mich, noch ein wenig verschlafen, im Zimmer um. Mein Zuhause für die nächsten sieben Tage befand sich in einem wunderschönen alten Gartenhäuschen mit angrenzender Terrasse. Es bestand aus einem geräumigen Schlafzimmer, einer Kochnische und einem Duschbad. Die Möbel waren aus dunklem Holz und glänzten frisch lackiert.

»Ich hoffe, es gefällt dir«, hatte Hanna gesagt, als wir nach einer Tasse Kaffee und einer Hausbesichtigung schließlich im Garten bei den beiden Gästehäusern angekommen waren.

»Es ist wunderschön«, hatte ich geantwortet und einen verstohlenen Blick auf das andere Gartenhaus geworfen. Dort waren die Vorhänge bereits zugezogen. Raphael hatte sich gleich nach der Ankunft in sein Zimmer zurückgezogen mit der Begründung, nicht länger stören zu wollen und uns Frauen die Gelegenheit zu einem ausführlichen Gespräch zu geben. Ich war darüber etwas enttäuscht gewesen, aber gleichzeitig auch überrascht von seinem Taktgefühl. Konnte jemand reich und gutaussehend und trotzdem sensibel und einfühlsam sein?

Wieder ertönten die heiseren Vogelschreie und rissen mich aus meinen Grübeleien. Ich sprang aus dem Bett, zog die Vorhänge zurück und öffnete die Terrassentür. Warmes Sonnenlicht umfing mich, als ich auf die Wiese trat. Neugierig richtete ich die Augen zum Himmel und sah gerade noch, wie zwei entengroße Vögel mit langen, gebogenen Schnäbeln davonflogen.

»Das sind Ibisse«, sagte eine Stimme hinter mir.

Erschreckt drehte ich mich um. Raphael saß auf einem Mauervorsprung vor seinem Gästehaus und hatte eine Zeitschrift in der Hand.

Ich räusperte mich, um die Verlegenheit zu überspielen. »Du kennst dich aber gut aus! Warst du schon öfter in Afrika?«

»Ja. Ich komme schon seit vielen Jahren immer wieder her. Seit sehr vielen Jahren, um genau zu sein ...«

»Aus beruflichen Gründen?« Vermutlich gab es auch in diesem Teil der Welt viele Prominente, die Personenschutz benötigten.

»Genau.« Er grinste und wechselte das Thema. »Du bist wohl gerade erst aufgewacht?«

Mir wurde bewusst, dass vermutlich mein Aufzug der Grund für seine Heiterkeit war, denn ich stand nur in T-Shirt und Unterhose bekleidet vor ihm.

»Ja«, antwortete ich knapp und zog das Shirt etwas weiter über meine Schenkel.

»Gut geschlafen?«

»Ja.« Aber anscheinend nicht lange genug, um meine Selbstsicherheit zurückzugewinnen.

»Ich habe auch etwas geschlafen.« Er legte seine Zeitschrift auf den Gartentisch.

»Wie spät ist es?«

»Halb fünf«, sagte er nach einem Blick auf seine goldene Armbanduhr. Normalerweise fand ich goldene Uhren protzig, aber zu Raphael passte sie irgendwie. Der glänzende Ton harmonierte ganz wunderbar mit dem Braun seiner Haut.

»Wie wäre es jetzt mit einem Tee?«

»Hm?« Ich war immer noch mit seiner makellosen Haut beschäftigt.

»Tee?«, wiederholte er geduldig.

»Gern«, antwortete ich zerstreut und bereute meine Antwort sofort. Sollte ich mich jetzt etwa in Unterhose und T-Shirt zu ihm auf die Terrasse setzen?

Er bemerkte mein Zögern. »Es ist frisch heute. Du wirst frieren, wenn du dir nichts überziehst.«

»Tja, da hast du wohl recht.« Dankbar dafür, dass er mir das richtige Stichwort geliefert hatte, drehte ich mich um und ging zurück zum Haus. »Ich bin gleich wieder da.«

In meinem Zimmer zog ich mir hastig Jeans, Turnschuhe und einen Pulli über. Als ich auf Raphaels Terrasse trat, stand ein Tablett auf dem Tisch. Neben Tassen, Löffeln und Zuckerdose entdeckte ich auch einen Teller mit Gebäck. Raphael selbst war nirgendwo zu sehen, und so wagte ich einen Blick auf den Titel der Zeitschrift, die er gelesen hatte, als ich in den Garten getreten war.

Überrascht stellte ich fest, dass es sich um einen Comic handelte. »Superman«, flüsterte ich erstaunt.

Raphael kam mit einer Teekanne aus dem Gästezimmer. »Ich habe die Comics am Flughafen gekauft. Kennst du sie?«

»Nein, aber ich habe einen der Filme gesehen.«
»Das klingt so, als habe er dir nicht gefallen.«
»Nein, nicht sonderlich.«
»Warum nicht?«
»Na ja.« Ich zuckte mit den Schultern. »Erstens fliegt der Typ den ganzen Tag durch die Gegend und rettet Menschenleben.«

Raphael schmunzelte. »Na und? Es gibt blödere Hobbys.«

»Und zweitens steckt er bis zum Hals in einem eng anliegenden Kostüm mit Umhang. Das ist albern!«

»Warum legen Frauen eigentlich immer so viel Wert auf die richtige Kleidung?«

»Vielleicht, weil wir nicht von einem Riesenbaby in blaurotem Strampelanzug gerettet werden wollen.« Ich musste ebenfalls lächeln. »Aber das ist es nicht, was mich am meisten stört.«

»Was dann?«

»Er sagt seiner Freundin nicht die Wahrheit. Lois Lane weiß bis zum Schluss nicht, dass Clark Kent eigentlich Superman ist.«

»Er hat gute Gründe, ihr seine Superkräfte zu verheimlichen.«

»Was kann wichtiger sein in einer Beziehung als Ehrlichkeit?«

»Hm.« Raphael runzelte nachdenklich die Stirn. »Eigentlich hast du recht. Keine Liebe ohne absolute Ehrlichkeit ...«

»Na ja, hin und wieder eine Notlüge sollte erlaubt sein«, schränkte ich ein. »Aber wenn es um eine vorgetäuschte Identität geht, dann verstehe ich ebenso wenig Spaß wie Lois Lane.«

»Hm – daran haben sie wohl nicht gedacht.«

»Wer? Die Filmleute?«

»Die auch nicht. Aber ich meine eigentlich –« In diesem Moment klingelte Raphaels Handy. Amüsiert registrierte ich, dass es sich bei dem Klingelton um die Titelmelodie aus »Mission Impossible« handelte. Offensichtlich hatte er eine Schwäche für Heldengeschichten.

»Entschuldige! Ich habe eine SMS bekommen.« Er kramte das Telefon aus seiner Hosentasche und begann zu lesen. Dann nickte er verärgert, presste die Lippen zusammen und schob das Handy zurück in die Tasche. »Wo waren wir gerade? Ach ja, der Tee ist fertig.« Unauffällig nahm er den Comic vom Tisch, legte ihn auf die Mauer und schenkte uns dann Tee ein.

»Schlechte Neuigkeiten?«, erkundigte ich mich vorsichtig. Sein Stimmungswechsel war nicht zu übersehen.

»Nein.« Er schüttelte den Kopf. »Das war nur meine Assistentin, die mich an etwas erinnern wollte.«

»Wie heißt sie noch gleich? Eva?«

Erstaunt sah Raphael mich an. »Ja, genau, Eva. Woher kennst du sie?«

»Hanna hat mir erzählt, dass sie für dich reserviert hat.«

»Eva kümmert sich um alles. Sie ist ein Goldstück.«

So, wie er das sagte, klang das eher nach »Miststück« und nicht besonders dankbar und freundlich. Aber ich wurde trotzdem sofort eifersüchtig. »Dann kannst du ja froh sein, dass du sie hast.«

»Das bin ich auch, meistens jedenfalls.«

»Ist sie jung?« Die Frage rutschte mir heraus, noch bevor ich es verhindern konnte.

»Nein. Sie ist genau genommen schon steinalt, seit Ewigkeiten verheiratet und außerdem Mutter von unzähligen Kindern.«

»Also eine von diesen Superfrauen, die alles auf einmal

können und unersetzlich sind.« Meine negativen Gefühle gegenüber seiner Assistentin verstärkten sich.

»Hatte ich schon erwähnt, dass sie steinalt ist?« Raphael grinste vergnügt, weil er offenbar längst erraten hatte, was mir durch den Kopf ging.

»Manche Männer stehen auf ältere Frauen.«

»Ich kann dir versichern, dass ich nicht zu diesen Männern gehöre.«

»Gut zu wissen!« Mit hochrotem Kopf lehnte ich mich zurück und ließ meinen Blick durch den Garten streifen. Noch immer schien die Sonne von einem wolkenlosen, blauen Himmel auf das Grün, Rot und Braun der Bäume und Sträucher nieder. Bis auf gelegentliches Hundegebell und Vogelgezwitscher war es still.

Raphael seufzte zufrieden. »Es ist wunderschön hier.«

»Ja. Einfach himmlisch!« Ich war dankbar, dass er unseren kleinen Wortwechsel über seine tüchtige Assistentin für beendet hielt.

»Glaube mir, das ist besser als der Himmel. Daran könnte ich mich gewöhnen.«

Ich mich auch ... »Schön, dass der Urlaub gerade erst anfängt!«

»Noch schöner ist es, dass er mit dir anfängt.«

»Äh ... gleichfalls.« Mein Herz begann wie wild zu klopfen.

Er blickte mir tief in die Augen. »Du siehst süß aus, wenn du schüchtern und verlegen bist.«

»Äh ... gleichfalls«, wiederholte ich, unfähig einen neuen Satz zu bilden.

»Dass es so schnell gehen kann«, murmelte er. »Ich hätte nicht gedacht ...«

»Was denn?« Ausgerechnet jetzt war ich auf den Mund gefallen!

Dabei wusste ich genau, was er meinte. Auch ich hatte nicht damit gerechnet, mich gleich am ersten Urlaubstag Hals über Kopf zu verlieben, und offensichtlich ging es ihm ähnlich. Diese Erkenntnis sorgte für zusätzliches Herzrasen. Ich war froh, dass in diesem Moment die Hunde angelaufen kamen. Sie jaulten vor Freude, als sie Raphael erblickten, und begrüßten ihn stürmisch.

Auch Hanna tauchte jetzt hinter einer großen Baumgruppe auf. »Habt ihr noch eine Tasse Tee für mich?«

»Natürlich.« Raphael erhob sich, um eine weitere Tasse zu holen und stolperte fast über die Hunde, die sich zu seinen Füßen niedergelassen hatten.

»Hast du gut geschlafen?«, fragte Hanna und setzte sich neben mich.

Ich nickte. »Tief und fest.«

»Schön! Wenn du genug ausgeruht bist, können wir uns auf den Weg zum Abendessen machen. Ich habe uns einen Tisch in einem tollen Restaurant reserviert.«

»Hm ... ja ...« War ich genug ausgeruht? Das kam ganz darauf an, ob man kindische Eifersucht, neckische Komplimente und Herzstolpern als entspannend bezeichnen konnte!

Raphael kehrte mit der fehlenden Tasse zurück und schenkte Tee ein. Er hatte Hannas letzte Worte gehört. »Wenn ihr lieber schon los wollt, statt mit mir hier Tee zu trinken, dann sagt es ruhig!«

»Nein!«, kreischte ich, und als Hanna mich verwundert ansah, setzte ich leiser hinzu: »Ich brauche jetzt dringend eine Tasse starken Tee.«

Hannas Blicke wanderten zwischen Raphael und mir hin und her. Dann grinste sie vielsagend und flüsterte mir zu: »Und ich glaube, dass wir beide heute Abend dringend eine Flasche Rotwein brauchen. Du hast mir bestimmt einiges zu erzählen!«

2

»So, und jetzt raus mit der Sprache: Was läuft zwischen Raphael und dir?« Hanna schenkte Rotwein nach und machte es sich danach wieder in ihrem Sessel gemütlich. Seit einer Stunde saßen wir nun schon in Hannas Wohnzimmer vor dem knisternden Kaminfeuer und wärmten unsere Füße. Das Abendessen in einem Strandrestaurant war köstlich gewesen, aber nach Sonnenuntergang wurde es empfindlich kalt. Jetzt war ich froh über meinen Platz direkt am Kamin. Zufrieden zog ich mir eine Wolldecke über die Schultern, schwenkte den Rotwein in meinem Glas hin und her und schaute träumerisch in das flackernde Licht.

»Was soll schon laufen? Gar nichts. Ich kenne ihn doch kaum.«

»Du kanntest Lukas vier lange Jahre lang, und bei ihm habe ich deine Augen nie so strahlen sehen.«

»Das liegt am Licht des Feuers.« Es war mir unangenehm, dass Hanna mich so schnell durchschaut hatte.

»Irrtum, meine Liebe! Das liegt an Raphael.«

»Raphael von Hohenberg.« Ich ließ mir den Namen genießerisch auf der Zunge zergehen und spülte mit einem Schluck Rotwein nach.

Hanna kicherte. »Komischer Name, oder?«

»Was soll daran komisch sein? Ich finde, er klingt sehr edel und passt irgendwie zu ihm.«

»Du hältst ihn für ziemlich vollkommen, oder?«

»Du nicht?«

»Ich weiß nicht. Ich finde ihn fast schon zu perfekt, als dass es wahr sein könnte.«

»Wie meinst du das?«

»Fassen wir mal zusammen«, dozierte Hanna. Das konnte sie gut, schließlich war sie ausgebildete Pädagogin. »Er sieht toll aus, besitzt ein Schloss und einen Reitstall, und nun hat er anscheinend auch noch ein Auge auf dich geworfen. Das klingt wie im Märchen.«

Tat es das? Wenn ich ehrlich war, kam Raphael tatsächlich sehr nahe an die Vorstellung meines Märchenprinzen heran. Eigentlich traf er sie sogar perfekt. Aber warum sollte ich nicht auch einmal Glück haben?

Hannas Gedanken schienen in eine ähnliche Richtung zu gehen, denn sie tätschelte mir freundschaftlich die Hand. »Keine Sorge, ich gönne ihn dir von Herzen! Mögest du auf immer mit ihm glücklich sein.«

»Vielen Dank!« Ich prostete ihr zu. »Aber ganz so weit sind wir noch nicht.«

»Warten wir es ab.« Sie nahm einen großen Schluck Wein.

»Und, äh ... Haben sich deine Töchter schon von ihrem Schulausflug gemeldet?«, fragte ich, bemüht um einen Themenwechsel. Noch konnte ich die Sache mit Raphael nicht richtig einordnen und wollte deshalb so wenig wie möglich über ihn sprechen.

»Ja, sie haben angerufen, als du unter der Dusche warst.«

»Und Peter?«

»Der meldet sich wegen der Zeitverschiebung immer erst gegen Mitternacht.«

Träge blickte ich zur Uhr. »Dann haben wir ja noch ewig Zeit zum Quatschen ...«

»Genau«, bestätigte sie gut gelaunt. »Und nachdem du anscheinend lieber über die Familie als über deine neue Eroberung reden willst, tue ich dir den Gefallen. Also, wie geht es deinen Eltern?«

»Hm, ich weiß es nicht so genau. Mein Vater ist seit vier Wochen pensioniert und macht jetzt zu Hause meiner Mutter das Leben zur Hölle. Er organisiert den gesamten Haushalt um, ohne ihr wirklich zu helfen.« Ich dachte daran, wie gestresst meine Mutter ausgesehen hatte, als ich sie vor dem Abflug zum letzten Mal besucht hatte.

Hanna lachte. »Sie werden sich schon zusammenraufen.«

»Das hoffe ich. Sogar der Hund läuft momentan verstört durch die Gegend und wünscht sich sein früheres Leben zurück.«

»Franz-Ferdinand lebt noch?«

»Irgendein Franz-Ferdinand lebt immer.« Meine Mutter nannte alle ihre Hunde Franz-Ferdinand.

»Der wievielte ist es derzeit?«

»Der fünfte.«

Hanna rechnete nach. »Ich glaube, dann kenne ich ihn sogar.«

»Ja, er ist schon ein recht betagter alter Herr. Trotzdem zwingt ihn mein Vater seit vier Wochen zu langen Spaziergängen, gleichgültig bei welchem Wetter.«

»Das ist sehr gesund.«

»Nicht, wenn du ein Dackel bist, der jahrelang von seinem Frauchen hoffnungslos verwöhnt wurde. Ich glaube, meine Mutter verhätschelt den Hund noch mehr als meinen Bruder. Und das ist eigentlich kaum möglich.«

»Jetzt übertreibst du aber! Sebastian wohnt doch hoffentlich nicht mehr zu Hause? Er müsste auch schon Anfang dreißig sein.«

»Er ist rechtzeitig genug ausgezogen, bevor meine Eltern

seine wechselnden Frauenbekanntschaften kritisieren konnten.«

»Ist nichts Ernsthaftes dabei?«

»Nein.« Ich schüttelte den Kopf. »Ernsthaft war noch keine. Weder ernsthaft sympathisch noch ernsthaft intelligent.«

»Du bist böse!«

»Aber es stimmt.«

»Ist er noch bei der Kriminalpolizei?«

»Ja. Wenn ich ihn mal zufällig im Dienst treffe, macht er sich furchtbar wichtig und kommandiert seinen Partner herum. Dabei sieht er aus wie eine junge Version von Oberinspektor Derrick.«

Hanna grinste vergnügt. »Wie ich sehe, versteht ihr euch immer noch blendend.«

»Sebastian ist ein netter Kerl, nur furchtbar faul und ungefähr so sensibel wie ein Holzklotz. Weißt du, was er mir als Erstes gesagt hat, als ich ihm erzählte, dass die Hochzeit mit Lukas geplatzt ist?«

»Was denn?«

»Er sagte: ›Gott sei Dank! Dann kann ich die Suche nach einer passenden weiblichen Begleitung für die Hochzeit einstellen. Das wäre zeitlich echt eng geworden.‹«

»Armer Kerl! Er scheint schwer im Stress zu sein.« Hanna nahm noch einen Schluck Rotwein.

»Vermutlich denkt er das wirklich«, bestätigte ich. »Aber vielleicht hätte er auch mal einen Gedanken an mich verschwenden können. Meine Stresswerte waren zu diesem Zeitpunkt bestimmt höher als seine. Schließlich hatte ich meinen Verlobten mit einer anderen im Bett erwischt.«

»Sebastian ist ein loyaler Bruder. Wäre er dabei gewesen, hätte er bestimmt alle beide verhaftet.«

»Kann sein. Aber vorher hätte ich mir seine Dienstpistole geschnappt und sie erschossen«, murmelte ich.

»Das kann ich mir gut vorstellen. Es muss furchtbar gewesen sein«, sagte Hanna vorsichtig.

Ich schloss für einen Moment die Augen und rief mir die Szene wieder vor Augen: Lukas, nur mit einer roten Unterhose bekleidet (die ich ihm geschenkt hatte!) auf der teuren schwarzen Satin-Bettwäsche (die wir uns zusammen ausgesucht hatten!) in inniger Umarmung mit einer blonden Frau (die ich noch nie zuvor gesehen hatte!).

Ich seufzte. »Erinnerst du dich, wie fassungslos wir waren, als Bobby Ewing starb?« Hanna und ich waren in unserer Teenager-Zeit große »Dallas«-Fans gewesen.

Sie nickte. »Das war einfach schrecklich. Ich habe nächtelang nicht schlafen können.«

»So ähnlich ging es mir nach dem Erlebnis mit Lukas. Nur, dass es noch viel schlimmer war und dass ich leider nicht am nächsten Tag aufwachte und Lukas treu und vergnügt unter der Dusche stand.«

Hanna lächelte schwach. »Zumindest nimmst du es mit Humor.«

»Hm – ehrlich gesagt kann ich immer noch nicht richtig darüber lachen. Ich kenne bessere Witze.«

»Zum Beispiel?« Offensichtlich wollte Hanna mich aufheitern.

Und tatsächlich, ich musste nicht lange überlegen. »Zum Beispiel die Tatsache, dass Monika ihr Baby ›Kaspian‹ genannt hat.« Monika war eine gemeinsame Freundin von uns und vor wenigen Wochen zum ersten Mal Mutter geworden.

»Ein ungewöhnlicher Name.« Hanna kicherte. »Aber Monika hatte immer schon einen ungewöhnlichen Geschmack.«

»So kann man das auch nennen. Kaspian! Was für ein Name ist das denn? Wo gibt es Menschen, die Kaspian heißen?«

»In Narnia, wo sonst?«

Ich prustete los. »Erzähl das bloß nicht Monika! Die läuft seit der Geburt sowieso mit einem Gesicht herum, als hätte sie die Weisheit der Welt mit Löffeln gefressen.«

»Das sind die Hormone.«

»Bei dir war das nie so schlimm.«

»Ich war so jung, als ich die Zwillinge bekommen habe ... Da hatte ich überhaupt keine Zeit, auf meine Hormone zu hören.« Hanna war noch während ihres Studiums schwanger geworden, hatte aber trotzdem ihre zuvor gesteckten Ziele geradlinig verfolgt: Sie hatte den Vater der Zwillinge, Peter, kurz vor der Geburt geheiratet, die Kinder zur Welt gebracht und noch im selben Jahr ihren Abschluss in Sozialpädagogik geschafft. Ich bewunderte sie grenzenlos. Außerdem war sie die beste Freundin, die man sich wünschen konnte.

Gut gelaunt prostete ich ihr zu. »Damals gab es noch keine mütterlichen Hormone. Die wurden erst von den Frauenzeitschriften erfunden.«

»Genauso wie das Idealgewicht«, ergänzte Hanna.

»Die biologische Uhr.«

»PMS.«

»Trennkost.«

»Lippen-Herpes.«

»Apfelkuchenrezepte.«

»Hör auf! Ich kann nicht mehr!« Hanna bekam vom Lachen einen Schluckauf.

»Mein Glas ist leer«, beschwerte ich mich.

»Meins auch.« Hanna erhob sich und ging hicksend zum Tisch. »In der Flasche ist leider auch nichts mehr drin.«

»Dann sollten wir vielleicht ins Bett gehen.«

»Bist du verrückt? Ich öffne einfach eine neue. Ich habe heute Mittag extra einige Flaschen aus dem Keller geholt.«

»Einige?« Das hörte sich gut an. Es gefiel mir hier, vor dem Kamin, ausnehmend gut. Vergessen waren Stress, Ärger, Reisemüdigkeit und Raphael von Hohenberg. Nun ja, fast vergessen – jedenfalls, was Raphael anging. Ob er wohl schon schlief? Ich hatte ihn seit dem Teetrinken am Nachmittag nicht mehr zu Gesicht bekommen.

»Es waren drei Flaschen«, verkündete Hanna jetzt vom Tisch her und riss mich aus meinen Gedanken. »Das bedeutet, dass wir noch zwei trinken können.«

»Das hast du richtig ausgerechnet.«

»Danke! Es ehrt mich von einem Mathe-Genie wie dir gelobt zu werden.«

Ich streckte ihr die Zunge raus. »Man muss mathematisch nicht sonderlich begabt sein, um sich auszurechnen, was für einen riesigen Kater wir morgen früh haben werden.«

»Na und?« Geschickt öffnete Hanna noch eine Flasche und kam damit zum Kamin zurück. »Was kümmert uns der Kater von morgen?«

Am nächsten Tag hätte ich sie für diesen Satz am liebsten umgebracht. Nur mühsam konnte ich meine Augen öffnen – und schloss sie gleich wieder, als das Sonnenlicht, das gnadenlos zwischen den viel zu hellen Vorhängen hindurchschimmerte, auf mein Gesicht fiel. Aus der Ferne war das heisere Geschrei der Ibisse zu hören, nur klangen ihre Rufe für mich an diesem Morgen markerschütternd schrill und jagten mir eine Gänsehaut über den Rücken. In meinem Kopf hämmerte eine ganze Armee kleiner fieser Handwerker unaufhörlich spitze Nägel in die Nervenbahnen, und meine Zunge fühlte sich an wie ein verschimmelter Waschlappen.

Der Kater, den Hanna am Abend zuvor mit ihrer unbedachten Äußerung heraufbeschworen hatte, war der Einladung mit voller Wucht gefolgt und machte es sich jetzt in meinem Körper gemütlich.

Vorsichtig brachte ich mich in eine sitzende Position und

schob mir ein Kissen in den Rücken. Dann begann ich, in Gedanken die Reihe der Primzahlen bis 1000 aufzusagen. Eine mathematische Folge war gut gegen hämmernden Kopfschmerz. Gerade, als ich bei 227 angelangt war, klopfte es an der Tür.

»Hanna?«, fragte ich und griff mir gleich darauf stöhnend an den Kopf. Jede Silbe verursachte zusätzlichen Schmerz.

»Nein, hier ist Raphael.«

Ich brauchte eine Weile, um meine chaotischen Gedanken zu sortieren. Wie war das noch mal? Ach ja, Raphael von Hohenberg war ein gut aussehender Adeliger mit einem Schloss, der hier zufällig neben mir wohnte.

Selbst mit dickem Kopf hörte sich das ziemlich absonderlich an. Da mir aber jeder Gedanke weh tat, verzichtete ich auf eine weitere Analyse der Umstände und räusperte mich.

»Ja?« Eine Silbe. Das war gerade noch auszuhalten.

»Ich bin auf dem Weg zu meinem ersten Weinseminar und wollte fragen, ob du Lust hast, mich zu begleiten.«

Weinseminar? Bis an mein Lebensende würde ich keinen Tropfen Alkohol mehr anrühren!

»Nein!« Das war zwar wieder nur eine Silbe, klang aber reichlich unhöflich, und so setzte ich unter Schmerzen hinzu: »Ich bin krank.«

»Krank? Was hast du denn?« Er klang ehrlich besorgt. Unter normalen Umständen hätte mich seine Anteilnahme sicherlich gefreut.

»Kopfweh.« Und Übelkeit. Und Schwindelgefühl. Und einen fürchterlichen Geschmack im Mund.

»Ich könnte dir helfen.«

»Wirklich?« Vermutlich hatte er Kopfschmerztabletten in seiner Brieftasche. Mein eigenes Medikamenten-Täschchen hingegen befand sich irgendwo in meinem Koffer. Somit waren seine Tabletten deutlich griffbereiter als meine. Ich rieb mir die schmerzende Stirn. Was war ich nur für eine schlechte Apothekerin, wenn ich mir nicht einmal selbst helfen konnte!

»Machst du bitte mal auf?«

»Ich komme.« Stöhnend erhob ich mich und tastete mich zur Tür. Dabei fiel mein Blick in den Spiegel. Ich sah aus wie ein Zombie. Diesen Anblick konnte ich Raphael unmöglich zumuten! Also wickelte ich mir in Windeseile ein Badetuch um den Kopf, um meine ungewaschenen Haare zu verdecken. Meinen Körper hüllte ich in den weißen Bademantel, den Hanna mir an die Dusche gehängt hatte. Ein weiterer Blick in den Spiegel stellte mich halbwegs zufrieden. Ich sah immer noch krank, aber nicht mehr ganz so fürchterlich aus. Auf dem Weg zur Tür stopfte ich mir noch schnell mehrere Pfefferminzbonbons aus meiner Handtasche in den Mund. Meine Zähne hatten zwar Schwierigkeiten, sich durch die pappigen Klumpen zu beißen, aber wenigstens machten die Bonbons einen frischen Atem.

Als ich die Tür öffnete, überkam mich spontane Übelkeit. Es war keine gute Idee gewesen, mich so schnell zu bewegen!

»Du bist ja ganz blass«, begrüßte mich Raphael deshalb auch besorgt.

»Mmpf ... ja.« Ich bekam wegen der klebrigen Bonbons kaum die Zähne auseinander.

Raphael schüttelte bedauernd den Kopf. »Du hast recht, du kannst nicht zu dem Weinseminar mitkommen. Wie schade! Ich hätte den Tag gern mit dir verbracht. Ich habe einen Mietwagen, und wir hätten nach der Schulung noch einen Ausflug in die Weinberge machen können.«

Bei der zweimaligen Erwähnung des Wortes »Wein« zuckte ich zusammen und schloss erschöpft die Augen.

Raphael deutete meine Geste falsch. »O je, du Arme!« Plötzlich spürte ich seine Hand auf meiner Stirn. Vor Schreck verschluckte ich die Pfefferminzdrops. »Lass mal fühlen«, murmelte er. Die Wärme seiner Haut verwirrte mich, und ich riss die Augen wieder auf.

»Hast du schon etwas gegessen?«

»Äh ... was?« Ich war immer noch mit der Berührung beschäftigt und konnte mich nur schwer konzentrieren.

»Ob du heute schon etwas gegessen hast«, wiederholte er.

»Nein.« Bis auf vier Pfefferminzbonbons, aber die zählten sicherlich nicht als feste Nahrung.

»Das solltest du aber«, sagte Raphael und nahm die Hand von meiner Stirn. »Dann wird es dir sicher bald wieder gut gehen.«

»Mir geht es schon jetzt wieder gut«, hauchte ich und stellte überrascht fest, dass das nicht einmal gelogen war. Kopfschmerz und Übelkeit waren wie weggeblasen. »Das muss an deiner Anwesenheit liegen.«

Er lächelte geschmeichelt. »Na ja, ich ...« In diesem Moment klingelte sein Handy. Dieses Mal ertönte »Glory, Glory, Halleluja!« Er seufzte. »Entschuldige, eine SMS.«

Während er las, musterte ich ihn verstohlen. Heute trug er eine helle Baumwollhose und ein weißes Hemd und sah einfach unverschämt gut und ausgeschlafen aus.

»Hm!« Er steckte das Handy ein und runzelte die Stirn.

»Schon wieder eine lästige Nachricht?«, fragte ich.

Er nickte.

»Von Eva?«

»Nein, dieses Mal von Gabriel.«

»Deinem Opa?«

Er nickte wieder.

»Er kann SMS schreiben?«

»Ja. Wieso sollte er das nicht können?«

»Er muss mindestens achtzig Jahre alt sein. Es ist bemerkenswert, dass er sich in seinem Alter mit der Technologie des einundzwanzigsten Jahrhunderts beschäftigt.«

»Äh ... ja, vermutlich schon.« Raphael blickte auf seine goldene Armbanduhr, die ich schon am Vortag bewundert hatte. »Ich glaube, ich muss jetzt los. Sehen wir uns heute Abend?«

»Sicher.« Ich hatte zwar keine Ahnung, was Hanna mit mir vorhatte, aber auf keinen Fall würde ich mich zu einem zweiten Kaminabend überreden lassen.

»Dann bis heute Abend! Ich warte hier im Garten auf dich.« Raphael warf mir zum Abschied einen langen Blick zu und verschwand hinter den großen Bäumen.

Eine Stunde später trat ich frisch geduscht und seltsam beschwingt zu Hanna in die Küche und fand sie blass und leidend am Küchentisch. Sie hielt sich einen Eisbeutel an die Stirn und rührte mit der anderen Hand lustlos in einem Kaffee. Sogar die Hunde schienen zu spüren, dass sie Ruhe brauchte, denn sie lagen ausgestreckt unter dem Küchentisch und wedelten nur schwach mit dem Schwanz, als sie mich erblickten.

»Guten Morgen!« Ich setzte mich auf den Stuhl neben sie und griff nach der Kaffeekanne.

»Ja, ja ...« Sie nickte und verzog gleich darauf schmerzverzerrt das Gesicht.

»Kopfweh?«, frage ich grinsend.

»Unter anderem«, ächzte sie.

»Du Arme!«

Sie stützte ihren Kopf in beide Hände. »Ich trinke nie wieder etwas.«

Ich nahm Milch und Zucker. Dann belegte ich mir ein Käsebrot und biss herzhaft hinein. Hanna beobachtete mich staunend.

»Wieso hast du eigentlich kein Kopfweh?« Sie runzelte alarmiert die Stirn. »Du bist doch hoffentlich so viel Alkohol nicht gewohnt, oder?«

»Ich habe kein Alkoholproblem«, beruhigte ich sie.

»Hast du irgendein Zaubermittel in deiner Reiseapotheke? Falls ja, will ich sofort zwei Kilo davon haben!«

»Kein Zaubermittel«, verneinte ich kauend.

»Was dann?«

»Raphael hat ...«

»Raphael?« Überrascht blickte sie auf. »Hast du etwa die Nacht mit ihm verbracht?«

»Natürlich nicht! Was denkst du denn.«

»Keine Ahnung. Ich glaube, derzeit kann ich gar nichts denken.« Sie vergrub ihr Gesicht wieder in den Händen.

»Ich habe heute Morgen mit Raphael gesprochen, und auf einmal waren meine Schmerzen wie weggeblasen.«

»Warum hast du ihn nicht bei mir vorbeigeschickt? Ich hätte mich auch gern mit ihm unterhalten, wenn es mir danach besser geht.«

»Er ist schon fort, weil er sich bei einem Weinseminar angemeldet hat. Wir müssen dir also anders helfen.« Ich zog eine Packung Kopfschmerztabletten aus meiner Hosentasche.

Hanna betrachtete die Schachtel erfreut. »Gut, dass du Tabletten hast. Man sollte meinen, dass es in einem Arzthaushalt immer ausreichend Medikamente gibt. Leider ist das nicht der Fall. Ich habe heute Morgen schon alles durchsucht.«

»Ich bin auch nicht viel besser. Als Apothekerin sollte ich meinen Medikamentenbeutel immer griffbereit haben.«

»Aber?«

»Ich hatte die Erste-Hilfe-Tasche noch gar nicht ausgepackt.«

Hanna brachte ein schiefes Grinsen zustande.

»Siehst du, es wird schon besser«, sagte ich und gab ihr die Tabletten. »Und wenn es dir wieder gut geht, können wir endlich mit unserer Besichtigungstour beginnen.«

»Aber wir ändern das Programm«, murmelte Hanna und schluckte die Pillen mit etwas Wasser hinunter. »Die Weingüter lassen wir heute auf jeden Fall links liegen.«

Trotz der Programmänderung wurde es ein unbeschwerter und angenehmer Tag. Als die Medizin ihre Wirkung zeigte, brachen wir zum Kap der guten Hoffnung auf. Hanna lotste das Auto sicher durch den Berufsverkehr in Kapstadt, und nach einer Weile wurden die Straßen leerer. Wir passierten einige kleine Ortschaften, die sich an die Steilküste schmiegten und immer wieder traumhafte Ausblicke aufs Meer gewährten. Zwischendurch gönnten wir uns eine Tasse Kaffee in einem der unzähligen hübschen Cafés. Zu einem späten Mittagessen kehrten wir in ein Restaurant am Kap ein und ergatterten einen Tisch am Panoramafenster.

»Ich habe noch nie in Gegenwart von Walen gegessen«, bemerkte ich und deutete mit meiner Gabel aufs Meer hinaus, wo die Meeressäuger unbekümmert ihre Runden drehten.

Hanna lachte. »Eigentlich sind Wale die idealen Tischnachbarn. Egal, wie viel man in sich hineinstopft, man fühlt sich in ihrer Gesellschaft immer noch schlank.«

»Das stimmt.«

»Aber sei froh, dass sie nicht wissen, was wir gerade auf dem Teller haben«

»Der Fisch ist köstlich.«

»Und wurde natürlich artgerecht gehalten und umweltschonend gefangen.«

»Natürlich!« Ich prostete ihr mit Mineralwasser zu. »Außerdem sind Wale und Fische gar nicht miteinander verwandt.«

»Na, wenn das so ist« – Hanna erhob ebenfalls ihr Wasserglas – »dann können wir beruhigt sein.«

Wir ließen uns das Essen schmecken und wanderten anschließend träge am Kap entlang. Die Wintersonne stand recht tief und tauchte die wild zerklüftete Landschaft in warme, weiche Farben. Das tosende Brausen des Meeres und das Geschrei der Möwen machte eine Unterhaltung fast unmöglich, aber das störte mich nicht. Zufrieden stapfte ich mit bloßen Füßen durch den Sand, schlenkerte meine Sandalen in der Hand und ließ meine Gedanken schweifen.

Sie landeten ziemlich schnell bei Raphael. Was er wohl gerade machte?

Vermutlich ließ er sich irgendein geheimes Detail der Weinherstellung erklären. Ich sah ihn förmlich vor mir stehen, wie er hochkonzentriert den Ausführungen eines Winzers folgte, während er lässig an einem alten Holzfass lehnte. Seine Finger umschlossen ein Glas mit Weißwein, das er fachgerecht hin und her schwenkte und dann langsam zu seinen leicht geöffneten Lippen führte …

Unwillkürlich seufzte ich und schüttelte gleich darauf den Kopf über mich selbst. Was zum Teufel tat ich da?

Ich hatte schon immer eine lebhafte Fantasie und leider auch einen fatalen Hang zu Tagträumen gehabt. Doch keiner meiner Träume hatte sich jemals erfüllt. Meistens hatte mich die Realität sehr schnell auf den Boden der Tatsachen zurückgeholt.

Und doch – dieses Mal war es anders. Dieses Mal gab es ihn wirklich, meinen Traummann. Gut aussehend, reich, edel, verständnisvoll und zum Greifen nahe. Und er würde heute Abend auf mich warten. Wer weiß? Vielleicht würde er auf der Terrasse ein paar Kerzen anzünden und mich zur Begrüßung in die Arme nehmen?

Angespornt von dieser Aussicht beschleunigte ich meine Schritte, so dass Hanna kaum nachkam.

»He! Warum hast du es so eilig?«, brüllte sie gegen die Wellen an.

Sollte ich sie einweihen? Dann hatten wir im Garten am Abend garantiert keine ruhige Minute. »Ich trainiere!«

»Seit wann?«

»Seit jetzt!«

»Ist ja interessant. Und warum?«

»Damit ich Platz fürs Abendessen habe.« Das war nicht einmal gelogen, denn momentan fühlte ich mich ziemlich satt und vollgestopft.

»Gute Idee!« Hanna schloss zu mir auf. »Ich kenne nämlich eine nette Pizzeria in Somerset West. Die ist ideal fürs Abendessen.«

Gegen zweiundzwanzig Uhr lief ich erwartungsvoll durch den Garten zurück zu den Gästehäusern. Mein schlechtes Gewissen Hanna gegenüber hielt sich in Grenzen. Sie hatte nichts dagegen gehabt, den Abend nach dem Pizzaessen zu beenden, denn sie war müde und hatte einiges an Schlaf nachzuholen. Eigentlich galt das auch für mich, doch die Aussicht auf ein Treffen mit Raphael hatte mich munter gehalten.

Aufgeregt sah ich mich um. Ob Raphael sein Versprechen einlöste und auf mich wartete?

Der Garten lag im Dunkeln. Kein Kerzenschein, kein Raphael. Ich warf einen Blick auf die Fenster seines Hauses. Auch hier brannte kein Licht. Enttäuscht kramte ich meinen Zimmerschlüssel aus der Hosentasche und steckte ihn ins Schloss.

»Theresa?«, ertönte seine sanfte Stimme auf einmal hinter mir. »Wo willst du hin?«

Erschreckt fuhr ich herum und brauchte eine Weile, bis ich mich an die Dunkelheit gewöhnt hatte. Dann entdeckte ich ihn. Er lag ausgestreckt auf der Wiese und blickte in den Himmel. Zögernd ging ich auf ihn zu.

»Komm!« Er klopfte mit der Hand auf den Platz zu seiner Rechten. »Leg dich neben mich.«

»Warum?« Was sollte das werden? Er gehörte doch hoffentlich nicht zu diesen Freiluft-Fanatikern, die auf Wiesen übernachteten, um mit der Natur eins zu werden? Es war verdammt kalt hier draußen.

»Nun komm schon!« Er ergriff meine Hand und zog mich herunter. Ächzend landete ich auf dem Bauch.

»So kannst du nichts sehen«, kritisierte er.

»Was soll ich denn sehen?«, erkundigte ich mich misstrauisch. Der Anfang dieses Dates gefiel mir ganz und gar nicht.

»Ich möchte dir den Sternenhimmel zeigen.« Mit diesen Worten drehte er mich an den Schultern herum, so dass ich nun neben ihm auf dem Rücken lag.

»He!«, protestierte ich. Doch dann fiel mein Blick auf den Himmel über uns, und schon war alles andere vergessen.

»Wahnsinn«, war alles, was ich noch herausbrachte. Ich schaute in die Weiten des Universums. Noch nie hatte ich so viele Sterne auf einmal gesehen. Sie strahlten hell auf die Erde nieder und funkelten so dicht nebeneinander, dass es aussah, als hätte jemand eine weiße Flüssigkeit verschüttet.

»Das ist die Milchstraße«, erklärte Raphael, der meinem Blick gefolgt war.

»Nein.« Ich schüttelte langsam den Kopf. »Das ist ein Wunder. So viele Himmelslichter!«

»Die Sterne sind nicht wirklich am Himmel.«

»Aber nahe dran«, flüsterte ich andächtig.

»So nahe auch wieder nicht.«

»Trotzdem ist es unglaublich schön. Warum kann man das bei uns zu Hause nicht so gut sehen?«

»Weil es hier viel weniger Fremdlicht gibt«, erklärte Raphael und deutete mit der Hand hinaus in die Nacht. »Schau mal, dort oben ist das Kreuz des Südens. Siehst du die Achse?«

Ich sah keine Achse, sondern nur Millionen von Sternen.

»Wunderschön!«

»Und dort, erkennst du das Sternbild des Einhorns? Man kann es auf der Süd- und auf der Nordhalbkugel sehen.«

»Interessant.«

»Andere Sternbilder gibt es nur hier unten im Süden, zum Beispiel den großen Hund.«

»Aha.« Ich nickte und tat interessiert. Je schneller wir den astronomischen Teil hinter uns brachten, umso eher konnten wir vielleicht zu den privaten Themen übergehen.

»Columba ist auch zu sehen.«

»Hm.«

»Da drüben ist das Sternbild der Libra, und hier das Telescopium ...«

Er wurde durch »Mission Impossible« unterbrochen, und in diesem Moment war ich fast dankbar für die Störung. Wer weiß, wie viele Sternbilder er mir sonst noch erklärt hätte?

Raphael richtete sich auf und las die SMS. Seine Augen weiteten sich.

»Schlechte Nachrichten?«

»Eigentlich nicht.«

»Warum schaust du dann so ungläubig?«

»Eva hat mir einen Rat gegeben.« Er kratzte sich verlegen am Kinn.

»Schon wieder Eva«, bemerkte ich amüsiert. »Dann ist sie wohl auf ›Mission Impossible‹? Interessante Musikwahl.«

»Wie bitte?« Er löste seinen Blick vom Display.

»Du hast für Eva ›Mission Impossible‹ als Erkennungston gewählt.«

Er schmunzelte. »Den hat sie sich selbst ausgesucht. Genauso wie Gabriel die Melodie von ›Glory, Glory, Halleluja!‹«

»Immerhin scheinen sie Humor zu haben.« Ich grinste. »Und? Welchen Rat hat Eva dir gegeben?«

»Ach, das ist geschäftlich.« Er legte das Handy zur Seite.
»Ziemlich spät für einen geschäftlichen Tipp.«
»Tja, Eva mischt sich gern ein.«
»Scheint mir auch so.«
Zögernd strich er mir eine Haarsträhne aus dem Gesicht. »Wo waren wir gerade stehengeblieben?«

Keine Ahnung. Der Hund und das Teleskop waren die einzigen Sternbilder, an die ich mich erinnern konnte. Aber ich hatte keine Lust, zu diesem Thema zurückzukehren. Schon gar nicht, weil ich Raphaels Hand an meiner Stirn spürte und sich diese Berührung unheimlich gut anfühlte.

»Wir waren bei der Schönheit des Sternenhimmels«, sagte ich stattdessen und seufzte. »Man kommt sich so klein und unbedeutend vor.«

»Du bist nicht klein und unbedeutend«, widersprach er. »Du bist wunderschön.«

»Ja?« Erst die zarte Berührung, und jetzt auch noch ein nettes Kompliment. Der Abend entwickelte sich endlich in die richtige Richtung. Aber es wurde noch besser!

»Du hast tolle Augen.«
»Wirklich?«
»Eine Wahnsinnsausstrahlung.«
»Echt?«
»Und du bist intelligent und hast Humor.«
»Hm.« Eine positive Einschätzung meiner Figur in Verbindung mit dem Wort »sexy« hätte mich mehr gefreut, aber ich wollte nicht undankbar erscheinen. Humor und Intelligenz waren schließlich auch sehr wichtig. Außerdem: Wann hatte mir ein Mann schon jemals so viele Komplimente am Stück gemacht? Und waren es nicht genau die Sätze gewesen, die eine Frau gern hörte?

»Ich bin gern mit dir zusammen.« Raphael ergriff meine Hand und zog sie zu seinem Mund. Einen Moment später spürte ich seine weichen Lippen auf meinem Handrücken. Dabei schob er langsam seinen anderen Arm unter meinen Nacken und rückte näher an mich heran.

Ich wagte kaum zu atmen und schloss die Augen. Doch der Kuss, den ich erwartet hatte, blieb aus. Stattdessen lag er nur dicht neben mir und ließ meine Hand nicht mehr los.

Langsam öffnete ich die Augen wieder und stellte erstaunt fest, wie zufrieden und glücklich ich mich fühlte. Zugegeben: Ein Handkuss war nicht unbedingt das, was ich erwartet hatte. Ein richtiger Kuss wäre mir lieber gewesen. Aber wen störte es, dass Raphael offensichtlich in Liebesdingen nicht besonders erfahren war? Wen störte es, dass er es langsam angehen wollte? Die Hauptsache war doch, dass wir uns unter einem unvorstellbar schönen Sternenhimmel in den Armen lagen. In diesem Moment war ich mir ganz sicher, dass ich meinen Traumprinzen gefunden hatte.

3

»Heute packen wir unsere Taschen und fahren für ein paar Tage herum«, verkündete Hanna am nächsten Morgen.

»Hm?« Erschreckt fuhr ich von meiner Kaffeetasse auf, in die ich seit fünf Minuten träumerisch hineinstarrte. Hatte sie gerade etwas von Wegfahren gesagt?

Hannas Gesicht tauchte dicht vor meiner Tasse auf. »Wir. Machen. Einen. Ausflug.«

»Warum?«

»Damit du etwas vom Land siehst, darum!«

»Aber ich kann auch hier etwas vom Land sehen«, protestierte ich. Auf keinen Fall wollte ich länger als nötig von Raphael getrennt sein. Schon gar nicht nach dem gestrigen Abend.

Hanna lachte. »Na klar! Wir können auch eine Woche lang bei mir im Garten sitzen. Dann hast du zu Hause echt was zu erzählen...«

»Wir könnten Tagesausflüge machen.«

»Wir könnten aber auch für länger wegbleiben.« Sie hielt mir eine Straßenkarte unter die Nase. »Zuerst fahren wir in die Berge, dann in die Karoo, und schließlich über die Garden Route zurück nach Kapstadt.«

Ich rechnete schnell die Entfernungsangaben zusammen. »Das ist eine Strecke von 1593 Kilometern.«

»Na und? Wir haben drei Tage Zeit.«

»Drei Tage?« Ich sprang auf. »Heißt das dann auch drei Nächte?«

»Natürlich.«

»Aber ...« Drei Tage und drei Nächte ohne Raphael? Und das, wo wir uns gestern so nahe gekommen waren ... »Aber dann ist mein Urlaub ja fast schon vorbei, wenn wir wiederkommen.«

»Ich habe dir immer gesagt, dass sieben Tage Urlaub zu kurz sind.«

»Kannst du denn so lange fortbleiben? Was ist mit den Hunden?«

»Die Hunde werden von Martha versorgt.« Sie deutete in die Küche, wo das Hausmädchen gerade die Wäsche bügelte. Martha war eine hübsche, dunkelhäutige Frau, die ihr erstes Kind erwartete. Als sie merkte, dass ich sie anstarrte, winkte sie mir freundlich zu.

Ich lächelte gezwungen zurück. »Und wenn Peter früher als geplant zurück ist?«

»Er kann für sich selbst sorgen.«

»Aber die Mädchen?« Ich wurde immer verzweifelter.

»Sie kommen nicht eher. Und falls doch, ist Martha da.«

»Und was ist mit Raphael?«, platzte ich schließlich heraus und versuchte, dabei ein unbeteiligtes Gesicht zu machen.

»Was soll mit ihm sein? Er ist jeden Tag bei irgendeiner Schulung, und um sein Zimmer und sein Frühstück wird sich Martha kümmern.«

Ich schüttelte den Kopf. »Was soll Martha denn noch alles erledigen? Die Arme ist hochschwanger!«

Hanna grinste amüsiert. »Martha ist erst im fünften Monat. Das kann man wirklich nicht als hochschwanger bezeichnen. Und was deine heimliche Romanze mit Raphael betrifft, so könnt Ihr euch zu Hause in Deutschland auf seinem Schloss oft genug verabreden.«

Wusste ich es doch, sie hatte mich längst durchschaut. »Ich verheimliche überhaupt nichts«, brummte ich.

»So? Habt ihr euch gestern Abend nicht getroffen?«

»Doch.« Leugnen war zwecklos. Wahrscheinlich hatte sie uns im Garten gehört.

»Und?«

»Und was?«

»Was wohl? Ihr habt vermutlich nicht nur die Sterne bewundert, oder?«

»Eigentlich doch.«

»Kein Kuss?«

»Wie genau definierst du ›Kuss‹?«

Spöttisch zog Hanna die Augenbrauen nach oben. »Gibt es da mehr als eine Möglichkeit?«

»Zählt ein Handkuss auch?«

»O Gott, welchem Jahrhundert ist der denn entsprungen?«

»Das war sehr romantisch.« Ich errötete, als ich mich an die Berührung seiner Lippen erinnerte.

»Ja, das muss es wohl«, meinte sie und blickte mich prüfend an. »Du strahlst ja richtig.«

»Raphael ist einfach perfekt«, flüsterte ich.

»Nicht ganz.« Sie lachte. »Aber einen richtigen Kuss kriegt er sicherlich auch noch irgendwann auf die Reihe.«

»Wie denn, wenn ich jetzt für drei Tage verschwinde?«

»Du kommst ja wieder ...«

»... um dann gleich darauf nach Hause zu fliegen.«

»Ebendeshalb! Diese drei Tage sind für uns erst einmal die letzte Gelegenheit, Zeit miteinander zu verbringen.«

»Aber was ist mit Raphael?«

»Der bleibt brav hier, wird seine Weinseminare besuchen und auf deine Rückkehr warten.«

»Und wenn er das nicht tut?«

»Theresa Neumann!« Hanna baute sich vor mir auf und stemmte die Arme in die Seiten. »Du willst mir doch jetzt nicht im Ernst erzählen, dass dir dieser Mann wichtiger ist als die Zeit mit mir?«

»Ich bin ja selbst ganz überrascht.«

»Du opferst die wenigen Tage, die uns bleiben, für einen Typen, der im Garten Handküsse verteilt?«

»Er verteilt sie nicht«, entgegnete ich ärgerlich. »Oder hast du auch einen bekommen?«

»Nein.«

»Siehst du!«

»Ich hätte auch keinen gewollt.«

»Gut zu wissen!« Ich funkelte sie böse an.

»Schön!« Hanna ließ die Arme sinken. »Aber eines sage ich dir: Wir fahren trotzdem!«

Wir schmollten noch miteinander, als wir Kapstadt längst hinter uns gelassen hatten und die Berge erreichten. Hanna hatte das Autoradio laut gedreht und konzentrierte sich auf den Verkehr. Ich schaute betont interessiert aus dem Seitenfenster und bewunderte die Landschaft, die zugegebenermaßen grandios war. Selbst bei der Wanderung zu einer Höhle mit Wandmalereien liefen wir mit drei Schritten Abstand hintereinander her und sprachen kein Wort.

Bis zum Abendessen hielten wir durch. Dann war es Hanna, die das Schweigen brach. »Hast du Raphael eine Nachricht hinterlassen?«, wollte sie wissen, als das Dessert serviert wurde.

Ich nickte und steckte mir einen Löffel voller Schokoladenmousse in den Mund.

»Und?«

Ich zuckte mit den Schultern.

»Hast du ihm deine Handy-Nummer gegeben?«

Ich schüttelte den Kopf. Mein Handy funktionierte in Südafrika nicht.

Hanna seufzte. »Kannst du vielleicht auch mal etwas sagen?«

»Was soll ich denn sagen? Dass ich hoffe, dass er noch da ist, wenn ich zurückkomme?« Ich legte den Löffel beiseite.

»So etwas Ähnliches. Er wartet bestimmt auf deine Rückkehr. Was soll er auch sonst machen?«

»Keine Ahnung. Anderen Frauen den Sternenhimmel erklären?«

»Wem denn – Martha? Die wird ihm einen Vogel zeigen.«

Ob ich wollte oder nicht, ich musste lachen.

»Sei mal ein bisschen selbstbewusster!«, drängte Hanna und ergriff meine Hand. »Nicht alle Männer schauen sich nach anderen Frauen um, sobald ihre Liebste weg ist.«

»Meine Männer haben das aber bislang so gemacht«, murmelte ich.

»Das war nur ein einziger Mann, soweit ich weiß. Und der war bestimmt nicht repräsentativ für alle anderen.«

»Da hast du sehr recht!«

»Raphael ist irgendwie anders.«

»Im positiven Sinn des Wortes.«

»Natürlich. Euer Wiedersehen wird perfekt werden.«

»Wenn du es sagst.«

»Ich weiß es.« Hanna lächelte mir aufmunternd zu. »Er wird bei Sonnenuntergang im Garten stehen, seine Arme ausbreiten und strahlend auf dich zu kommen.«

»Womöglich noch in Zeitlupe, wie in jedem schlechten Liebesfilm.«

»So ähnlich. Und vielleicht hat er als Willkommensgeschenk etwas mehr zu bieten als einen Handkuss.«

»Hm.« Der Gedanke gefiel mir.

»Aber bis zu dieser aufregenden Szene werden wir beide zusammen eine schöne Zeit verleben, okay?«

»Einverstanden«, entgegnete ich versöhnlich. Uns blieben tatsächlich nur noch diese vier Tage, bevor es für mich wieder nach Hause ging und uns danach Tausende von Kilometern trennen würden. Raphael hingegen würde ich, wenn alles gut lief, in Deutschland jederzeit wiedersehen können.

»Prima.« Hanna seufzte erleichtert. »Darauf sollten wir ein Glas Sekt trinken.«

»Jetzt?«

»Ja, klar!«

»Hast du die Kopfschmerzen schon vergessen?«

»Nein. Du etwa?«

»Natürlich nicht. Sie waren grässlich.«

»Dann sind wir uns ja einig.« Sie grinste. »Nehmen wir jede ein Glas, oder sollen wir gleich eine ganze Flasche bestellen?«

»Eine Flasche für zwei Leute ist eigentlich nicht besonders viel.«

»Siehst du!« Sie tätschelte mir die Hand. »So gefällst du mir schon besser. Du wirst sehen, die Zeit vergeht wie im Flug. Du wirst nicht einmal an Raphael denken.«

Natürlich kam es tatsächlich so, wie Hanna es vorausgesagt hatte. Die nächsten drei Tage verliefen so ereignisreich, dass ich gar keine Zeit hatte, ihn zu vermissen. Wir durchquerten wilde Schluchten, badeten in heißen Quellen, besichtigten zahlreiche Weingüter und Straußenfarmen, erlebten die Stille der Wüste und das Tosen der Meeresbrandung und fielen jeden Abend todmüde in ein gemütliches Hotelbett.

»So hätte ich es noch eine Weile lang aushalten können«, seufzte ich, als wir am Mittwochnachmittag wieder in die Auffahrt ihres Hauses in Somerset West bogen.

»Ich auch.« Hanna lachte und brachte den Wagen zum Stehen.

»Hanna, ich …« Ich räusperte mich verlegen.

»O je! Jetzt kommt hoffentlich keine große Entschuldigung, oder?«

»Eigentlich doch. Beinahe hätte ich unsere Freundschaft aufs Spiel gesetzt.«

»Ganz so dramatisch würde ich das nicht sehen.«

»Trotzdem. Entschuldigung!«

Sie löste ihren Sicherheitsgurt und umarmte mich kurz. »Schon okay.«

»Das waren wunderschöne Tage.«

»Fand ich auch.«

Ich griff zu meinem Rucksack, der auf dem Rücksitz lag, und zog ihn zu mir nach vorn.

»Warte!« Hanna hielt mich am Arm fest. »Willst du dich nicht noch ein wenig frisch machen, bevor du Raphael gegenübertrittst?«

»Meinst du, er ist schon zu Hause?«

Sie deutete auf den weißen Mietwagen, der direkt neben den Garagen parkte. »Vermutlich schon.«

»Oh!« Ich hatte noch gar nicht mit ihm gerechnet. Eigentlich hatte ich duschen und mich umziehen wollen, und Zähneputzen wäre auch nicht schlecht gewesen.

»Komm!« Hanna nahm meinen Rucksack und zog mich ins Haus, wo wir von Molly und Gunther stürmisch begrüßt wurden. Sie schob mich an den Hunden vorbei ins Badezimmer. »Ich bringe dir ein frisches Handtuch. Der Föhn liegt links im Schrank, und zur Feier des Tages darfst du auch gern mein Parfum benutzen. Aber deine Kulturtasche hast du ja dabei.«

Ich nickte, noch etwas benommen von der plötzlichen Wendung der Ereignisse. Gerade noch hatte ich gemütlich mit Hanna im Auto gesessen, und jetzt sollte ich wieder Raphael gegenübertreten.

»Nun mach schon!« Hanna trieb mich zur Eile.

Ich zögerte. »Wenn er drei Tage lang gewartet hat, kann er auch noch eine halbe Stunde länger warten.«

»Und das sagst ausgerechnet du!« Sie lachte und schlug die Tür zu.

Langsam öffnete ich meinen Reiserucksack, nahm die Kulturtasche heraus und wühlte dann für eine Weile unschlüssig in meiner Kleidung herum. Natürlich fand ich nur Jeans, T-Shirts und einen Kapuzen-Pulli, schließlich war es bei unserem Ausflug eher ums Wohlfühlen als um gutes Aussehen gegangen.

»Hier!« Hanna streckte ihre Hand durch die Tür. Ich nahm nacheinander ein Badetuch und ein wunderschönes Sommerkleid entgegen.

»Das ist traumhaft. Ist das deins?« Ich betrachtete den hellgrauen Stoff, der mit großen roten Blüten bedruckt war.

»Ja. Und das soll es auch bleiben. Ich leihe es dir nur für heute aus.« Hanna und ich hatten schon immer ungefähr die gleiche Figur gehabt – zu meinem Leidwesen auch nach ihrer Schwangerschaft. Doch *sie* konnte die überflüssigen Pfunde auf ihre Hormone schieben, während ich damit leben musste, dass man mir ansah, dass ich gut und gern aß.

»Danke! Du bist ein Schatz!«

Zwanzig Minuten später drehte ich mich neckisch vor dem Spiegel hin und her und bewunderte mich selbst. Der weit schwingende Stoff des Kleides ließ jede meiner Bewegungen weich und fließend erscheinen. Meine Haare fielen mir frisch gewaschen und duftend um die Schultern, und mein Mund glänzte dank Hannas Lippenstift verführerisch rot, Ton in Ton mit den Blumen auf dem grauen Kleid.

»Was machen wir wegen der Schuhe?« Hannas Blick blieb an meinen Füßen hängen.

»Verdammt! Ich habe nur Turnschuhe und Badelatschen dabei.«

»Hm. Beides ist nicht unbedingt erste Wahl«, grinste sie. »Und meine Schuhe passen dir nicht.« Sie hatte sehr kleine Füße.

»Macht nichts«, beschloss ich. »Dann gehe ich einfach ohne Schuhe.«

»Barfuß? Es ist recht frisch draußen.«

»Das ist egal.«

»Nackte Füße haben etwas sehr Erotisches an sich.«

»Hanna!« Ich streckte ihr die Zunge heraus.

»Nun geh' schon!« Sie schob mich Richtung Tür. »Er hat sicherlich längst gesehen, dass wir zurück sind.«

Plötzlich bekam ich irrsinniges Herzklopfen. »Ich muss noch meine Sachen wegräumen.«

»Die können erst einmal hier liegenbleiben.«

»Ich habe die Dusche nicht geputzt.«

»Das macht Martha.«

»Aber meine Zahnbürste liegt noch auf dem Waschbecken.«

»Ich packe sie in deinen Beutel, keine Sorge.«

Keine Sorge? Momentan war ich so nervös und aufgeregt wie selten zuvor.

»Geh jetzt endlich!«, wiederholte Hanna. »Ich wünsche dir viel Glück!«

»Na, dann ...« – ich atmete tief durch – »... dann mal los!«

Der Wind hatte aufgefrischt, als ich in den Garten trat, aber zum Glück war die Wiese trocken, so dass ich keine nassen Füße bekam. Langsam schlenderte ich an der Baumgruppe vorbei zu den Gästehäusern.

Ich war nur noch ein paar Schritte von den Häusern entfernt, als Raphaels Tür aufging und er auf die Terrasse trat.

Unwillkürlich hielt ich den Atem an. Er war noch attraktiver, als ich ihn in Erinnerung hatte. Sein marineblaues T-Shirt hing lose über die helle Jeans und war am Hals gerade so tief ausgeschnitten, dass man darunter seine braune, makellose Haut erkennen konnte. Ungeduldig strich er sich die Haare aus dem Gesicht und lächelte erfreut, als er mich erkannte.

»Da bist du ja wieder!«

»Ja.« Etwas enttäuscht blieb ich stehen. Nach den drei Tagen Trennung hatte ich etwas mehr erwartet als ein sachliches »Da bist du ja wieder!«

»Hat es Spaß gemacht?«

Noch solch eine nüchterne Frage! »Ja.«

»Habt ihr viel gesehen?«

Ich nickte.

»Das ist schön. Ich wollte gerade ...« Die Titelmelodie aus »Mission Impossible« unterbrach ihn.

»Entschuldige!«

Während er die SMS las, stand ich unschlüssig auf dem Rasen und bewegte meine Zehen auf und ab. Langsam bekam ich kalte Füße. Außerdem war ich maßlos enttäuscht über seine Reaktion auf unser Wiedersehen. Und jetzt musste sich auch noch seine scheinbar so unentbehrliche Assistentin einmischen!

»Schläft diese Eva eigentlich auch mal irgendwann?«, erkundigte ich mich missgestimmt, als er das Handy wieder einsteckte.

»Wie meinst du das?«

»Sie textet dich zu jeder Tages- und Nachtzeit zu.« Ich deutete auf die Sonne, die langsam glutrot hinter der Baumgruppe unterging. »Sogar bei einem romantischen Sonnenuntergang.«

»Stimmt.« Zerstreut schaute er zum Himmel, und die

Sonne tauchte sein Gesicht in warmes Orange. Bei diesem Anblick vergaß ich meinen Ärger schlagartig.

»Können wir noch einmal von vorn beginnen?«, bat er mit sanfter Stimme.

»Womit?«

»Mit der Begrüßung.«

»Warum?«

»Weil ich es vermasselt habe.« Er schaute mich bittend an, und sein intensiver Blick brachte sogar meine kalten Füße zum Glühen. Offensichtlich meinte er es ernst.

»Äh ... okay ...«, flüsterte ich.

»Dein Kleid sieht zauberhaft aus.«

»Danke.«

Behutsam breitete er die Arme aus und kam langsam auf mich zu. »Ich habe dich so vermisst!«

»Ich dich auch«, entgegnete ich und machte ein paar Schritte vorwärts.

»Ich glaube, ich habe gemerkt, wie viel du mir bedeutest.«

»Du bedeutest mir auch sehr viel.« Noch während ich das sagte, schoss mir flüchtig durch den Kopf, dass dieser Wortwechsel und die Szenerie tatsächlich an diesen schlechten Liebesfilm erinnerten, den Hanna so treffend beschrieben hatte. Wir bewegten uns ähnlich wie Schauspieler auf dem Weg zum Happy End. Sogar die Sonne strahlte im Hintergrund. Es fehlte eigentlich nur noch die stimmungsvolle Musik.

Aber ich hatte nur Bruchteile von Sekunden, um mich darüber zu wundern. Dann umfingen mich Raphaels Arme, und er presste seine Lippen auf meine. Und von diesem Moment an dachte ich gar nichts mehr.

Woche 2

»Management by surprise:
Erst handeln, und sich dann von
den Folgen überraschen lassen.«
(Verfasser unbekannt)

Projekt: Engel für Single (EfüSi) / Protokoll des Meetings vom 14. Mai

Teilnehmer: Petrus (Projektleiter)
Gabriel (stellv. Projektleiter)
Maria
Adam
Eva (Protokollführerin)

TOP 1: Aktuelle Lage
Nach anfänglichen Schwierigkeiten entwickelt sich die Lage günstig. Der VE kann erste Erfolge verzeichnen. Allerdings weist er immer noch Defizite in der Kommunikation mit der VP auf, insbesondere bei persönlichen Themen.

Mit kurzen, präzise formulierten Anweisungen per SMS konnte die Protokollführerin dem VE jedoch situationsgerecht helfen.

TOP 2: Ausblick
VE und VP sind heute früh nach Deutschland zurückgekehrt. Ziel der nächsten Woche muss es sein, das Verhältnis zwischen VE und VP zu festigen und zu vertiefen.

Über die Tiefe des Verhältnisses besteht jedoch Uneinigkeit.

Der stellvertretende Projektleiter lehnt jegliche körperliche Intimität ab, wird aber durch die weiblichen Teammitglieder überstimmt (Stimmenthaltungen: Projektleiter und Teammitglied Adam).

TOP 3: Maßnahmen
Der VE benötigt für seine menschliche Existenz noch einige Produkte des täglichen Lebens. Folgende Anschaffungen werden beschlossen:

- Kauf eines Autos, einer kompletten Herrengarderobe und entsprechender Toilettenartikel
- Einrichtung und Ausstattung der Inhaber-Suite im Schloss Silberstein für den VE

Den Autokauf übernimmt das Teammitglied Adam. Die Protokollführerin wird sich um die Herrengarderobe, die Toilettenartikel und die Wohnungseinrichtung kümmern.

TOP 4: Verschiedenes
Auf ausdrücklichen Wunsch des stellvertretenden Projektleiters wird ins Protokoll aufgenommen, dass er

- gegen alle beschlossenen Maßnahmen gestimmt hat,
- sich bei der Frage nach Intimität weiterhin eine eigene Meinung vorbehält,
- sich aber ansonsten der Stimmenmehrheit beugt.

Das Treffen wird nach einer halben Stunde abgebrochen, da der Projektleiter noch einen Wirbelsturm über dem Pazifik umleiten muss.

TOP 5: Termine
Nächstes Treffen am Freitag, 21. Mai, um 9 Uhr.

4

Ich brauchte eine Weile, um mich zu orientieren, als ich am Freitagmittag gegen elf Uhr erwachte.

Das war nicht mehr das hübsche kleine Cottage mit den karierten Vorhängen und den Holzmöbeln, in dem ich mich so wohl gefühlt hatte. Stattdessen erblickte ich einen riesigen Spiegelschrank, einen alten Schaukelstuhl und eine weiße Kommode. Aus zwei Koffern auf dem Boden quoll ein fürchterliches Durcheinander. Kleidungsstücke lagen überall verstreut, und an der Lehne des Schaukelstuhls hingen mehrere bunte Plastiktüten mit Souvenirs, die ich am Flughafen erstanden hatte. Mit anderen Worten: alte, von meinen Eltern geerbte Möbel und dazu das vertraute Chaos. Ich war wieder zu Hause.

Träge tastete ich nach dem kleinen Radio auf meinem Nachttisch und schaltete gerade rechtzeitig zu den Nachrichten ein. Während ich es mir noch einmal im Bett gemütlich machte, lauschte ich mit halbem Ohr der Stimme des Radiosprechers.

In den sieben Tagen meines Urlaubs war offensichtlich nicht viel Neues passiert. Die Regierung stritt mit der Opposition, das Benzin wurde schon wieder teurer, und im Pazifik war ein Wirbelsturm kurz vor der polynesischen Küste überraschend abgedreht und aufs Meer hinausgezogen, ohne großen Schaden anzurichten. Der Wetterbericht versprach

Sonne und angenehme Wärme. Genau das Richtige, um meine Reisemüdigkeit zu bekämpfen!

Ich war die ganze letzte Nacht hindurch geflogen und erst gegen fünf Uhr gelandet. Raphael, der schon Stunden vorher mit seiner Privatmaschine aufgebrochen war, hatte mich am Flughafen erwartet und nach Hause begleitet.

Ach ja – Raphael!

Ich unterdrückte einen sehnsuchtsvollen Seufzer und zog mein Handy aus dem Reiserucksack. Während ich seine Telefonnummer eintippte, fragte ich mich, welcher Klingelton wohl in diesem Moment auf seinem Handy ertönte. Hoffentlich nicht so etwas Schräges wie »Mission Impossible« oder »Glory, Glory, Halleluja«! Bei Gelegenheit würde ich ihn danach fragen.

»Theresa?« Seine sanfte Stimme war wie eine zarte Berührung an meinem Ohr. »Bist du schon wieder wach?«

»Na ja, halbwegs. Warum klingst du so munter?«

Er lachte. »Ich brauche keinen Schlaf.«

»Scheint mir auch so.«

»Kann ich vorbeikommen?«

»Jetzt?«

»Ja! Oder passt es dir nicht?«

»Doch!«

»Aber?«

»Ich bin noch im Bett und habe nichts an.« Im nächsten Moment ärgerte ich mich über meine Bemerkung. Das klang ja wie eine zweideutige Einladung!

Doch offenbar störte ihn das nicht. »Dann steh auf und zieh dir was über!«, schlug er gut gelaunt vor. »Ich bin in zehn Minuten bei dir.«

In zehn Minuten? Ich blickte auf das Durcheinander auf dem Boden und dann in mein zerknittertes Gesicht im Schrankspiegel. Zehn Minuten würden niemals ausreichen, weder für das Chaos noch für das Gesicht. »Können es auch zwanzig Minuten sein?«

»Ich bin aber schon losgefahren und brauche nur noch zehn Minuten.«

»Du bist schon unterwegs? Woher wusstest du, wann ich aufwache?«

Er lachte geheimnisvoll. »Ich habe meine Quellen.«

Was für ein verrückter, liebenswerter Mensch! Je eher ich ihn wiedersah, desto besser. »Gut, dann eben in zehn Minuten.«

»Ich freue mich auf dich.«

»Ich mich auch. Bis dann!«

Die nächsten Minuten verliefen äußerst hektisch. Ich duschte, putzte mir die Zähne, zog Unterhose und T-Shirt an und begann hastig, etwas Ordnung zu schaffen. Gerade, als ich die Plastiktüten mit den Souvenirs vom Stuhl genommen hatte, klingelte mein Handy.

Es war Hanna. »Habe ich dich geweckt?«

»Nein, ich bin schon seit einer Weile wach.« Dankbar für die Unterbrechung, legte ich die Tüten zu den Kleiderhaufen auf den Boden und ließ mich dann aufs Bett fallen.

»Wie war der Flug? Bist du gut nach Hause gekommen?«

»Der Flug war ruhig, und ich bin pünktlich gelandet. Raphael hat mich vom Flughafen abgeholt.«

»Das ist nett von ihm. Obwohl ich immer noch nicht verstehe, warum er dich nicht eingeladen hat, mit ihm zu fliegen.«

»Das habe ich dir doch schon erklärt. Er hat keine Erlaubnis dazu, Gäste mitzunehmen.«

»Vermutlich ist das gar nicht sein privater Flieger, sondern das Flugzeug wird von irgendeiner Firma gestellt.«

»Von welcher Firma?«

»Keine Ahnung. Vielleicht ist es ja auch ein Arrangement

mit einem Prominenten, dem er mal das Leben gerettet hat und der ihm aus Dankbarkeit lebenslange Freiflüge mit seinem Privatjet zugesagt hat.«

»Hanna! Jetzt geht aber die Fantasie mit dir durch.«

»Apropos schmutzige Fantasie: Wie war denn der Morgen im Bett?«

»Schön. Ich habe geschlafen.«

»Allein?«

»Natürlich.«

»Er hat nicht bei dir geschlafen?«

»Nein.«

»Ihr wisst, dass ihr beide erwachsen seid, oder?«

»Na ja ... irgendwie war ich ziemlich müde«, verteidigte ich mich. »Und ...«

»Und?«

»Ich glaube, er hat es auch nicht besonders eilig. Wir warten lieber noch etwas.«

»Warten.« Hanna räusperte sich, und ich konnte förmlich spüren, wie es in ihrem Kopf arbeitete. »Worauf?«

»Keine Ahnung.«

»Hm ...«

Ich bemühte mich, das Gespräch in eine andere, weniger schlüpfrige Richtung zu lenken. »Und, was gibt es bei dir Neues? Ist deine Familie zurück?«

»Ja. Seit letzter Nacht sind alle wieder zu Hause.« Sie gab mir einen anschaulichen Bericht über ihren Vormittag, und ich musste ein paar Mal herzhaft lachen. Dabei bemerkte ich jedoch nicht, wie schnell die Zeit verflog. Plötzlich klingelte es an der Tür.

»Das ist Raphael.« Ich sprang auf. »Verdammt, ich bin noch nicht einmal richtig angezogen!«

»Das trifft sich gut. Vielleicht hat er ja beschlossen, eure Warterei zu beenden, und überfällt dich gleich im Treppenhaus.«

»Du bist unmöglich!« Ich balancierte vorsichtig um das Chaos auf dem Teppich herum Richtung Tür.
»Ich weiß.«
»Ich vermisse dich!«
»Ich dich auch.«
»Mach's gut!«

Ich warf das Handy aufs Bett und knallte die Tür zum Schlafzimmer zu. Das Durcheinander konnte warten, denn die Chancen, dass Raphael und ich heute noch im Bett landen würden, waren eher gering. Ich seufzte sehnsuchtsvoll und schüttelte gleich darauf ärgerlich den Kopf. Dieses Thema würde sich hoffentlich nicht zu einem gedanklichen Dauerbrenner entwickeln!

Aber als ich die Tür öffnete und Raphael erblickte, zog sich mein Magen – oder was immer dort unten lag – sehnsuchtsvoll zusammen. Er sah umwerfend attraktiv aus. Kein Wunder, dass man bei diesem Anblick auf ganz bestimmte Ideen kam!

»Guten Morgen, mein Liebling.« Er nahm mich in seine Arme und drückte mir zärtlich einen Kuss auf die Stirn.

»Du riechst so gut«, flüsterte ich und schnupperte an seinem Hals.

»Du auch.« Raphael griff mir in die nassen Haare. »Ist das Pfirsich-Shampoo?«

Ich nickte.

Seine Hände strichen über meinen Rücken nach unten und blieben auf meinen nackten Oberschenkeln liegen. »Es scheint eines deiner Hobbys zu sein, in T-Shirt und Unterhose herumzulaufen«, murmelte er amüsiert.

»O je.« Ich wurde rot. »Entschuldige!«
»Macht nichts. Das sieht süß aus.«
»Findest du?«

»Und irgendwie sexy.«

»Oh.« Vielleicht hatte Hanna mit ihrer Vermutung am Telefon gar nicht so unrecht gehabt. Vielleicht hatte die Warterei heute ein Ende.

Aber ich hatte mich zu früh gefreut. Nach dem nächsten Kuss schob mich Raphael ein Stück von sich fort. »Hast du schon gefrühstückt?«

Ich schüttelte den Kopf.

»Das dachte ich mir.« Er griff hinter sich und zauberte einen Einkaufskorb hervor, der randvoll mit Lebensmitteln gefüllt war.

»Danke«, sagte ich, enttäuscht vom plötzlichen Ende unserer Zärtlichkeiten. »Eigentlich bin ich gar nicht hungrig.«

»Das glaube ich nicht.« Raphael wühlte in dem Korb herum und zog mehrere Tüten heraus. »Hier: Croissants, frische Orangen zum Auspressen, Milch und Eier vom Wochenmarkt.«

»Klingt lecker«, musste ich zugeben. Mein Interesse war geweckt, und so spähte ich neugierig in den Korb. »Eingelegte Oliven, Baguette, Käse ...«

»... Nussschokolade und Paprikachips«, ergänzte Raphael grinsend. »Lauter gute Sachen.«

Mir lief das Wasser im Mund zusammen. »Das sind alles Dinge, die ich gern esse. Woher wusstest du das?«

Er zuckte mit den Schultern. »Ich sagte doch, dass ich meine Quellen habe.«

»Ich hoffe, wir reden hier von Hanna und nicht von meiner Mutter«, murmelte ich, während wir die Einkäufe gemeinsam in die Küche trugen.

Raphael lachte und schwieg.

»Das kann ich unmöglich alles allein essen«, stöhnte ich, während er mir die Lebensmittel für den Kühlschrank zureichte.

»Das musst du auch nicht. Ich bleibe den Rest des Tages bei dir.«

»Oh!« Ich dachte an die Wäscheberge und die Unordnung im Schlafzimmer.

»Passt dir das nicht?« Der Korb war fast leer. Als Letztes drückte Raphael mir eine Flasche Champagner in die Hand.

Das erschien mir vielversprechend. »Doch, natürlich«, versicherte ich ihm deshalb schnell und schloss die Kühlschranktür. »Ich muss nur ein wenig umdisponieren.«

»Ich bin sehr flexibel und mache alles mit.«

»Alles?« Ich legte die Arme um seinen Hals.

Er zuckte zusammen. »Deine Hände sind eiskalt.«

»Das kommt vom Kühlschrank«, schnurrte ich und schob meine Finger in seinem Nacken unter das Hemd. »Du könntest sie aufwärmen!«

»Ich kann es ja mal versuchen«, flüsterte er. »Also?«

»Also was?«

»Worauf hast du heute Lust?«

»Hm. Da wüsste ich schon etwas.« Langsam ließ ich meine Finger an seinem Hals entlang zu den Haaren wandern.

»Was denn?« Er nahm meine Hände fort, presste sie behutsam zusammen und legte seine zu beiden Seiten darüber.

»Eigentlich gefiel es meinen Fingern ganz gut da, wo sie waren«, protestierte ich.

»So geht es aber schneller mit dem Aufwärmen.«

»Anders war es heißer«, hauchte ich ihm ins Ohr.

»Was redest du denn da?« Er schüttelte lächelnd den Kopf und schob mich ein Stück von sich fort.

Ich warf ihm einen ärgerlichen Blick zu, den er gelassen erwiderte. Anscheinend hatte er meine Enttäuschung gar nicht bemerkt. »Okay«, seufzte ich deshalb und zog meine Hände zurück. »Du willst also tatsächlich etwas unternehmen. Lass mal überlegen.« Ich runzelte die Stirn und tat so, als müsste ich angestrengt nachdenken. Aber eigentlich wusste ich längst, was ich tun wollte. Es gab nämlich nur eine andere Sache, auf die ich jetzt Lust hatte. Genau genommen hatte ich immer Lust auf diese andere Sache.

Außerdem war ich mir sicher, dass diese Unternehmung für Raphael eine Strafe bedeuten würde, denn alle Männer hassten sie. Und wenn ich ehrlich war: Eine kleine Rache für seine Zurückweisung hatte er verdient.

»Wir gehen Schuhe kaufen!«

Ein Frühstück, zwei Stunden und drei Schuhgeschäfte später thronte ich in einem roten Ledersessel einer exklusiven Schuhboutique und kam mir vor wie Cinderella höchstpersönlich.

Ich war bester Laune. Eine Verkäuferin hatte mir soeben ein zweites Glas Prosecco gebracht, der hier anscheinend gratis ausgeschenkt wurde. Und vor mir kniete Raphael wie ein Prinz, schob geduldig einen schönen Schuh nach dem anderen über meine nackten Füße und sah dabei so umwerfend gut aus, dass ich kaum auf die Modelle achtete, die er mir überstreifte.

Doch ich war nicht die Einzige, die von seinem Charme angezogen wurde. Um uns herum standen mittlerweile drei Kundinnen und eine Verkäuferin, die uns fasziniert beobachteten.

»Wie sind diese hier?«, wollte er wissen und zeigte mir ein Paar Sandalen mit Strass-Riemchen.

»Ich müsste sie mal am Fuß sehen«, murmelte ich und registrierte zufrieden die neidischen Blicke der anwesenden Frauen, als Raphael mir einen Schuh anzog und dabei sanft über meinen Unterschenkel strich. Eine der Kundinnen konnte einen Seufzer nicht unterdrücken.

Sicherlich war sie ähnlich überrascht wie ich, dass es einen Mann gab, dem Schuhe kaufen Spaß bereitete. Mehr noch, Raphael war mit Feuereifer bei der Sache und bewies erstaunlich guten Geschmack. Meinen Ärger über ihn hatte ich längst vergessen. Stattdessen gab ich mich einem ganz neuen Glücksgefühl hin: Mein Freund und Beinahe-Liebhaber interessierte sich tatsächlich für Schuhe – der Wunschtraum einer jeden Frau!

Verzückt schlürfte ich von meinem Prosecco und warf hin und wieder einen wachsamen Blick auf unsere Zuschauerinnen. Wehe, wenn eine auf falsche Gedanken kam! Raphael gehörte mir, und es konnte sicherlich nicht schaden, die Besitzverhältnisse zu klären. Am leichtesten ging das mit einem vertraulichen Kosewort.

»Engelchen?«, flötete ich deshalb. Erstaunt blickte er auf, es war schließlich das erste Mal, das ich ihn so nannte.

»Wie bitte?« Er schien sogar etwas erschrocken zu sein. Vielleicht hätte ich einen weniger niedlichen Namen wählen sollen.

»Ich meine … äh … Liebling, wie findest du den Schuh?«

Sein verwirrter Blick glitt zurück zu meinen Fuß, und er räusperte sich. »Der sieht gut aus.« Zum ersten Mal an diesem Mittag klang seine Stimme gereizt.

Die Verkäuferin konnte sich ein schadenfrohes Lächeln nicht verkneifen, als in diesem Moment auch noch sein Handy mit »Mission Impossible« losging.

Raphael erhob sich und holte sein Handy aus der Hosentasche. Während er die Textnachricht las, fiel mein Blick aus dem Fenster.

»Sebastian!«, rief ich überrascht, sprang auf und humpelte mit nur einer Riemchen-Sandale vor die Tür.

Mein Bruder stand mit seinem Kollegen vor einem Eisstand. Als er mich sah, stopfte er sich den Rest seines Eises in den Mund und umarmte mich fröhlich.

»Was machst du hier? Seit wann bist du zurück?«, fragte er mit vollem Mund.

»Seit heute Morgen.«

»Und du gehst sofort Schuhe kaufen?« Er schluckte die Waffel hinunter. »Gibt es eine Krise? War der Urlaub so schlimm?«

»Im Gegenteil.« Ich drehte mich um und spähte ins Geschäft, wo Raphael inzwischen sein Handy wieder eingesteckt hatte und sich nun suchend umsah. Als er mich entdeckte, winkte er und kam ebenfalls nach draußen – leider nicht allein, sondern in Begleitung der Verkäuferin, die ein besorgtes Gesicht machte.

»Sie können nicht einfach mit der Ware vor die Tür rennen«, schimpfte sie. »Das ist Diebstahl.«

»Es ist doch nur ein einzelner Schuh«, versuchte Raphael sie zu beschwichtigen und legte beschützend den Arm um mich. »Der ist doch ohne den zweiten völlig wertlos.«

»Trotzdem.« Sie blieb neben ihm stehen und betrachtete mich feindselig. Vermutlich machte es ihr Spaß, mich zu ärgern. Neidische Ziege!

»Das ist mein Bruder Sebastian, und das ist mein Freund Raphael«, machte ich die beiden miteinander bekannt.

»Freut mich.« Raphael reichte Sebastian die Hand. »Und wer ist der junge Mann neben deinem Bruder?«

»Mein Name ist Harald.« Sebastians Kollege nickte uns zu, ohne seine Hände aus den Hosentaschen zu nehmen.

Währenddessen musterte Sebastian Raphael interessiert. Wir hatten eine Art stille Übereinkunft getroffen, was das Liebesleben des anderen betraf: Wir hielten uns heraus, gleichgültig, wie schlimm wir die Wahl auch fanden. Bislang hatte mich das eindeutig mehr Überwindung gekostet als ihn, und ich war mir auch jetzt sicher, dass er Raphael mögen würde.

»Würden Sie bitte zurück ins Geschäft kommen?« Die Verkäuferin wurde ungeduldig. »Sonst muss ich Sie anzeigen.«

»Die Polizei kommt sicherlich nicht wegen eines einzelnen Schuhs, schon gar nicht, wenn es ein Damenschuh ist«, sagte Sebastian grinsend.

»Das werden wir ja sehen. Wenn Sie mir nicht sofort folgen, rufe ich an.«

»Das können Sie sich sparen: Wir sind schon da.« Sebastian griff in den Mantel und zog seine Dienstmarke heraus. Dann stieß er seinen Kollegen auffordernd in die Seite. Dieser verdrehte entnervt die Augen und holte ebenfalls seine Dienstmarke heraus.

»Wen sollen wir verhaften?« Sebastian bedachte die Verkäuferin mit einem so eindringlichen Blick, dass diese ihren Ärger schlagartig vergaß und albern kicherte.

Ich seufzte. Er konnte es einfach nicht lassen, mit jeder Frau zu flirten! Und noch schlimmer war es, dass die Frauen reihenweise auf ihn hereinfielen. Dabei sah er nicht einmal besonders gut aus, er war einfach eine größere, jüngere und schlankere Ausgabe von mir selbst.

»Vielleicht sollten wir ins Geschäft zurückgehen und uns dort weiter unterhalten«, schlug ich vor und humpelte los. Die anderen folgten mir, wobei Raphael die Hand nicht von meiner Schulter ließ. Zum Glück waren unsere Zuschauerinnen mittlerweile verschwunden.

»Sie sind also Theresas Bruder?«, fragte Raphael im freundlichen Plauderton, während er mich zum Sessel führte.

Sebastian nickte. »Sieht ganz so aus.«

Ich ließ mich in die Polster fallen und streifte den Schuh ab.

»Soll ich dir noch ein paar Modelle bringen, Schatz?«,

fragte Raphael. Er hatte mich tatsächlich »Schatz« genannt! Das war auch nicht viel besser als »Engelchen«. Und dann auch noch vor meinem Bruder. Wie peinlich!

Sebastian zog prompt eine Augenbraue in die Höhe, sagte aber nichts.

Ich schüttelte hastig den Kopf. »Nein, danke. Ich glaube, ich nehme die Sandalen.«

»Gute Wahl.« Raphael drückte der Verkäuferin den Karton in die Hand und begann, die übriggebliebenen Schuhe vom Boden aufzuheben. »Ich räume schnell die Modelle wieder in die Regale.« Damit verschwand er mit einem Arm voller Schuhe.

»Ich helfe Ihnen!«, rief die Verkäuferin eifrig und rannte hinter ihm her. Das hätte ich mir ja denken können.

Leider konnte ich den beiden nicht folgen, denn Sebastian startete jetzt sein Verhör. Er hatte sich auf einem der roten Sessel niedergelassen, während sein Kollege neben ihm stand und ein unbeteiligtes Gesicht machte.

»Arbeitet Raphael hier?«

»Nein. Warum?«

»Weil er den Eindruck vermittelt, dass er sich hier sehr wohl fühlt. Das ist ungewöhnlich für einen Mann.«

»Du findest sein Verhalten unmännlich?«

»Irgendwie schon.«

Ich griff nach der Prosecco-Flasche, die die Verkäuferin freundlicherweise auf einem Tisch hatte stehen lassen, und goss mir noch ein Glas ein. »Ich kann dir versichern, dass er ansonsten ziemlich männlich ist.«

»Warum hast du noch nie von ihm erzählt?«

»Du berichtest mir auch nicht von jeder neuen Freundin, oder?«

Sebastians Kollege lachte. »Das würde er zeitlich gar nicht schaffen.«

»Halt dich da raus, Harald!«, schimpfte Sebastian.

»Seit wann geht das schon mit Raphael und dir?«, wandte er sich dann wieder an mich.

»Seit einer Woche.«

»Und wo genau habt Ihr euch kennengelernt?«

»Bei Hanna in Kapstadt.«

»Oh, sozusagen ein Urlaubsflirt. So was hält erfahrungsgemäß nie lange.«

»Sehr hilfreich! Du musst es ja wissen.«

Harald lachte. Mein Bruder warf ihm einen bösen Blick zu.

»Haben wir jetzt alles geklärt?«, fragte ich.

»Nein. Ich muss mit dir noch über ein anderes Problem reden.«

»Wie bitte? Wir haben noch nie miteinander über ein Problem gesprochen. Warum jetzt? Und warum ausgerechnet in einer Boutique für Damenschuhe?«

»Manchmal spielt einem der Zufall einen Streich«, murmelte Sebastian und ließ seinen Blick über die sündhaft teuren Schuhmodelle in den Regalen wandern. »Ich kann doch nichts dafür, dass du heute hier bist und ich gerade zufällig draußen meine Mittagspause verbringe!«

»Also gut.« Ich kippte das Glas Prosecco in einem Zug hinunter und schlüpfte in meine ausgelatschten Turnschuhe. »Schieß los. Du hast genau drei Minuten.«

Er runzelte die Stirn und schaute flüchtig auf seine Armbanduhr. »Kannst du mir am nächsten Samstag helfen?«

»Nein«, antwortete ich prompt, aber dann siegte doch meine Neugier. »Warum sollte ich?«

»Ich habe eine ganz tolle Frau kennengelernt.«

»Das dachte ich mir. Du lernst immer nur ganz tolle Frauen kennen.«

»Auf jeden Fall bin ich in einer Woche am Samstagabend mit ihr verabredet. Ich will für sie kochen.«

»Vergiss es! Ich werde dir nicht beim Kochen helfen.«

»Das sollst du auch nicht.«

»Und wo ist dann das Problem?«

»Das Problem ist, dass Papa an genau diesem Samstagabend sein alljährliches Grillfest feiern will und er fest mit meiner Hilfe rechnet.«

»Oh.« Ich verstand. Mein Vater veranstaltete einmal im Jahr eine Grillparty im Garten, zu der er alle seine Freunde einlud. Frauen waren an diesem Abend unerwünscht, aber jede helfende männliche Hand wurde gern gesehen.

»Frag doch Mama, ob sie für dich einspringt!«

»Das habe ich schon getan. Sie hat gesagt, dass Frauen gar nicht erlaubt sind. Außerdem hätte sie schon andere Pläne.« Er sah mich flehend an. »Bitte, Theresa!«

»Nein. Und falls du es noch nicht bemerkt hast: Auch ich bin eine Frau.«

»Wenn du dir die Haare hochbindest und eine weite Bluse anziehst, merkt das keiner.«

»Vielen Dank!«

»Du würdest mir einen riesigen Gefallen tun.«

»Warum fragst du nicht den da?« Ich deutete auf Harald, der inzwischen in einem Hochglanzmagazin blätterte und die Schuhmode für den nächsten Winter bewunderte. »Sonst macht ihr doch auch immer alles gemeinsam.«

»Ich bin schon als Helfer eingeplant«, murmelte Harald, ohne hochzublicken.

»Bitte, Theresa!«, wiederholte mein Bruder. »Du bist meine letzte Hoffnung. Außerdem wird das bestimmt lustig für dich. Du kannst auch deinen neuen Freund mitnehmen.«

Raphael auf einer Grillparty inmitten pensionierter Finanzbeamter? »Das werde ich mit Sicherheit nicht tun.«

Erleichtert schlug sich Sebastian auf die Schenkel. »Jetzt hast du ›ja‹ gesagt! Du bist ein Schatz!«

»Ich bin eine dumme, viel zu gutherzige Kuh.« Hätte ich nicht drei Prosecco getrunken, hätte er mich nicht so leicht überreden können.

»Komm, Harald! Wir gehen jetzt.« Mein Bruder erhob sich und deutete auf das Schuhregal, hinter dem Raphael verschwunden war. »Grüße deinen Liebhaber von uns.«

»Er ist nicht mein Liebhaber«, stellte ich klar und biss mir gleich darauf ärgerlich auf die Zunge. Das kam davon, wenn man fast eine ganze Flasche Prosecco in zwanzig Minuten trank! Schon heute Morgen hatte ich geahnt, dass mich der fehlende Sex mehr beschäftigte, als es mir lieb war. Und nun verkündete ich mein Problem auch noch laut in einer edlen Schuhboutique.

Hastig blickte ich mich um. Außer uns waren keine Kunden im Laden, und auch die Verkäuferin war mittlerweile im Lager verschwunden. Wenigstens diese Peinlichkeit blieb mir erspart.

Es reichte schon, dass Sebastian und Harald, die auf dem Weg zur Tür gewesen waren, wie angewurzelt stehenblieben.

»Ist er nicht?«, fragte mein Bruder amüsiert.

»Das geht dich gar nichts an.«

»Warum erzählst du es dann?«

»Es ist mir nur so rausgerutscht.«

»Stimmt mit ihm irgendetwas nicht?«

»Quatsch, bei ihm ist alles in Ordnung.« Jedenfalls soweit ich das beurteilen konnte. »Man muss nicht immer gleich im Bett landen, um zu wissen, dass man die wahre Liebe gefunden hat.« Raphael hatte die letzten Worte gehört und kam langsam auf uns zu. Er schien kein bisschen böse zu sein, dass ich so ungeniert über unsere fehlenden Intimitäten geplaudert hatte, sondern lächelte mich nur zärtlich an.

»Okay.« Sebastian zog seinen Kollegen mit sich zur Tür. »Ich glaube nicht, dass Brüder so viel über das Liebesleben ihrer

Schwestern wissen sollten. Lass uns lieber schnell verschwinden!« Grinsend drehte er sich um und verließ das Geschäft.

»Schönen Tag noch!« Harald winkte zum Abschied. »Ich hatte übrigens noch nie so viel Spaß in einem Schuhgeschäft wie heute.«

Plötzlich spürte ich Raphael dicht hinter mir. »Entschuldige«, flüsterte ich zerknirscht und drehte mich langsam zu ihm um.

»Wofür?« Er schlang die Arme um mich und küsste mich auf die Stirn.

»Ich ... ich wollte das nicht sagen.« Erleichtert über seine Reaktion ließ ich meinen Kopf an seine Brust sinken.

»Ich weiß.«

»Und ich schleppe dich auch nie wieder in ein Schuhgeschäft, das verspreche ich dir.«

»Warum nicht? Es hat Spaß gemacht.«

»Jetzt brauche ich erst einmal etwas zu essen. Mir ist schon ganz schummerig.«

»Worauf hast du Lust?«

»Chinesisch?«

»Einverstanden.«

»Danke! Du hast wirklich eine Engelsgeduld mit mir«, seufzte ich.

Er lachte. »Woher willst du wissen, dass Engel Geduld haben?«

»Ich vermute es einfach. Den ganzen Tag sitzen sie nackt auf einer Wolke und spielen Harfe. Das muss furchtbar öde sein, und trotzdem sieht man sie auf den kirchlichen Gemälden immer beharrlich lächeln.«

»Vielleicht stimmt das Bild gar nicht, das die Menschen sich von ihnen machen.«

»Du meinst, sie können gar keine Harfe spielen?«

»Ich dachte eher daran, dass sie nicht nackt sind.«

»Okay, eine Unterhose wäre vielleicht angebracht. Aber stell dir mal die ganzen Kirchmalereien mit Engeln vor, die weißen Feinripp oder Boxershorts tragen!«

»Ich glaube, dass sich die Engel gar nicht so sehr von den Menschen unterscheiden.«

»Immerhin haben sie Flügel ... «

»Noch ein Klischee!«

»... blonde Locken, Pausbacken und jede Menge Babyspeck.«

»Schade.« Er zwinkerte mir vergnügt zu. »Damit scheide ich wohl als Engel aus.« Irgendetwas an dieser Feststellung schien ihm zu gefallen.

»Ja, das tust du«, bestätigte ich. »Gott sei Dank!«

Am Nachmittag schleppten wir uns müde die drei Stockwerke bis in meine Wohnung hinauf.

»Ich bin völlig erledigt«, seufzte ich und stellte die Einkaufstüten an die Schlafzimmertür. »Aber ich hatte selten einen so schönen Tag wie heute!«

»Ich hatte keine Ahnung, wie viel Schuh- und Parfumgeschäfte es in einer Stadt gibt«, stellte Raphael gut gelaunt fest und legte den Arm um meine Schulter. »Und was machen wir jetzt?«

»Hm, mal sehen.« Ich schmiegte mich an ihn. »Wie wäre es, wenn ich dir die neuen Schuhe mit meinem besten Kleid vorführe?«

»Gute Idee!«

»Dann komm.« Ich lief rückwärts und zog ihn mit mir ins Schlafzimmer.

Leider hatte ich vergessen, welche Unordnung ich am Morgen zurückgelassen hatte. Erst als ich in Raphaels entsetztes Gesicht schaute, wurde mir klar, dass der Anblick grausam sein musste.

»Oh! Das war vielleicht doch keine gute Idee.« Beschämt drehte ich mich um und betrachtete das Chaos auf dem Boden. Raphael räusperte sich. »Sollen wir die Schuhprobe nicht lieber auf später verschieben und zuerst einmal aufräumen?«

»Aufräumen?«, wiederholte ich erstaunt.

»Aufräumen ist nach Schuhe kaufen mein zweitliebstes Hobby«, versicherte er mir und krempelte die Ärmel seines Hemdes hoch. »Wo fangen wir an?«

»In der Küche?«, schlug ich zaghaft vor, immer noch überrascht von seinem Vorschlag. Ein Mann, der nach mehreren Stunden in Schuhgeschäften den Vorschlag machte, gemeinsam für Ordnung zu sorgen – so jemand war mir fast schon unheimlich! Welche tollen Eigenschaften besaß er noch, von denen ich nichts wusste? Es wurde Zeit, dass ich ein wenig mehr von ihm erfuhr.

»Übrigens habe ich eine Bedingung fürs gemeinsame Aufräumen«, bemerkte ich deshalb beiläufig, als wir die Küche betraten.

»Und die lautet?«

»Ich darf dir bei der Arbeit ein paar Fragen stellen. Du weißt jetzt schon einiges über mich und mein Leben, aber ich weiß so gut wie gar nichts über dich.«

Er überlegte einen Moment lang und nickte dann zögernd.

»Glory! Glory! Halleluja!«, ertönte es aus seiner Hosentasche.

Raphael seufzte und holte das Handy hervor. Er warf nur einen kurzen Blick auf das Display, bevor er das Gerät wieder in die Tasche zurücksteckte.

»Dein Großvater fasst sich wohl immer recht kurz«, bemerkte ich vorsichtig.

»Ja, Gabriel ist kein Freund von vielen Worten.«

»Es ist sicherlich auch nicht einfach für einen alten Mann, die richtigen Handytasten zu drücken. Da beschränkt man sich auf das Nötigste.«

Raphael lachte. »So kann man es auch sehen.«

»Ich würde gern mehr über deine Familie erfahren.«

»Einverstanden. Wir räumen auf, und dabei kannst du Fragen stellen. Ich werde sie so gut wie möglich beantworten.«

Langsam arbeiteten wir uns von Raum zu Raum, spülten das Frühstücksgeschirr, saugten Staub, packten meine Koffer aus und füllten die Waschmaschine.

»Leben deine Eltern noch?«, war meine erste Frage. Ich stellte sie, als ich meine Finger in das heiße Spülwasser tauchte. Raphael, der mit einem Geschirrhandtuch neben mir stand, schüttelte den Kopf. »Ich kenne meine Eltern gar nicht. Seit ich denken kann, habe ich bei Gabriel gelebt.«

»Hm.« Das erklärte vielleicht einige seiner altmodischen Ansichten.

»Hast du Geschwister?«

»Nein.«

»Du Glücklicher!«

Er lachte. »Ich hätte gern eine richtige Familie gehabt.«

»Das kann ich mir vorstellen«, murmelte ich mitleidig.

»Aber noch bin ich jung genug, um eine eigene Familie zu gründen«, fuhr Raphael fort.

»Möchtest du Kinder?«

»Natürlich. Du nicht?«

»Ich weiß nicht.« Ich zuckte mit den Schultern.

Natürlich hatte ich immer von einer Familie geträumt: ein gut aussehender Mann, zwei süße Kinder, ein geräumiges Reihenhaus am Stadtrand und dazu vielleicht noch ein kleiner Hund oder eine hübsche Katze. Nach meinem fünfunddreißigsten Geburtstag hatte ich diesen Traum jedoch in den Bereich der Fantasie verbannt und gestattete ihn mir nur noch selten, wenn ich entweder furchtbar depressiv oder völlig betrunken (oder beides gleichzeitig) war.

Ich hatte es nicht mehr für möglich gehalten, dass ich einen Mann kennenlernen würde, der genau meinen Ansprüchen entsprach. Mehr noch: der alle Erwartungen übertraf. So jemand konnte nicht wirklich existieren. Und doch – Raphael war real. So real, dass ich schon weiche Knie bekam, wenn er mich nur anschaute. Oder wenn sich unsere Hände, so wie jetzt, zufällig beim Abwasch berührten.

Seufzend schob ich die Gedanken an eine Familie fürs Erste wieder beiseite. Darüber konnten wir immer noch sprechen. Jetzt gab es wichtigere Fragen, die ich stellen musste.

»Warum hast du eine persönliche Assistentin?«, nahm ich den Gesprächsfaden wenig später wieder auf, als wir den Sauger aus dem Schrank holten.

»Eva?«

Ich nickte.

»Sie ist schon bei uns, seit ich denken kann.«

»Dann kennt sie dich wohl sehr gut.«

»Eifersüchtig?« Er grinste.

»Nein«, log ich.

»Ich habe dir doch gesagt, dass sie schon sehr alt ist.«

»Warum arbeitet sie dann noch?«

»Weil sie es bereits seit Ewigkeiten tut und immer noch eine große Stütze für unsere Firma ist.«

»Ihr habt eine Firma?«, fragte ich überrascht. Das hatte er noch gar nicht erzählt. Aber irgendwoher musste das Geld schließlich kommen, das er in sein Schloss investiert hatte. »Was ist es denn für ein Unternehmen?«

»Ach, wir machen alles Mögliche«, antwortete Raphael unbestimmt.

»Und wo sitzt diese Firma? Wo genau macht ihr ›alles Mögliche‹?«, hakte ich nach.

»Wir sind weltweit tätig.«

Ich war beeindruckt. Aber noch bevor ich eine weitere Frage herausbrachte, stellte Raphael den Staubsauger an und begann saugend durch die Zimmer zu laufen.

Nachdenklich folgte ich ihm. Jetzt hatte er mir wieder etwas zum Grübeln gegeben: Seine Familie besaß ein international tätiges Unternehmen. Vielleicht handelte es sich sogar um einen Großkonzern mit Raphael als Juniorchef. Was sie wohl produzierten? Stahl? Gold? Öl?

Schlagartig fiel mir die Titelmelodie von »Dallas« ein, und ich sah mich selbst als Mitglied des Familienimperiums der Hohenbergs über den Bildschirm laufen – oder besser noch: reiten.

Der Gedanke an Pferde brachte mich auf meine nächste Frage. »Warum hast du dir das Schloss und den Reitstall gekauft?«, erkundigte ich mich, als ich nach dem Staubsaugen auf dem Boden kniete und meine Koffer auspackte. »Du wirst doch sicherlich einmal die Firma übernehmen.«

Raphael hockte auf meinem Bett und sah plötzlich etwas verlegen aus. »Das glaube ich nicht«, begann er zögernd.

»Warum nicht? Gabriel lebt ja nicht ewig.«

»Er ist sehr rüstig für sein Alter. Außerdem besteht die Unternehmensleitung nicht nur aus ihm.«

»Du meinst, es gibt noch andere Inhaber?«

Raphael rutschte unruhig auf seinem Platz hin und her. »Sozusagen, ja.«

Also war es wohl doch nichts mit dem Familienimperium. »Dann ist es sicher eine gute Idee von dir gewesen, etwas Eigenes aufzubauen.«

»Ja.«

»Ein Schloss, ein Weingut und ein Reitstall sind ein toller Lebensinhalt.«

»Ich würde dich demnächst gern mal mitnehmen und dir alles zeigen.«

»Darauf freue ich mich!« Ich stand auf, ergriff den Wäschehaufen und deutete Raphael an, mir zu folgen. »Letzte Station: Waschmaschine.«

Eine halbe Stunde später wechselte das Programm vom Vor- in den Hauptwaschgang, und ich hatte Raphael alles gefragt, was mir in den Sinn kam. Ich wusste nun, dass er zum Abendessen am liebsten Pasta und Rotwein mochte, in seiner Freizeit gern Klavier spielte, die Fliegerei hasste, und dass er sein Handy außer für den Empfang von SMS und das Telefonieren nicht benutzte.

»Ich komme mit dieser Technik nicht zurecht«, gestand er.

»Ich auch nicht«, tröstete ich ihn.

»Noch etwas, das wir gemeinsam haben«, sagte er erfreut. »Wir passen wirklich toll zusammen.«

»Das habe ich auch schon bemerkt.« Und es gefiel mir ausnehmend gut!

Raphael räusperte sich und sah mir forschend in die Augen. »Wir sollten zusammenbleiben.«

Ich errötete unter seinem Blick. »Gern.«

»Wir könnten heiraten.«

Jetzt musste ich trotz meiner Verlegenheit lachen. »Das wäre ein bisschen überstürzt, findest du nicht? Wir kennen uns gerade mal eine Woche.«

»Reicht das nicht?« Er nahm mein Gesicht in seine Hände. »Ich habe dir doch gerade alles über mich erzählt.«

»Äh ...« Was wollte ich gerade noch sagen? Egal, Hauptsache, seine Hände blieben auf meinen Wangen!

»Ich bin genau der Richtige für dich, das musst du doch spüren. Willst du nicht ...«

»Stopp!« Oh Gott, das wurde doch jetzt hoffentlich kein

Heiratsantrag! Ich war absolut noch nicht so weit. Ich musste zuerst einmal in Ruhe nachdenken. Andererseits: Was gab es zu überlegen, wenn der perfekte Mann vor mir stand? Vielleicht sollte ich ihn erst einmal ausreden lassen. »Äh ... was wolltest du sagen?«

Er räusperte sich noch einmal. »Ich wollte ...«

Unglücklicherweise klingelte es in diesem Moment an der Tür, und wir zuckten beide zusammen.

»Erwartest du noch Besuch?«, fragte Raphael erstaunt.

»Nein.« Ich machte keine Anstalten, zur Tür zu gehen, denn ich spürte immer noch seine Berührung auf meiner Haut.

»Willst du nicht nachsehen, wer es ist?«

»Nein. Das ist bestimmt nur der Postbote.«

»Um fünf Uhr nachmittags?« Raphael ließ seine Hände sinken und schob mich zur Tür.

Seufzend öffnete ich – und schaute direkt in das gerötete Gesicht meiner Mutter.

»Mama! Das ist ja eine Überraschung!«

»Hallo, mein Kind«, begrüßte sie mich ein wenig atemlos. »Gut, dass du aus dem Urlaub zurück bist. Ich dachte, ich schaue mal kurz vorbei.«

Das tat sie sonst nie, zumindest nicht, ohne sich vorher telefonisch anzumelden. Mein Misstrauen wuchs, als sie eine Reisetasche vom Boden hob, hinter sich griff und unseren Familiendackel Franz-Ferdinand an der Leine nach vorn zerrte.

»Was ist in der Tasche?«, fragte ich argwöhnisch.

»Ein paar persönliche Dinge. Ich muss vorübergehend bei dir einziehen.«

»Wie bitte?« Hatte sie nicht gesagt, sie wolle nur kurz vorbeischauen?

»Dein Vater hat angefangen, das Dachgeschoss zu renovieren. Den Lärm hält kein Mensch aus. Deshalb werde ich so lange bei dir wohnen, bis er fertig ist.«

»Aber ... wieso?«

»Wieso er das Dachgeschoss ausbaut? Er sagt, er braucht ein Büro. Mir soll es recht sein, wenn ich danach wieder meine Ruhe habe.«

Und was war mit meiner Ruhe? »Warum gehst du nicht zu Sebastian? Der hat eine viel größere Wohnung.«

»Bei ihm ist es aber nicht so gemütlich wie bei dir.« Sie sah mich auffordernd an. »Kann ich hereinkommen?«

»Der Dackel auch?«

Verärgert runzelte sie die Stirn. »Er kann ja schlecht vor der Tür sitzen bleiben, oder?«

»Also ... das passt heute wirklich schlecht.« Nervös sah ich mich um. Raphael stand drei Schritte hinter mir und blickte neugierig über meine Schulter.

»Oh, du bist nicht allein.« Sie starrte ebenso interessiert zurück. Ich spürte förmlich, wie sie ihn taxierte und ihre Beobachtungen sorgfältig abwog. Das hatte sie bislang bei allen meinen Männern getan – und das hatte alle Männer nervös gemacht.

Nicht aber Raphael. Souverän trat er neben mich und lächelte meine Mutter freundlich an. »Darf ich Ihnen die Tasche abnehmen? Die sieht ganz schön schwer aus.«

»Gern.« Sie reichte ihm die Tasche und folgte ihm dann in die Wohnung. »Komm, Schnuckelchen!«

Schnuckelchen? Damit war hoffentlich nicht ich, sondern der Hund gemeint. Seufzend schloss ich die Tür hinter ihnen. Das konnte ja heiter werden!

Im Wohnzimmer schnüffelte Franz-Ferdinand aufgeregt an Raphaels Füßen und rollte sich dann zufrieden seufzend auf einem Sessel zusammen. Meine Mutter ließ sich erschöpft aufs Sofa fallen. »Jetzt brauche ich erst einmal einen Kaffee!« Sie sah mich auffordernd an.

»Um diese Tageszeit? Es ist gleich Abend.«

»Ich kann den ganzen Tag über Kaffee trinken. Mir macht das Koffein nichts mehr aus.«

»Aber mir! Ich kann dann die ganze Nacht nicht schlafen, und morgen muss ich um acht Uhr in der Apotheke sein.«

»Du brauchst ja keinen mitzutrinken«, entgegnete sie beleidigt.

»Ich koche den Kaffee«, mischte sich jetzt Raphael ein. »Ihr habt euch bestimmt viel zu erzählen.« Beruhigend streichelte er mir über den Arm und verließ dann das Wohnzimmer.

Natürlich hatten wir uns viel zu erzählen! Meine Mutter platzte förmlich vor Neugierde. Sie hatte diesen hoffnungsvollen Blick aufgesetzt, den sie immer trug, wenn ich ihr einen neuen Mann vorstellte: eine Mischung aus freudiger Erwartung, Anteilnahme und Ungeduld.

»Wer ist das?«

»Wie lange dauert der Umbau?«

Wir fragten beide gleichzeitig.

»Du zuerst!«

»Dein Vater hat gerade erst angefangen, den alten Teppich rauszureißen. Er schätzt, dass er mindestens zwei Wochen brauchen wird.«

»Zwei Wochen?« Ich ließ mich neben sie aufs Sofa sinken. »Hat er keine Hilfe?«

»Doch. Ab und zu helfen Sebastian und Harald.«

»Er hat jede Menge Freunde, die auch alle in Rente sind. Warum helfen die nicht mit?«

»Sie machen es seiner Meinung nach nicht gut genug, und sie hören nicht auf seine Anweisungen. Die beiden Jungs kann er besser herumkommandieren.« Damit schien das

Thema für Mutter erst einmal beendet, denn sie sagte: »Und nun bist du an der Reihe: Wer ist der junge Mann?«

»Er heißt Raphael. Und so jung ist er gar nicht mehr.« Ich hatte nämlich vorhin an der Waschmaschine vereinzelte graue Haare an Raphaels Schläfen entdeckt.

»Kennst du ihn schon lange?«

»Seit einer Woche.«

»Hast du ihn bei Hanna kennengelernt?«

Ich nickte.

»Ist es etwas Ernstes?«

Ich wusste, worauf sie hinauswollte. Sobald ich vor ungefähr zwanzig Jahren meinen ersten Freund mit nach Hause gebracht hatte, träumte meine Mutter von einer rauschenden Hochzeitsfeier und mindestens drei Enkelkindern.

»Ich denke schon«, seufzte ich. So nahe wie dieses Mal war sie ihren Träumen wohl noch nie gekommen.

»Schön!« Sie nickte zufrieden und stieß mich dann mit dem Ellenbogen in die Seite. »Er sieht schnuckelig aus.«

Normalerweise hätte ich diese Bemerkung ignoriert. Jetzt aber, mit der Aussicht auf zwei gemeinsame Wochen auf engem Raum, war es wohl besser, die Verhältnisse zu klären.

»Raphael ist mein Freund.« Ich betonte das »mein« stärker als nötig.

»Verlobter«, verbesserte Raphael, der mit einem Tablett ins Zimmer kam und die Tassen verteilte.

»Ihr seid verlobt?« Meine Mutter riss die Augen auf.

»Nein!« Ich sprang auf.

»Doch«, widersprach Raphael. »Wir waren gerade dabei, uns zu verloben, als Sie geklingelt haben.«

»Wir sollten das vielleicht erst einmal untereinander klären, bevor du es meiner Mutter verkündest.«

»Warum? Ich dachte, wir sind uns einig.«

»Ich habe noch nicht ›ja‹ gesagt.«

»Aber du hättest es, wenn es nicht geklingelt hätte.«

»Vielleicht«, murmelte ich unschlüssig.

»Natürlich will sie«, mischte sich jetzt meine Mutter ein. Die Aussicht auf eine baldige Hochzeit hatte ihren Ärger über unseren überraschenden Entschluss offenbar schnell verdrängt. »Theresa ist immerhin schon achtunddreißig Jahre alt und hat nicht mehr alle Zeit der Welt.«

»Mama!«

Raphael grinste zufrieden. »Siehst du? Deine Mutter hat ›ja‹ gesagt.«

»Das gilt nicht!« Wütend blickte ich auf meine Mutter hinunter. Aber sie beachtete mich gar nicht, sondern zog ihren Kalender aus der Handtasche. »Am besten wäre natürlich eine Sommerhochzeit«, murmelte sie. »Aber ob man da jetzt noch eine gute Gastwirtschaft reservieren kann?«

»Das müssen wir gar nicht. Wir können in meinem Schloss feiern.«

»Sie haben ein Schloss?«, japste meine Mutter.

»Ja. Mir gehört Schloss Silberstein im Rheingau.«

»Ein richtiges Schloss?« Sie griff sich an die Brust. »Sind Sie etwa ein Graf oder so etwas Ähnliches?«

»Sicher. Ich bin Graf Raphael von Hohenberg.«

»O mein Gott!« Meine Mutter sank in die Sofakissen zurück.

Auch mir war sein Adelstitel neu. »Warum hast du mir das vorhin nicht gesagt?«

»Du hast mich nicht gefragt«, entgegnete Raphael und lächelte entschuldigend. »Ist das ein Problem für dich?«

Ich schüttelte den Kopf. »Ich glaube nicht.«

Ehrlich gesagt hatte ich überhaupt kein Problem mit dieser Information. Im Gegenteil! Vergessen waren das Missverständnis um den Heiratsantrag und der vorübergehende Einzug meiner Mutter. Raphael war ein Graf! Das würde mich nach der Hochzeit zu einer echten Gräfin machen. Gräfin Theresa von Hohenberg – das klang richtig gut. Ob ich dann auch in der Regenbogenpresse erscheinen würde? Ich konnte die Schlagzeilen schon vor mir sehen: »Traumhochzeit auf Schloss Silberstein« oder »Gräfin Theresa als wunderschöne Braut« oder »Nachwuchs im Hause Hohenberg«.

Ich schüttelte den Kopf. Jetzt ging aber wirklich meine Fantasie mit mir durch. Schnell blickte ich zu Raphael. Wie gut, dass er keine Gedanken lesen konnte!

Meine Mutter hatte nichts von unserem kleinen Wortwechsel mitbekommen. Sie war tief in den Kissen versunken. »Meine Tochter wird eine Gräfin«, flüsterte sie verzückt.

Raphael beugte sich besorgt über sie. »Alles in Ordnung?«

»Aber natürlich!« Sie nickte. »Mehr als in Ordnung.«

»Wie wäre es jetzt mit einem Kaffee?«

»Gern! Habt ihr auch Kuchen?«

»Nein. Aber ich glaube, es sind noch ein paar Croissants von heute Morgen da. Ich hole sie. Der Kaffee müsste auch gleich fertig sein.«

Nachdem er das Zimmer verlassen hatte, atmete meine Mutter tief durch und richtete sich langsam wieder auf. Dann begann sie, mich gründlich zu mustern. »Setz dich wieder zu mir, mein Kind.«

Gehorsam nahm ich neben ihr Platz.

»Du musst etwas mit deinen Haaren machen.«

»Warum?«

»Als Gräfin läuft man nicht mit so einer wilden Lockenfrisur herum.« Ihr Blick wanderte tiefer. »Und einen BH hast du auch nicht an.«

»Wieso sollte ich? Ich habe heute noch frei.«

»Die weibliche Brust sollte immer gestützt werden, sonst hängt sie irgendwann durch.«

»Können wir vielleicht das Thema wechseln?«

»Na gut.« Meine Mutter seufzte. »Wie war es im Urlaub?«
»Schön.«
»Wie geht es Hanna?«
»Gut.«
»Hanna hat immer eine tadellos sitzende Frisur. Und ihr Busen ist ...«
»Mama!«
»Ich will dir doch nur helfen.«
»Ich kriege das schon allein hin.«
»Ich weiß.« Liebevoll tätschelte sie mir die Wange. »Du bist immer schon sehr selbstständig gewesen, im Gegensatz zu deinem Bruder, der –«

Dankbar für das Stichwort unterbrach ich sie. »Ich habe Sebastian übrigens heute in der Stadt getroffen.«
»Wirklich? Wo denn?«
»Im Schuhgeschäft.« Schlagartig fielen mir die peinlichen Ereignisse vom Mittag wieder ein. Der Themenwechsel war vielleicht doch keine so gute Idee gewesen.
»Hat er sich neue Schuhe gekauft?«
»Nein«, erwiderte ich unwillig. »Es war eine Damenboutique.«
»Hat der Junge endlich eine feste Freundin?« Das Gesicht meiner Mutter erhellte sich. Vermutlich hoffte sie, gleich auch noch ihr zweites Kind verheiraten zu können.
»Das bezweifele ich.«
»Und was wollte er dann in diesem Schuhgeschäft?«
»Gar nichts. Ich war diejenige, die Schuhe kaufen wollte. Er hatte gerade Mittagspause und hat mich im Laden gesehen.«
»Und dann ist er einfach hereingekommen und hat sich mit dir unterhalten? Wie nett von ihm!«
»So ähnlich.« Ich ersparte ihr und mir die Einzelheiten, aber leider ließ sie nicht locker.

»Worüber habt Ihr euch denn unterhalten?«

»Ach, über dies und das.«

»War Harald auch dabei?«

»Ja.«

»Eigentlich können wir Sebastian und Harald in den nächsten Tagen mal hierher zum Abendessen einladen. Schließlich helfen sie Papa so tatkräftig.«

»Gute Idee!«, stimmte Raphael ihr zu, der gerade mit der Kaffeekanne wieder ins Zimmer kam. »Es geht nichts über ein Essen mit der Familie.«

»Mal sehen.« Mir gefiel weder, dass meine Mutter ihre Anwesenheit in meiner Wohnung für länger plante, noch dass Raphael eine Art Familienzusammenführung organisieren wollte.

Das konnte ja heiter werden!

5

Am nächsten Morgen erwachte ich, als die ersten Sonnenstrahlen durch die hellroten Gardinen ins Wohnzimmer fielen.

Moment Mal! Wohnzimmer?

Erst jetzt registrierte ich, dass ich nicht in meinem Bett, sondern auf dem Sofa lag. Seufzend zog ich mir die Decke über den Kopf.

Dass ich im Wohnzimmer aufgewacht war, war kein gutes Zeichen. Es bedeutete, dass ich den gestrigen Tag nicht geträumt, sondern wirklich erlebt hatte. Es bedeutete weiterhin, dass meine Mutter im Schlafzimmer lag, was wiederum bedeutete, dass sie mitsamt Dackel vorübergehend bei mir wohnte.

Sie hatte es Raphael zu verdanken, dass sie in meinem weichen Bett liegen durfte. Er hatte gestern darauf bestanden, dass sie es bequem haben sollte. »Schließlich ist sie deine Mutter!«

Ich stöhnte, als ich an den Blick dachte, den sie ihm nach dieser Bemerkung zugeworfen hatte. Tiefe Dankbarkeit und grenzenlose Bewunderung hatten darin gelegen. Nach nur einem Nachmittag war sie ihm schon völlig verfallen.

Und ich? Was war mit mir?

Trotz der Verwicklungen des gestrigen Tages ging es mir nicht anders. Allein der Gedanke an Raphaels Nähe, als er sich von mir verabschiedet hatte, entlockte mir einen sehnsuchtsvollen Seufzer. Nach dem gemeinsamen Kaffeetrinken hatte er verkündet, jetzt gehen zu müssen. Formvollendet hatte er sich von meiner Mutter verabschiedet und beim Hinausgehen den Arm um mich gelegt.

»Ich vermisse dich jetzt schon«, hatte ich geflüstert.

»Ich dich auch.« Er hatte mir einen Kuss auf die Stirn gegeben und mich sehr zärtlich und liebevoll angeschaut. »Schlaf gut!«

»Ja. Du auch.« Angesichts seines innigen Blickes war ich unfähig gewesen, mehr als drei Worte richtig aneinanderzureihen.

Ich gähnte und erhob mich vom Sofa. Inzwischen waren mir sinnvollere Sätze eingefallen, die ich hätte sagen sollen. So etwas wie »Wann sehen wir uns wieder?« oder »Du kannst auch bei mir übernachten.«

Den letzten Satz strich ich sofort wieder, als mein Blick im Bad auf die Zahnbürste meiner Mutter fiel. Mit der eigenen Mutter und einem Hund im Nebenzimmer und zu zweit auf einem viel zu engen Sofa wäre unsere erste Nacht alles andere als romantisch geworden.

»Theresa?« Meine Mutter kam ins Bad, als ich gerade in die Dusche steigen wollte. Schnell griff ich nach einem Handtuch, hängte es um und hoffte, dass diese Aktion nicht zu schamvoll wirkte.

»Was machst du da?«, wollte sie wissen.

»Ich will duschen.«

»Mit Handtuch?«

»Äh … nein, eigentlich nicht.«

»Dann solltest du es ablegen.« Sie setzte sich auf den Badewannenrand und begann, ihren Schlafanzug aufzuknöpfen.

Ich zögerte. »Bleibst du jetzt hier im Bad?«

»Ja. Keine Angst, ich störe dich nicht. Ich will mich nur schnell waschen und die Zähne putzen.«

Und ob sie störte! Ich war es nicht gewohnt, morgens mein Bad mit jemandem zu teilen, und ich hätte auch gern meine Ruhe beim Duschen gehabt.

»In zehn Minuten ist das Bad frei.«

»Stell dich nicht so an! Früher waren wir manchmal zu viert im Bad.«

»Früher war ich auch erst zehn Jahre alt und habe nicht so viel Platz gebraucht.«

»Du brauchst auch jetzt nicht viel Platz.«

»Ich bin achtunddreißig Jahre alt und möchte meinen Freiraum haben.«

»Und ich bin deine Mutter.«

Damit war die Diskussion für sie beendet. Verärgert warf ich das Handtuch auf den Boden und drehte den Duschhahn auf. Warmes Wasser lief mir von der Kopfhaut ins Gesicht. Ich schloss die Augen. Die wohltuende Stille hielt jedoch keine drei Sekunden.

»Was soll ich heute Abend kochen?«

»Keine Ahnung.«

»Worauf hast du Hunger?«

»Momentan habe ich gar keinen Hunger auf Abendessen.«

»Bist du krank?«

»Nein. Ich kann nur einfach gerade nicht an herzhaftes Essen denken.« Ich seifte mir die Haare mit Shampoo ein.

»Machst du eine Diät?«

»Nein.«

Für ein paar viel zu kurze Minuten war es still. Dann, als ich aus der Dusche stieg, warf mir Mutter vom Waschbecken aus einen prüfenden Blick zu. »Eigentlich könntest du eine Diät vertragen. Um die Hüften herum hast du ganz schön zugenommen.«

Ich funkelte sie böse an. »Du hast auch nicht mehr deine Traumfigur!«

»Ich muss aber auch nicht in ein Brautkleid passen. Du schon.«

»Ich habe noch nicht endgültig ja gesagt.«

»Das ist dumm von dir. Meinst du, er wartet ewig? Schließlich ist er nicht exklusiv für dich auf dieser Welt.«

»Das weiß ich.«

»Andere Mütter haben auch hübsche Töchter.«

»Danke für den Hinweis!« Wütend steckte ich mir die Zahnbürste in den Mund und hoffte, dass unser Gespräch fürs Erste beendet war. Aber ich hätte es besser wissen müssen, denn jetzt ging die Fragerei erst richtig los.

»Wann kommst du heute von der Arbeit nach Hause?«

Ich zeigte ihr sechs Finger. Samstags hatte die Apotheke zwar nur bis zwei Uhr geöffnet, aber ich hatte einiges an Schriftkram nachzuholen und würde es nicht vor achtzehn Uhr nach Hause schaffen.

»Kommt Raphael heute noch vorbei?«

Ich zuckte mit den Schultern.

»Was hältst du davon, wenn ich Kartoffelsalat mit Würstchen mache? Das kann man notfalls verlängern, wenn Raphael mit uns essen möchte.«

Ich nickte tapfer. Kartoffelsalat und Würstchen waren nicht unbedingt die Worte, die ich mit Raphael und einem schönen Abendessen in Verbindung gebracht hätte. Aber solange meine Mutter mit am Tisch saß, würde es sowieso nichts werden mit der Romantik.

»Gut.« Sie wirkte zufrieden. »Dann gehe ich heute Morgen zuerst einkaufen. Du hast ja gar nichts mehr im Haus.« Wir hatten am Abend zuvor die Reste von Raphaels Einkauf aufgegessen.

»Danach bin ich erst einmal bei Sebastian«, fuhr sie fort. »Heute ist Samstag.«

Erstaunt nahm ich die Zahnbürste aus dem Mund. »Ja, und?«

»Ich putze ihm jeden Samstag die Wohnung.«

Das konnte doch wohl nicht wahr sein! »Du putzt ihm die Wohnung?«

»Der arme Junge arbeitet so hart. Und dann muss er abends auch noch Papa helfen.«

»Ich arbeite auch hart. Mir hast du noch nie die Wohnung geputzt.«

»Du kannst das auch allein. Er nicht.«

»Er könnte es lernen.«

»Das wird er auch. Später, wenn er mehr Zeit hat.«

»Und bis dahin hilfst du ihm? Wie nett und fürsorglich.« Sie überhörte den Spott in meiner Stimme.

»Das tut eine Mutter gern. Aber jetzt brauche ich erst einmal Frühstück.« Damit rauschte sie zur Tür hinaus.

Erschöpft ließ ich mich auf den Badewannenrand sinken. Die momentane Situation überforderte mich. Nicht nur die Anwesenheit meiner Mutter bereitete mir Kopfschmerzen, sondern auch die Geschichte mit Raphael und die Aussicht auf eine baldige Hochzeit. Das alles war gestern so furchtbar schnell gegangen! Ich hatte bislang keine Zeit gehabt, über diese Entwicklungen nachzudenken, geschweige denn, eine Entscheidung zu treffen. Aber hatte ich bei diesem Durcheinander momentan überhaupt eine Wahl?

Die Badezimmertür ging wieder auf, und ein Hauch Kaffeeduft wehte herein. »Möchtest du ein Milchbrötchen? Ich gehe zum Bäcker.«

»Ich hatte schon ewig kein Milchbrötchen mehr zum Frühstück.«

»Früher hast du das jeden Tag gegessen, dick mit Nutella bestrichen.«

»Deshalb habe ich jetzt auch so breite Hüften.«

»Rede keinen Unsinn! Von einem guten Frühstück ist noch niemand dick geworden.«

»Also gut, dann bringe mir bitte eines mit.«

»Soll ich auch Nutella kaufen?«

»Nein, danke, ich habe Diätmargarine im Haus.«

»Diätmargarine?« Sie verzog angewidert das Gesicht. »Die schmeckt doch nicht. Auf ein Brötchen gehört echte Butter.«

»Wie du meinst.«

»Die Kaffeemaschine läuft.« Sie drehte sich um und wollte das Bad verlassen.

»Mama?« Ich räusperte mich. »Es ist trotz allem irgendwie schön, dass du da bist.«

Zwanzig Minuten später, als ich in die Küche kam, bereute ich diese Bemerkung. Meine Mutter saß am Frühstückstisch, Franz-Ferdinand kam unter einem Stuhl hervor und begrüßte mich schwanzwedelnd, und aus dem Radio ertönte leise Blasmusik.

Blasmusik?

»Hast du den Sender gewechselt?«

Sie nickte. »Dieses ewige Gerede war ja nicht auszuhalten.«

»Das ist kein Gerede, das ist ein Nachrichtensender.«

»Wozu musst du morgens Nachrichten hören?« Sie deutete auf die Zeitung, die sie vor sich liegen hatte. »Du kannst doch lesen.«

»Gut.« Ich ließ mich auf einen Küchenstuhl fallen. Um nicht schon wieder einen Streit anzufangen, tolerierte ich die Blasmusik. »Gib mir doch bitte mal ein Stück Zeitung rüber.«

»Hier!« Sie hielt mir den Anzeigenteil hin.

»Das sind die Annoncen für Immobilien und Gebrauchtwagen. Was soll ich damit? Ich will mir weder ein Haus noch ein Auto kaufen.«

»Mehr kann ich dir noch nicht geben.«

»Aber da liegt noch ein ganzer Stapel vor dir. Gib mir einfach das vordere Stück.«

Sie seufzte und drückte mir weitere Blätter in die Hand.

»Mama, das ist der Sportteil.«

»Ja, und?«

»Ich interessiere mich nicht für Sport.«

»Ich auch nicht. Und jetzt sei still! Ich will lesen.«

Ich beobachtete sie ärgerlich. »Wieso liest du die Todesanzeigen?«

»Das tue ich immer. Man muss doch wissen, wer gestorben ist.«

»Kennst du die Leute denn?«

»Nein. Wiesbaden ist eine große Stadt, da kann man nicht jeden kennen.«

»Und warum liest du dann die Anzeigen?«

»Man muss informiert bleiben. Außerdem könnte es ja sein, dass ich eine sehr schöne Anzeige sehe, die ich mir für meinen Tod merken will.«

»Dieses Gespräch wird mir unheimlich.« Ich schüttelte den Kopf und deutete auf die Zeitung. »Kann ich jetzt bitte den Hauptteil haben?«

»Nein. Ich sagte doch schon, dass ich den noch nicht gelesen habe.«

»Mama!«

»Kind.« Sie seufzte. »Ich lese die Zeitung immer so, und dein Vater beschwert sich nie.«

»Wie wäre es, wenn du wieder zu ihm ziehst? Dann kannst du die Zeitung weiter so lesen, wie du willst. Hier aber bestimme ich!« Damit zog ich ihr die Zeitung fort.

Beleidigt biss sie in ihr Brötchen. Demonstrativ begann ich zu lesen, aber jedes Mal, wenn ich aufblickte, traf mich ihr anklagender Blick.

»Okay, du hast gewonnen.« Ich schob die Zeitung zu ihr zurück und trank hastig meinen Kaffee aus. »Ich muss jetzt los.«
»Du hast dein Brötchen noch nicht gegessen.«
»Das nehme ich mit.«
»Aber es ist doch noch viel zu früh.« Sie blickte zur Uhr.

Es war mir gleichgültig. Hauptsache, ich hatte irgendwo meine Ruhe. »Ich muss noch die Post durchgehen«, log ich deshalb und schnappte mir meine Tasche. »Bis heute Abend!«

»Pass auf dich auf, mein Kind.«

Als ich mich zu ihr umblickte, studierte sie bereits wieder die Todesanzeigen.

Meine Apotheke lag in einem Stadtteil von Wiesbaden, der mit seinen vielen kleinen Fachwerkhäusern und dem Marktplatz noch sehr dörflich wirkte.

In einem der alten Häuser hatte die Familie Breitling vor zweihundert Jahren eine Apotheke eröffnet und diese über mehrere Generationen hinweg geführt. Der letzte Herr Breitling war ledig und kinderlos geblieben, und so hatte ich die Apotheke vor zwei Jahren von ihm übernehmen können. Ich hatte mich auf den ersten Blick in die Räumlichkeiten verliebt.

Die Regale waren aus dunklem Holz und bedeckten die Wände bis zur Decke. In den oberen Fächern wechselten sich weiße Porzellangefäße mit alten Mörsern, Waagen und antiken Mischbehältern ab. In der Mitte standen dicke Bücher über Arzneikunde und Heilpflanzen, fein säuberlich nach Erscheinungsjahr sortiert. Die unteren Fächer waren gefüllt mit bunten Packungen, Tuben und Flaschen. Vor dem Regal prangte der gläserne Verkaufstresen mit dem einzigen Einrichtungsgegenstand, der nicht schon mehr als hundert Jahre alt war – einem modernen Computer. Es erfüllte mich jedes Mal mit Stolz, wenn ich morgens die Apotheke betrat. Dies war mein Reich, das ich mir mühsam erarbeitet hatte und in dem alles ausschließlich nach meinen Regeln lief. Und gerade nach den letzten chaotischen Tagen war es heute besonders tröstlich, dass zumindest hier alles so war, wie es sein sollte.

Gut gelaunt legte ich meine Tasche im Pausenraum ab, schaltete die Kaffeemaschine ein und sah die Post durch. Nichts wirklich Dringendes. Zufrieden ließ ich mich auf den Hocker am Tresen nieder, trank Kaffee und biss in mein Milchbrötchen.

Ich hatte das Frühstück fast beendet, als mein Handy klingelte. Es war Raphael.

»Guten Morgen, meine Süße!« Er suchte offenbar immer noch nach dem richtigen Kosewort.

Schnell schluckte ich die Reste des Brötchens hinunter. »Guten Morgen!«

»Hast du gut geschlafen?«

»So gut, wie man auf einem Wohnzimmersofa schlafen kann.«

»Du Arme! Hast du wenigstens von mir geträumt?«

»Äh ...« Ehrlich gesagt hatte ich von Sebastian, Harald und Franz-Ferdinand geträumt, die sich eine wilde Verfolgungsjagd mit einem sehr alten Herrn geliefert hatten, der sich später als Gabriel zu erkennen gab. »... im weitesten Sinne, ja.«

»Ich vermisse dich.«

»Ich dich auch.«

»Bist du schon in der Apotheke?«

»Ja.«

»Wenn ich es schaffe, komme ich später vorbei. Ich bin furchtbar neugierig darauf, wie du deinen Tag verbringst. Das ist alles so neu für mich!«

Für mich war es auch neu, dass sich ein Mann derart für

mein Leben interessierte – nicht nur für die freien, unbeschwerten Stunden, sondern auch für den ganz normalen, langweiligen Alltag. Raphael war wirklich etwas ganz Besonderes!

»Ich warte auf dich«, versicherte ich ihm deshalb sehnsüchtig und legte auf.

Fünf Minuten später kam meine Mitarbeiterin Stefanie in die Apotheke gestürmt, wie immer etwas gehetzt, aber mit glänzender Laune.

»Das Freibad hat wieder geöffnet«, verkündete sie und schüttelte ihre langen, roten Haare. Einzelne Wassertropfen flogen umher.

»Offensichtlich hast du das gleich ausgenutzt«, murmelte ich und wischte mir ein paar Tropfen aus dem Gesicht.

Stefanie nickte. Sie war gut zehn Jahre jünger als ich, groß, schlank und durchtrainiert und damit das genaue Gegenteil von mir. Jeden Morgen joggte, turnte oder schwamm sie eine Stunde, bevor sie zur Arbeit erschien. Ich bekam regelmäßig ein schlechtes Gewissen, weil ich überhaupt keinen Sport trieb, während Stefanie nicht genug davon zu bekommen schien.

»Ich habe heute meinen persönlichen Rekord im Brustschwimmen gebrochen!«

»Gratulation an deine Brust.«

Sie grinste. »Danke.«

Ich folgte ihr in den Pausenraum. »Wie ist es hier in den letzten Tagen gelaufen?«

»Gut. Herr Breitling und ich hatten alles im Griff.« Der alte Herr Breitling half immer dann in der Apotheke aus, wenn ich nicht da war. Er vergötterte Stefanie, und sie konnte ihn problemlos um den kleinen Finger wickeln. Eigentlich gelang ihr das bei allen Männern. Es war mir ein Rätsel, warum sie noch nicht den Richtigen gefunden hatte.

»Wie war der Urlaub?«

»Toll.«

»Habe ich es dir nicht gesagt?« Stefanie war bereits in Südafrika gewesen und hatte mir vor meiner Abreise von der Schönheit des Landes vorgeschwärmt. »Traumhaft, oder?«

»Wunderschön!«

»Hast du Fotos gemacht?«

»Natürlich.«

»Gut. Die will ich alle sehen.«

»Das wirst du«, versprach ich ihr. »Komm einfach mal abends bei mir vorbei.«

»Gern!« Sie nickte und zog eine Zeitschrift aus ihrer Tasche. »Hier, das wollte ich dir unbedingt noch zeigen. Absolut sensationell! Ich weiß jetzt, warum wir bislang kein Glück bei den Männern hatten.«

»Wir?«, wiederholte ich leicht pikiert.

»Ja, wir. Du willst doch nicht behaupten, dass du seit diesem Versager Lukas noch einmal Erfolg in der Liebe hattest?«

Das hatte ich nun davon, dass ich ihr damals mein Herz ausgeschüttet hatte. Seit meinem tränenreichen Geständnis behandelte sie mich nicht mehr wie eine Vorgesetzte, sondern wie eine ältere, emotional leicht zurückgebliebene Schwester, die man gelegentlich zu ihrem Glück zwingen musste.

»Hier steht es schwarz auf weiß«, fuhr sie fort. »Wir Frauen landen immer bei dem falschen Mann.«

»Und für diese Weisheit brauchst du eine Zeitung?«

Ungeduldig hielt sie mir die Zeitschrift vor die Nase. »Lies selbst!«

Träumst du noch oder liebst du schon?
Jede Frau hat ihn, aber keine spricht offen über ihn

Er geistert tagsüber durch ihre Fantasien und beglückt sie nachts in ihren Träumen. Er ist immer perfekt, weiß sich richtig zu benehmen und sieht unglaublich gut aus: der

Traummann. Ein sehr wandlungsfähiges Objekt, das sich jede Frau individuell nach ihren Vorlieben gestaltet. So sind Haarfarbe, Augenfarbe und Körperbau ebenso ein Produkt ihrer weiblichen Fantasie wie Beruf, Charakter und Herkunft.

Einer aktuellen Umfrage zufolge geben 90 % der ledigen weiblichen Bevölkerung zu, einen Traummann im Kopf zu haben, den sie auch im wahren Leben zu finden hoffen.

Die Realität sieht leider anders aus.

Fast alle Frauen tappen in die »Traummann-Falle«: Sie geraten immer an denselben Typ Mann, der am ehesten ihrer Vorstellung entspricht. Und sie werden dabei bitterlich enttäuscht – denn welcher Mann kann schon mit einem perfekten Traumbild mithalten?

Psychologen raten deshalb dazu, sich bewusst von dem Traumbild zu lösen und unvoreingenommen in die Partnerwahl zu gehen. Nicht die Übereinstimmung mit dem Traumbild sollte der Maßstab für eine Beziehung sein, sondern die Frage, wie viel oder wenig ein Mann dafür tut, dass Frau sich wohlfühlt.

»Ich werde mich von jetzt an noch mit Männern treffen, die überhaupt nicht meinem Traumbild entsprechen«, verkündete Steffi, nachdem ich zu Ende gelesen hatte.

»Toll!« Ich warf die Zeitung auf den Tisch. »Dann ruf mal beim Senioren-Kegeln an und verabrede dich mit dem Vereinsmeister.«

»Du hältst nichts von dem Artikel, oder?«

»Es mag ja sein, dass wir mit unseren Ansprüchen zu viel von den Männern verlangen«, räumte ich ein. »Aber manchmal gelingt einem trotzdem der große Wurf.«

»Ich hoffe, du redest jetzt nicht mehr vom Senioren-Kegeln.«

»Nein.« Ich lachte und errötete leicht. »Ich rede von mir.« Eigentlich hatte ich nicht beabsichtigt, ihr gleich heute Morgen von Raphael zu erzählen. Sie hätte ihn noch früh genug kennengelernt. Doch der Zeitungsartikel ärgerte mich.

Steffis Augen weiteten sich vor Überraschung. »Du meinst, du hast deinen Traummann getroffen?«

Ich nickte glücklich.

»Wo?«

»In Südafrika.«

»Lebt er dort?«

»Nein, er wohnt hier im Rheingau.«

»Echt?« Sie riss die Augen noch weiter auf.

»In einem Schloss.«

»Du veräppelst mich!«

»Nein. Es kommt mir ja selbst vor wie in einem Traum. Aber es ist Realität. Er ist einfach perfekt«, schwärmte ich. »Er hat alles, was ich mir jemals von einem Mann erträumt habe.«

»Stellst du mir diesen Mister Perfect mal vor?«

»Natürlich. Raphael wird heute Mittag hier vorbeikommen.«

»Raphael«, wiederholte sie träumerisch. »Was für ein Name!«

»Du wirst noch mehr schwärmen, wenn du seinen Körper gesehen hast«, versprach ich ihr und kicherte albern. Ich benahm mich wirklich wie ein verliebter Teenager!

»Damit ist wieder einmal bewiesen, dass das, was in dem Artikel steht, falsch ist.« Steffi klappte die Zeitschrift zu. »Ich werde meinem Traummann noch eine Chance geben.«

»Bist du dir sicher?« Mir wäre es lieber gewesen, sie hätte den Rat des Autors beherzigt. »In deinem Fall würde ich vielleicht doch lieber beim Kegelverein anrufen.«

Steffi schwärmte nämlich seit einiger Zeit mehr oder weniger heimlich für meinen Bruder – eine Tatsache, die ich nicht nachvollziehen konnte. Sebastian behandelte Frauen normalerweise nicht besonders aufmerksam und hatte Steffi bislang überhaupt nicht beachtet. Deshalb schüttelte ich jetzt missbilligend den Kopf. »Du bist viel zu gut für Sebastian.«

»Trotzdem.« Sie seufzte sehnsüchtig.

Dieser schmachtende Blick war ja kaum auszuhalten! Vielleicht half es, wenn ich ein paar Wahrheiten über ihn erzählte. »Weißt du übrigens, dass meine Mutter jeden Samstag bei ihm putzt?«

»Das ist sehr nett von ihr.«

»Das ist überflüssig. Der faule Kerl könnte selbst Ordnung halten.«

»Er hat doch so viel zu tun.«

»Das habe ich auch. Trotzdem putze ich allein.« Na ja, fast allein. Gestern hatte Raphael mir geholfen. Noch ein Grund mehr, warum er einfach perfekt war.

»Du willst Sebastian nur schlecht machen!«

»Und wenn?«

»Ich höre nicht mehr zu!«

»Er hat keine geregelten Arbeitszeiten.«

»Na und?«

»Am Abend hängt er die ganze Zeit vor dem Fernseher.«

»Das tue ich auch.«

»Und er hasst es, Schuhe zu kaufen.«

»Dafür kann sie sich Raphael ausleihen«, kam Sebastians Stimme aus dem Verkaufsraum.

Stefanie und ich fuhren erschreckt zusammen. Wie lange stand er dort schon?

Mein Bruder umrundete den Tresen und kam zu uns in den Pausenraum. »Hallo, Schwesterherz. Hallo, Steff.«

Stefanie wurde knallrot und kicherte.

»Sie heißt Stefanie«, korrigierte ich ihn.

»Steff ist doch sehr hübsch«, quiekte Stefanie albern.

Sebastian schenkte ihr ein strahlendes Lächeln und wandte sich dann wieder an mich. »Um noch mal auf die Schuhe zurückzukommen, in diesem Bereich ist Raphael wirklich ein Profi.«

»Raphael? Der Typ, von dem du gerade erzählt hast?«, wollte Stefanie wissen.

»Ja, genau der«, antwortete Sebastian.

»Er geht gern mit Schuhe kaufen? Wieso erzählst du mir das nicht?«

»Hat sie das noch nicht erwähnt? Mir hat sie gestern noch ganz andere Dinge gebeichtet ...« Sebastian grinste.

»Welche denn?« Stefanies Blick wanderte von Sebastian zu mir.

Ich ignorierte ihre Frage und funkelte meinen Bruder böse an. »Was willst du hier?«

»Stimmt es, dass Mama jetzt bei dir wohnt?«

»Vorübergehend, ja. Bis der Umbau erledigt ist.«

»Und wohin soll ich jetzt meine Wäsche bringen?«

»Wie wäre es mit selbst waschen?«

»Ich habe keine Waschmaschine.«

»Wie tragisch!«

»Du hast doch eine, oder?«

»Wage es ja nicht, mit deiner schmutzigen Wäsche bei mir aufzutauchen!«

»Keine Angst, ich bringe sie nicht dir, sondern Mama.«

»Ich habe auch eine Waschmaschine«, warf Stefanie schüchtern ein. »Du könntest ja mal vorbeikommen, und wir waschen zusammen.«

Dankbar strahlte er sie an. »Kannst du auch bügeln?«

»Sebastian! Du kannst doch nicht —«

»Ist schon okay«, unterbrach mich Stefanie und zwinkerte

mir verstohlen zu. Die Arme glaubte tatsächlich, dass sie auf diese Weise zu einem Date mit meinem Bruder kam!

»Super!« Sebastian warf Stefanie eine Kusshand zu. »Ich rufe dich an, okay?«

Stefanie nickte glücklich.

Aus dem Verkaufsraum ertönte nun ein lautes Räuspern. »Wenn ihr das mit der Wäsche geklärt habt, könnte mir dann mal bitte jemand helfen?«

Sebastian schlug sich gegen die Stirn. »Harald! Den habe ich ganz vergessen. Er braucht dringend Pflaster oder einen Verband.« Er verließ den Pausenraum.

»Wir öffnen erst in fünf Minuten«, sagte ich, während ich ihm folgte. Vor dem Tresen stand sein Kollege und hielt sich ein blutiges Taschentuch an die linke Hand

»Okay.« Harald setzte sich auf einen Stuhl. »Dann blute ich eben noch fünf Minuten weiter.«

»So ein Unsinn! Bei Notfällen halte ich mich natürlich nicht an die Öffnungszeiten.« Ich betrachtete den tiefen Schnitt in seiner linken Handfläche. »Wie ist denn das passiert?«

»Ich würde dir ja jetzt gern erzählen, dass ich mir einen Schwertkampf mit einem Verbrecher geliefert habe.« Er grinste schwach. »Aber ehrlich gesagt ist mir nur das Taschenmesser ausgerutscht, als ich einen Apfel schneiden wollte, und wir hatten kein Pflaster im Auto.«

»Da wir gerade hier in der Nähe waren, sind wir zu dir gekommen«, ergänzte Sebastian. »Übrigens solltest du die Tür zur Apotheke nicht unverschlossen lassen, wenn ihr noch gar nicht geöffnet habt und nicht im Laden seid.«

»Das ist meine Schuld«, gab Stefanie kleinlaut zu. »Ich bin soeben reingekommen und habe nicht mehr zugeschlossen.«

»Heute Morgen gab es in einer Bäckerei im Nachbardorf

einen Einbruch. Die Täter wurden zwar geschnappt, aber so etwas kann immer wieder passieren.«

»Wir werden von jetzt an aufpassen«, versicherte ich meinem Bruder und holte den Verbandskasten aus dem Schreibtisch. Nach Reinigung der Wunde klebte ich ein großes Pflaster auf Haralds Handfläche. »So, das müsste reichen.«

»Danke.« Täuschte ich mich, oder war Harald etwas blass um die Nase?

»Alles okay?«, fragte ich vorsichtig.

»Er kann kein Blut sehen«, bemerkte Sebastian.

»Für einen Kriminalbeamten ist das aber ziemlich unpraktisch.«

Harald schüttelte den Kopf. »Mir wird nur bei meinem eigenen Blut schlecht.«

Ich lächelte ihm aufmunternd zu. »Bei mir ist das genauso.«

Stefanie hatte unterdessen ein Paket Pflaster aus dem Regal geholt und wollte damit zur Kasse gehen.

»Lass mal!«, hielt ich sie auf und gab das Pflaster an Harald weiter. »Das geht aufs Haus.«

»Danke!« Er folgte Sebastian, der bereits wieder an der Tür stand. Mein Bruder ließ seinen Kollegen vorbei und drehte sich dann noch einmal mit einem breiten Grinsen zu uns um. »Übrigens haben auch Männer Traumfrauen, meine heißt Pamela.«

Als die Tür ins Schloss fiel, schlug Stefanie die Hände vors Gesicht. »O Gott, ich habe mich für immer blamiert!«

»Das glaube ich nicht«, tröstete ich sie. »Sebastian vergisst sehr schnell. Außerdem hat er eine gestörte Wahrnehmung.«

»Ist mir noch gar nicht aufgefallen.«

»Er hört nur Dinge, die er hören will.«

»Mach ihn nicht so schlecht!«

»Ich sage nur die Wahrheit.«

»Mir ist das trotzdem schrecklich peinlich. Sebastian wird mich nie wieder ernst nehmen.«

»Doch, keine Sorge. Schließlich hast du eine Waschmaschine, Pamela aber nicht.«

Sie lächelte schwach.

»Und ich wette, sie kann nicht einmal bügeln.«

Wir mussten nicht allzu lange auf Raphael warten.

Ich stand am Mittag gerade auf einer Leiter und räumte neue Ware ins Regal, als die Tür geöffnet wurde und mein persönlicher Traummann in die Apotheke kam – oder vielmehr schritt, wie ich bewundernd feststellte, denn seine ganze Erscheinung hatte etwas sehr Elegantes an sich. Heute trug er graue Hosen, ein blaues Hemd und einen dunkelblauen Pulli, den er sich lässig über die Schultern geworfen hatte.

»Hallo, Theresa!«

Ich schnappte nach Luft und hielt mich an der Leiter fest. Sein Anblick verursachte mir immer noch Herzklopfen.

»Vorsicht …« Er kam auf mich zu und hielt meine Hände, während ich langsam von der Leiter stieg.

»Raphael«, flüsterte ich verzückt und verschränkte meine Finger in seinen.

Er drückte mir einen Kuss auf den Handrücken. »Ich habe dich vermisst.«

»Ich dich auch.«

Vom Pausenraum war ein schwacher Seufzer zu hören. Stefanie stand an den Türrahmen gelehnt und betrachtete uns mit großen Augen.

»Das ist meine Kollegin Stefanie.« Händchenhaltend gingen wir auf sie zu.

»Und das« – ich deutete mit der freien Hand auf Raphael – »das ist Raphael, mein Freund.«

Stefanie seufzte wieder. »Es freut mich, Sie kennenzulernen.«

»Ganz meinerseits.« Er schenkte ihr ein bezauberndes Lächeln und wandte sich dann wieder an mich. »Kann ich dich kurz sprechen?«

»Natürlich. Steffi, räumst du bitte weiter ein?«

»Klar!« Sie nickte und ging zur Leiter, ohne uns aus den Augen zu lassen.

Raphael legte den Arm um mich. »Wie lange bist du hier noch beschäftigt?«

»Ich fürchte, bis heute Abend. Warum?«

»Ich wollte dich zum Schloss mitnehmen.«

Hinter uns fielen unzählige Packungen Kopfschmerztabletten von der Leiter. Stefanie fluchte. »Lasst euch nicht stören!«

»Tut mir leid, Raphael.« Ich schüttelte bedauernd den Kopf. »Heute passt es nicht. Wir schließen zwar schon bald, aber ich muss noch die Post der letzten Woche durchgehen, ein paar Bestellungen aufgeben und die Abrechnung überprüfen.«

»Und wie sieht es morgen aus?«

»Morgen ist Sonntag. Da habe ich Zeit.«

»Dann hole ich dich morgen Mittag ab.«

»Ich freue mich drauf.«

»Ich mich auch.« Er drückte mir den schon gewohnten Kuss auf die Stirn, ließ aber dieses Mal seinen Mund länger als sonst an meinem Gesicht verharren. Ich schloss die Augen und genoss seine Nähe.

Wieder stürzten hinter uns Tablettenschachteln auf den Boden. Raphael löste sich von mir und half Stefanie beim Aufsammeln.

»Tut mir echt leid«, murmelte diese schuldbewusst.

»Kein Problem!« Er reichte ihr die Kiste mit den kleinen Päckchen hoch.

»Hast du Zeit für einen Kaffee?«, fragte ich.

»Leider nicht.« Er schüttelte bedauernd den Kopf. »Ich habe noch eine Verabredung.«

»Mit wem?« Sofort spürte ich leise Eifersucht.

»Ich treffe mich mit den Innenarchitekten, die das Schlosshotel umbauen. Schade, dass du nicht dabei sein kannst!«

»Ja, das ist wirklich schade«, murmelte ich.

»Wenn es fertig ist, wird es für uns beide perfekt sein«, versicherte er mir.

»Das hoffe ich.« Ich seufzte. »Musst du wirklich schon gehen?«

Er nickte.

»Also dann, bis morgen!«

Er umarmte mich zum Abschied. »Bis morgen, mein Hase.«

Hase? An seinen Kosewörtern musste er noch ein bisschen arbeiten.

Als die Tür ins Schloss fiel, räusperte sich Stefanie. »Wow! Wer braucht bei diesem Mann noch Träume? Er ist einfach himmlisch!«

»Ich weiß«, flüsterte ich. »Ich glaube, ich bin die glücklichste Frau der Welt.«

Erst sechs Stunden später, beim Abendessen, kehrte ich langsam auf den Boden der Tatsachen zurück.

Ich saß vor einem riesigen Berg Kartoffelsalat und beobachtete meine Mutter, die gerade ein Würstchen für den Dackel kleinschnitt. Sie achtete sorgfältig darauf, dass alle Stücke gleich groß waren, und ordnete sie dann im Kreis auf einem kleinen Dessertteller an.

»Braucht FF vielleicht noch Senf oder Ketchup?«, erkundigte ich mich spöttisch.

»Du sollst ihn nicht immer FF nennen. Er heißt Franz-Ferdinand.«

»Öfföff«, bellte Franz-Ferdinand.

»Hörst du? Er findet das mit der Abkürzung völlig in Ordnung.«

Mutter sah mich böse an. »Er ist ein Hund und kann nicht sprechen.«

»Wenn er ein Hund ist, warum muss er dann von meinem besten Dessertteller fressen?«

»Dieser Teller ist nicht dein bestes Geschirr. Das steht nämlich immer noch bei uns zu Hause.«

»Jetzt fang bitte nicht wieder mit dem Familien-Porzellan an! Das ist ja nicht einmal spülmaschinentauglich.«

»Du spülst doch sowieso die meiste Zeit mit der Hand ab, weil sich die Spülmaschine für eine Person gar nicht lohnt. Ich habe es ja gleich gesagt, aber auf mich wolltest du nicht hören.«

Ich bemühte mich, friedlich zu bleiben, und zählte leise die Quadratzahlen bis Hundert auf. »Wie du weißt, hat sich das mit dem Alleinsein inzwischen erledigt«, sagte ich danach.

»Öfföff«, bellte Franz-Ferdinand wieder und schielte ungeduldig auf die Würstchen. Meine Mutter stellte den Teller auf den Boden und streichelte den Hund, als er sich gierig auf sein Fressen stürzte. »So, mein Püppchen, nun iss schön!«

Ich war mir nicht sicher, ob sie den Hund oder mich meinte, und schob mir vorsichtshalber eine Gabel voll Salat in den Mund.

»Hast du Raphael heute gesehen?«

Ich nickte.

»Kommt er noch vorbei?«

Ich schüttelte den Kopf.

»Aber vielleicht morgen?«

Wieder schüttelte ich den Kopf. Morgen sollte Raphael endlich einmal ganz allein mir gehören.

Mutter runzelte die Stirn. »Ihr habt euch doch hoffentlich nicht gestritten? So kurz vor der Hochzeit! Das hatten wir schon mal –«

»Wir haben uns nicht gestritten«, unterbrach ich sie. »Er hatte nur heute keine Zeit. Und von der Hochzeit ist noch gar keine Rede.«

Sie ignorierte meinen letzten Satz. »Hat er morgen Zeit?«

»Morgen wird er mir sein Schloss zeigen.« Ich schluckte. Das hörte sich selbst für mich irgendwie eigenartig an.

Auch meine Mutter musste diesen Satz erst einmal verarbeiten. Es dauerte ein paar Sekunden, bevor sie wieder das Wort ergriff. »Dann zieh dir morgen was Nettes an. Man kann nie wissen, wen man trifft.«

»Wen soll ich schon treffen? Die Königin von England oder den Fürsten von Monaco?«

»Nein, natürlich nicht. Sei nicht albern! Aber vielleicht begegnest du seiner Familie.«

Daran hatte ich noch gar nicht gedacht. Ich hatte weder Lust auf den Familientyrannen Gabriel noch auf die tüchtige Alleskönnerin Eva. »Ich hoffe nicht«, murmelte ich deshalb.

»Irgendwann möchte ich seine Verwandten auch mal kennenlernen«, fuhr meine Mutter fort und jagte mir damit den nächsten Schauer über den Rücken. »Dein Vater und ich werden demnächst mal einen Ausflug zum Schloss machen.«

»Oh, wie schön. Du wirst also tatsächlich wieder nach Hause ziehen.«

»Natürlich, das habe ich doch gesagt. Sobald der Umbau erledigt ist.«

»Gut.«

»Wenn die Presse erfährt, dass deine Eltern derzeit getrennt leben, platzt die Hochzeit vielleicht«, bemerkte sie plötzlich nachdenklich. »Adelige achten auf solche Dinge sehr genau, und ich möchte deinem Glück nicht im Weg stehen.«

Ich biss mir auf die Lippen, um nicht laut loszulachen. Mir war es gleichgültig, aus welchem Grund sie wieder nach Hause zurückkehren würde. Hauptsache, sie tat es bald! Ich hätte meine Wohnung gern wieder für mich gehabt. Für mich – und für Raphael, setzte ich träumerisch hinzu und versank für einen Moment in der Vorstellung, was wir hier alles tun könnten, wenn wir allein wären …

»Isst du die Wurst noch?« Die Frage meiner Mutter holte mich zurück in die Realität.

»Nein danke, ich bin satt.«

»Dann kriegst du noch ein Stück, mein kleiner Schnuffelpuffel«, flötete sie mit hoher Stimme, schnitt die letzte Wurst in kleine Stückchen und gab sie Franz-Ferdinand.

Schnuffelpuffel? Ich erschauderte. Ihre Koseworte waren ja noch peinlicher als die, die Raphael für mich erfand!

Aber von solchen Kleinigkeiten ließ ich mir heute meine gute Laune nicht verderben. Morgen würde ich endlich das Schloss sehen, das dem Mann gehörte, der mich heiraten wollte. Das war das Aufregendste und Wundervollste, was mir bislang in meinem Leben passiert war.

6

Mein Hochgefühl verstärkte sich noch, als wir am nächsten Mittag die lange Allee zu Schloss Silberstein entlangfuhren. Gut gelaunt saß ich in Raphaels offenem Cabriolet und ließ mir den warmen Wind ins Gesicht wehen. Ich hatte mir ein Seidentuch um die Haare gebunden, eine Sonnenbrille aufgesetzt und fühlte mich ein wenig wie Grace Kelly auf dem Weg ins Schloss von Monaco – nur dass »mein« Graf viel besser aussah als ihr Fürst. Und dass wir hier nicht an der Cote d'Azur waren, sondern mitten im Rheingau. Links und rechts der Straße blühte der Raps tiefgelb, und vor uns glänzte die Kühlerfigur silbern im Sonnenlicht.

»Warum musste es ausgerechnet ein Rolls-Royce sein?«, brüllte ich gegen den Fahrtwind an.

»Wegen des Engels auf dem Kühler«, schrie Raphael zurück.

»Stehst du etwa auf Engel?«

»Nicht besonders.« Er grinste und sah mit den vom Wind zerzausten Haaren einfach unwiderstehlich aus. »Evas Mann hat den Wagen für mich ausgesucht.«

»Also steht Evas Mann auf Engel?«

»Irgendwie schon, ja. Auf jeden Fall ist der Wagen wunderbar.«

»Das stimmt.«

»Bist du bereit?« Raphael drosselte das Tempo. »Wir sind gleich da.«

Und da kam auch schon hinter einer Linkskurve Schloss Silberstein in Sicht. Der Anblick verschlug mir den Atem. Das prächtige barocke Gebäude stand auf einer Anhöhe direkt über dem Rheintal. Es bestand aus einem riesigen Haupthaus und zwei kleineren Flügeln und war von einem Park umgeben, in dem zahlreiche Bäume und Hecken farbenfroh blühten.

»Das ist ... wie im Märchen!«

Wir fuhren eine breite Auffahrt hinauf und hielten direkt vor dem Eingang. »Willkommen auf Schloss Silberstein.« Raphael öffnete meine Autotür und hielt mir seinen Arm hin. Ich band mir das Seidentuch um den Hals, steckte die Sonnenbrille in die Haare und fühlte mich so elegant wie noch nie. Gut gelaunt hakte ich mich bei ihm unter und schritt langsam durch die Eingangstür. Hier und da wurden wir freundlich von Leuten begrüßt, die offensichtlich im Schloss oder im Park arbeiteten.

»Ursprünglich war das hier mal ein Benediktinerkloster mit eigenem Weingut«, erklärte Raphael mir. »Die Grundmauern haben sogar Napoleon und die beiden Weltkriege unbeschadet überstanden.«

»Und wo sind die Klosterbrüder jetzt?«

»Sie sind vor dreißig Jahren in ein moderneres Gebäude unten im Tal gezogen. Das Schloss stand eine Zeitlang leer, bis es zum Hotel ausgebaut wurde.«

»Und hier wirst du nun wohnen.« Ich drehte mich einmal um meine eigene Achse. »Das ist wunderschön!«

»Soll ich dir alles zeigen?«, fragte Raphael eifrig und voller Besitzerstolz.

»Gern.«

»Dann komm!«

Zwei Stunden später saßen wir einträchtig auf einer Wiese im Schlosspark und tranken Apfelsaft aus der hauseigenen Kelterei.

»Ich hätte nicht gedacht, dass das Schloss so groß ist«, sagte ich und rieb mir meine schmerzenden Füße.

»Ja, es hat sehr viel Platz.« Raphael saß aufrecht, so dass ich mich gegen seine Brust lehnen konnte. Er hatte einen Arm um mich geschlungen.

»Die Gäste werden das Hotel lieben. Und du wirst dich vor Kundschaft gar nicht retten können.«

»Gut, dass der Hoteltrakt so weit vom Privatflügel entfernt liegt, dass man dort nicht gestört wird.«

»Das ist sicherlich angenehm.«

»Es wird spannend sein, wenn wir uns hier einrichten.«

Er hatte »uns« gesagt. Ich schluckte. Offenbar hatte er immer noch vor, mich zu ehelichen. Er meinte es ernst!

Und ich? Meine Bedenken waren im Laufe der Besichtigung immer kleiner geworden, und mein Entschluss stand inzwischen fest: Hier wollte ich heiraten. *Ihn* heiraten. Und hier wollte ich leben. Mit *ihm* leben.

Deshalb ließ ich mich nur zu gern von seiner Begeisterung anstecken. »Ich habe schon immer von einem begehbaren Kleiderschrank geträumt.«

Er lachte. »Ehrlich? Man kann von einem Schrank träumen?«

»Was ist daran so lustig?«

»Gar nichts.« Er biss sich auf die Lippen.

»Ich träume noch von ganz anderen Dingen.«

»Zum Beispiel?«

»Von einer großen Küche mit freistehendem Esstisch.«

»Schon notiert.«

»Von einer Sauna im Keller.«

»Warum im Keller? Da hat man doch gar keine Aussicht. Im Erdgeschoss ist genügend Platz.«

»Einverstanden.«
»Was noch?«
»Von einem Kachelofen.«
»Okay.«
»Und ein Whirlpool?«
»Das muss aber ein ganz schön geräumiger Traum sein.« Er schmunzelte vergnügt und drückte mich an sich.

Ich schloss für einen Moment die Augen und kniff mich in den Arm. Was faselte ich da bloß von Träumen, in denen Einrichtungsgegenstände vorkamen? Das hier war doch viel besser als jeder Traum! Das war Realität – mein neues Leben!

Glücklich ließ ich mich tiefer sinken und landete mit dem Kopf in Raphaels Schoß. Geistesabwesend strich er mir über meine Haare. Ich nahm seine Hand und begann, seine Finger zu küssen. Zuerst ließ er sich die Berührung gefallen. Doch als ich beim Mittelfinger angelangt war, sprang er auf.

»Ich habe noch eine Überraschung für dich!«

Der gepflegte Rasen federte den Aufprall meines Kopfes etwas ab. Trotzdem war ich verärgert über das plötzliche Ende unserer Vertraulichkeit.

»Und das wäre?«, fragte ich und erhob mich vom Boden.
»Wir gehen jetzt reiten.«
Wie bitte? »Aber ich kann gar nicht reiten!«
»Macht nichts, ich werde es dir beibringen.«
»Heute?«
»Aber ja.
»Andere Leute brauchen dazu mehrere Reitstunden.«
»Ich bin ein guter Lehrer, keine Panik.«

Keine Panik – er hatte gut reden! Vermutlich ritt er seit seiner Kindheit. Mir hingegen waren Pferde bislang nur in meinen Wunschträumen erschienen, in der Realität hatte ich eher Angst vor großen Tieren und hatte mich noch nie näher als zehn Meter an ein Pferd herangetraut.

»Ich weiß nicht ...«

»Reiten ist sehr romantisch.«

»Wenn man es kann!«

»Und außerdem ist es eine meiner Lieblingsbeschäftigungen.«

»Das glaube ich gern.«

»Ich wette, du hast auch schon davon geträumt, reiten zu können.«

»O ja!« Er hatte keine Ahnung, wie oft und wie lebhaft.

»Na also, jetzt machen wir deinen Traum wahr. Komm schon!« Er ergriff meine Hand und zog mich mit sich. Seine Begeisterung war ansteckend. Was konnte schon schiefgehen, wenn er dabei war?

»Ich bin gleich wieder da«, sagte er, als wir die Stallungen erreicht hatten, und verschwand durch eine grüne Holztür. Neugierig folgte ich ihm und stand auf einmal mitten im Pferdestall. Ein paar Spatzen flogen umher und zwitscherten aufgeregt im Dachgebälk. Es roch nach frischem Mist und nassem Pferdefell, und aus den Boxen war leises Schnauben und Wiehern zu hören.

»Raphael?«

Das Schnauben verstärkte sich. Ich fand, dass es ziemlich bedrohlich klang. Die Tiere konnten doch hoffentlich nicht ausbrechen?

»Raphael?«

Wieder nur Schnauben.

»Hört mal, ihr Pferde!«, murmelte ich und versuchte, gelassen zu klingen. »Ich tue euch nichts, wenn ihr mich auch in Ruhe lasst.«

Langsam bewegte ich mich vorwärts und spähte in eine Box, in der ein schwarzes Pferd stand und Heu fraß. Es ließ sich durch meine Anwesenheit nicht stören, sondern wühlte mit seinem Maul weiter im Stroh.

Ich fuhr mir mit der Hand über das Gesicht. Der Stallgeruch verursachte ein starkes Kribbeln in meiner Nase. Von meiner hastigen Bewegung aufgeschreckt, hob das schwarze Pferd den Kopf und starrte mich an.

»Hallo, Pferd«, flüsterte ich. »Friss ruhig weiter!« Ich machte mit meinem Kiefer kauende Bewegungen, die es leider nicht verstand. Stattdessen glotzte es mich argwöhnisch an. Ich probierte es mit einem freundlichen Lächeln, aber auch davon zeigte sich das Tier unbeeindruckt. Zum Glück kam Raphael in diesem Moment mit einem rotbraunen Pferd aus einer anderen Box.

»Das ist Magic Bee. Sie ist eine sanfte Hannoveraner Stute und wie geschaffen zum Reitenlernen.«

»Findest du?« Skeptisch betrachtete ich das Tier. Wie sanft konnte ein Pferd sein, das Magische Biene hieß und aus seinen großen braunen Augen ebenso misstrauisch zurückblickte?

»Natürlich.«

»Hallo, Magic Bee«, flötete ich und hoffte, dass das Tier meine Heuchelei nicht durchschaute. »Du bist aber eine ganz Hübsche!«

»Hier!« Raphael drückte mir die Zügel in die Hand. »Ich gehe mich schnell umziehen und bringe dir dann deine Reitkleidung mit.«

»Aber ich habe doch gar keine –«, begann ich, froh darüber, ein Argument gegen diese unfreiwillige Reitstunde gefunden zu haben.

»Doch, du hast«, unterbrach er mich. »Ich habe dir eine Hose, einen Helm und ein Paar Stiefel gekauft.«

»Du hast was? Woher kennst du meine Größe?«

Er lächelte. »Glaubst du mir, wenn ich sage, dass ich gut im Schätzen bin?«

»Nein.«

»Okay, dann eben die Wahrheit: Neulich im Schuhladen hat das Größenschild aus deiner Hose herausgeschaut.«

Wie peinlich! »Das nächste Mal darfst du mich gern im Unklaren lassen.«

»Wird gemacht.«

Eine Viertelstunde später stand ich mit grüner Reithose, braunem Helm und schwarz-glänzenden Reitstiefeln vor Magic Bee und fühlte mich ein wenig wie die missratene, unglückliche Tochter von Robin Hood.

Neidisch schielte ich zu Raphael hinüber. Er machte in seiner schwarzen Reitkleidung eine blendende Figur. Sein Pferd, ein schwarzer Araber mit Namen Shahim, tänzelte erwartungsvoll neben ihm.

»Wir gehen heute nur Runden in der Halle. Ich bleibe immer neben dir, so dass dir gar nichts passieren kann.«

»Hatschi!« Das Jucken in meiner Nase war stärker geworden. »Ich glaube, ich habe mich erkältet«, bemerkte ich deshalb, während ich mir die Nase putzte. »Bei einer Erkältung sollte man nicht reiten.«

»Wo steht das denn geschrieben?« Raphael half mir in den Sattel. »Bei einer Erkältung gibt es nichts Besseres als Bewegung und frische Luft!«

Ich hätte ihm gern gesagt, dass ich als Apothekerin vermutlich ein wenig mehr von Medizin verstand als er. Außerdem war es wissenschaftlich bewiesen, dass man sich nicht anstrengen sollte, wenn man erkältet ist. Aber leider gehorchten mir meine Kiefermuskeln nicht. Sie waren vor Schreck gelähmt, seit ich im Sattel saß und einen Blick nach unten geworfen hatte.

So ein Pferderücken war verdammt hoch!

»Äh ... Raphael«, stammelte ich. »Ich will wieder runter.«

»Nichts da!« Er schwang sich elegant auf sein eigenes Pferd und ergriff meine Zügel. »Aller Anfang ist schwer.

Denk einfach dran, dass du immer schon vom Reiten geträumt hast.«

»Ab sofort träume ich nur noch vom Fahrradfahren.«

Langsam setzte sich Magic Bee in Bewegung, und ich hielt mich krampfhaft am Zaumzeug fest. Gleichzeitig versuchte ich, mit meinen Oberschenkeln den Leib der Stute zu umklammern. Schon nach wenigen Metern schmerzten meine Beine.

»Du musst den Rhythmus des Pferdes übernehmen«, wies Raphael mich an, als wir die Reithalle erreichten und in die erste Runde gingen.

Ich biss die Zähne zusammen und versuchte es. Es gelang mir nicht – im Gegenteil, ich prallte jedes Mal hart in den Sattel zurück, wenn Magic Bee einen Schritt machte. Zudem juckte meine Nase immer heftiger, und auch meine Hände begannen zu kribbeln.

Um mich von dem Schmerz abzulenken, warf ich einen Blick auf Raphael. Er saß aufrecht im Sattel und schien den Ausritt zu genießen. »Warum kannst du eigentlich so gut reiten?«, fragte ich neidisch.

»Das gehörte zu meiner Grundausbildung.«

»Dein Großvater war bestimmt jemand, der die alte Schule bevorzugte.«

»Wie? Ach so, ja.« Er nickte.

Für einen Moment vergaß ich mein Leiden und dachte über seine traurige Kindheit nach. Es musste schrecklich gewesen sein, bei einem alten Mann aufzuwachsen. Gedankenverloren zog ich die Zügel ein wenig zu fest zu mir heran, und Magic Bee blieb abrupt stehen. Beinahe wäre ich zu Boden gestürzt, doch Raphael hielt mich fest.

»Du sollst den Rhythmus finden!«, ermahnte er mich.

Ich nickte erschrocken. Der kleine Vorfall hatte mich in die harte Realität zurückgebracht, und bald schon spürte ich wieder jeden Knochen.

Nach der ersten, mir endlos erscheinenden Runde durch die Halle war ich mir sicher, dass Magic Bee und ich niemals denselben Rhythmus finden würden. Wir waren einfach nicht füreinander geschaffen.

Nach der zweiten Runde fühlte ich meine Oberschenkel nicht mehr. Außerdem war meine Nasenschleimhaut auf doppelte Größe geschwollen und erschwerte mir das Atmen.

Raphael merkte von alldem nichts. Er ritt geduldig neben mir her, strahlte mich an und schien die Situation zu genießen.

»Jetzt kommt eine Überraschung«, verkündete er, als wir die dritte Runde geschafft hatten.

»Und das wäre?«, fragte ich argwöhnisch. In der Hallenmitte standen einige Hindernisse. Er wollte doch hoffentlich jetzt nicht mit mir springen?

»Eine kleine Pause.« Er rutschte gewandt von seinem Pferd und streckte mir die Arme entgegen.

Gott sei Dank! »Die Pause darf gern auch ein wenig länger sein«, schniefte ich und ließ mich in seine Arme fallen.

»Wie du willst«, flüsterte er und zog mich an sich. Gleich darauf fühlte ich seine Lippen auf meinem Mund.

Ach so, das war die Überraschung! Nun, damit war ich mehr als einverstanden. Zufrieden schloss ich die Augen und überließ mich seinen Zärtlichkeiten. Doch schon nach wenigen Sekunden war damit Schluss.

Es war nicht etwa so, dass er den Kuss beendete und sich zurückzog. Nein, ich war diejenige, die heftig atmend einen Schritt zurücktrat.

»Entschuldige!«, murmelte er verlegen. »Das ging dir zu schnell, oder?«

Ich schüttelte den Kopf und deutete keuchend auf das Pferd. »Ich bekomme keine Luft mehr! Ich glaube, ich bin allergisch.«

»Auf Pferde? Das müsstest du doch wissen.«

»Ich bin in meinem ganzen Leben Pferden noch nicht so nahe gekommen wie heute«, japste ich. »Und wenn ich noch länger hier bleibe, ersticke ich!«

Mit diesen Worten rannte ich an ihm vorbei Richtung Ausgang. Erleichtert atmete ich die frische Luft ein und zog ein Taschentuch heraus. Als mein Blick auf meine Hände fiel, erlebte ich den nächsten Schock. Meine Haut war stark gerötet und bildete kleine Pusteln. Nervös tastete ich mein Gesicht ab. Auch hier war alles heiß und geschwollen.

»Ich bin eindeutig allergisch«, nuschelte ich ins Taschentuch, als Raphael neben mich trat.

»Was machen wir denn jetzt?« Er wirkte ratlos.

»Ich denke, das war's mit der Reitstunde. Ich will nach Hause!« Ich fühlte mich so jämmerlich, wie ich klang. Mein erster Nachmittag mit Raphael im Schloss hatte soeben in einer Katastrophe geendet.

»Kann ich irgendetwas für dich tun?«

Ich nickte. »Du kannst mich fahren. Ich habe in der Apotheke ein paar wirksame rezeptfreie Anti-Allergika. Außerdem muss ich so schnell wie möglich diese Reitsachen ausziehen und duschen.«

»Gut. Ich bringe nur schnell die Pferde zurück, dann starten wir.«

Die Rückfahrt verlief weitgehend schweigsam. Raphael musterte mich hin und wieder besorgt, sagte jedoch nichts. Ich dirigierte ihn zuerst zur Apotheke, deckte mich dort mit Medikamenten gegen allergische Beschwerden ein und bat ihn dann, mich zu meiner Wohnung zu bringen.

»Willst du noch mit raufkommen?«, röchelte ich, als er vor dem Haus parkte. Das Atmen fiel mir zwar wieder leichter als im Stall, aber ich trug noch immer die Reitsachen, auf denen sich vermutlich massenhaft Pferdehaare befanden.

»Gern. Ich möchte sicherstellen, dass es dir gut geht. Komm!« Er legte seinen Arm um mich und half mir die Stufen hinauf.

Als ich die Tür zu meiner Wohnung aufgeschlossen hatte, lehnte ich mich erschöpft an Raphaels Brust. »Ich bin völlig außer Atem«, keuchte ich. »So etwas habe ich noch nie erlebt.«

»Aber es ist jetzt doch schon eine Stunde her! Langsam müsste es wirklich besser werden.«

»Ich glaube, das dauert noch ein bisschen. Zuerst muss ich jetzt mal meine Kleidung loswerden und dann heiß duschen.« Inzwischen spürte ich vom Reiten jeden Knochen. »Ich kann kaum noch laufen.«

»Ist ja interessant!«, tönte unerwartet die Stimme meines Bruders aus der Küche. Erschrocken fuhren Raphael und ich herum. Am Küchentisch saßen meine Mutter und Sebastian einträchtig vor einer Schüssel mit Nudelsalat. Franz-Ferdinand kam schwanzwedelnd auf uns zu und beschnüffelte aufgeregt meine Reithose.

»Hört sich an, als hättet ihr jede Menge Spaß gehabt.« Sebastian grinste anzüglich. »Habt Ihr euer kleines Problem aus dem Schuhgeschäft gelöst?«

»Ich glaube kaum, dass dich das was angeht.« Mein Atem rasselte. »Was willst du überhaupt hier? Warum bist du nicht bei Papa und hilfst beim Umbau?«

»Ich habe ihn eingeladen«, mischte sich jetzt meine Mutter ein. »Der Junge muss schließlich auch mal was essen.«

»Wir essen sonntags immer zusammen«, fügte Sebastian hinzu. »Das hat schon Tradition.«

»Komisch, dass ich nichts davon weiß«, murmelte ich. »Ich dachte immer, ich gehöre auch zur Familie.«

»Du hattest so selten Zeit. Also war das nur eine Sache zwischen Mama, Papa und mir.«

»Und wo ist Papa?« Ich trat in die Küche und blickte mich demonstrativ um. »Hat der heute auch keine Zeit?«

Meine Mutter presste die Lippen zusammen. »Das ist nicht lustig.«

»Nein.« Ich ließ mich auf einen Stuhl sinken. »Mir ist auch überhaupt nicht komisch zumute. Genau genommen fühle ich mich schrecklich.«

»Du siehst furchtbar aus«, bemerkte Sebastian. »Du hast ein völlig geschwollenes, rotes Gesicht. Fast wie ein Pavian.«

Ich überging seine letzte Bemerkung, weil ich zu schwach für einen Streit war. »Ich fürchte, ich habe eine Pferdehaar-Allergie.«

Meine Mutter schüttelte den Kopf. »Du warst noch nie gegen irgendetwas allergisch«, widersprach sie.

»So etwas kann sich plötzlich entwickeln.«

»Warum hast du Reitklamotten an?«, wollte Sebastian wissen.

»Wir sind zusammen ausgeritten.« Raphael trat hinter meinen Stuhl und massierte mir den Nacken. Seine sanfte Stimme und die Berührung beruhigten mich ein wenig.

»Du kannst doch gar nicht reiten«, sagte meine Mutter.

Wieso musste sie heute ständig widersprechen?

»Sie wird es lernen«, behauptete Raphael.

Noch mal auf ein Pferd? Mit Sicherheit nicht! Niemals würde ich meinen Hintern wieder auf den Rücken eines Pferdes setzen. »Oder auch nicht«, murmelte ich deshalb und erhob mich ächzend. »Ich gehe jetzt duschen.«

»Möchtest du mit uns essen, mein lieber Junge?«, fragte meine Mutter Raphael. Mein lieber Junge? Anscheinend hatte sie ihn bereits als Schwiegersohn adoptiert.

»Gern.« Er zog sich einen Stuhl heran und nahm am Küchentisch Platz.

»Es gibt Nudelsalat.«

»Er sieht lecker aus.«

»Magst du ein Bier?« Sebastian wartete die Antwort nicht ab, sondern ging zum Kühlschrank und holte eine Flasche heraus.

Raphael überlegte. »Ein Bier ist wohl in Ordnung. Ich muss ja noch fahren.«

»Falls es mehrere werden, kannst du gern bei mir übernachten«, bot Sebastian ihm an. »Meine Wohnung hat ein Gästezimmer, und man kann sie von hier aus bequem zu Fuß erreichen.«

»Wie großzügig von dir«, schnaubte ich aufgebracht. Unserer Mutter hatte er dieses Angebot nicht gemacht. Doch noch bevor ich ihn weiter beschimpfen konnte, erlitt ich einen heftigen Niesanfall.

Meine Mutter schob mich ins Badezimmer. »Jetzt gehst du erst einmal duschen! Sonst wirst du deine Atemprobleme nie los.« Sie schloss die Tür hinter uns und half mir beim Entkleiden.

Dankbar für ihre Hilfe öffnete ich den Reißverschluss der Reithose und ließ sie zu Boden fallen. Mit dem rechten Fuß schubste ich sie in Richtung Waschmaschine. Dort blinkte gerade der rote Knopf für das Schleuderprogramm auf.

»Wieso läuft die Waschmaschine?«, fragte ich und war einen Moment lang von meinen Problemen abgelenkt.

»Das ist Sebastians Wäsche.«

»Ich habe ihm verboten, bei mir zu waschen.«

»Er wäscht ja auch nicht, ich wasche«, entgegnete Mutter in der ihr eigenen Logik. »Übrigens habe ich deine Wäsche auch gemacht. Sie hängt schon auf dem Balkon, ich werde sie nach dem Abendessen bügeln.«

»Ich kann meine Wäsche selbst bügeln.«

»Mit diesen Händen?« Sie ergriff meine rot geschwollenen Handgelenke und hielt sie mir vor die Nase.

»Okay, du hast gewonnen.« Ich stieg in die Dusche, viel zu erschöpft, um zu widersprechen, und einen Augenblick später spürte ich die wohltuende Wärme des Wassers auf meiner Haut.

Als ich mit frischer Bekleidung zurück in die Küche kam, musste dort gerade etwas Ungeheuerliches passiert sein. Mein Bruder starrte Raphael mit offenem Mund ungläubig an, und auch meine Mutter wirkte überrascht. Raphael selbst hatte sich lässig im Stuhl zurückgelehnt, kaute an einem Stück Brot und sah sehr zufrieden aus.

»Ist was passiert?«, fragte ich ein wenig beunruhigt und setzte mich neben Raphael. Meine Mutter schob mir einen Teller mit Nudelsalat zu.

»Das kann man wohl sagen.« Sebastian schloss seinen Mund wieder. »Das ist echt unglaublich! Wieso hast du uns das nicht erzählt?« Er blickte mich vorwurfsvoll an.

»Was denn?«

»Wahrscheinlich ist dir gar nicht bewusst, worum es geht«, sagte mein Bruder lachend. »Du kennst dich doch mit Autos nicht aus!«

»Autos?« Was redete er da?

»Na gut, dann eben Luxus-Karossen. Kann ich mal einen Blick darauf werfen?«

»Ich lade dich gern zu einer Probefahrt ein.« Raphael nickte und wandte sich dann an mich. »Ich habe gerade von meinem Rolls-Royce erzählt.«

Wie bitte? Es ging nur um Autos?

»Wirklich? Ich darf mitfahren?« Sebastian wirkte aufgeregt wie ein kleines Kind. »Nach dem Essen?«

Raphael sah mich fragend an.

»Warum nicht?« Ich zuckte mit den Schultern. »Ich werde gleich die Medikamente einnehmen und kann danach sowieso nicht mehr viel unternehmen.«

»Dann ist es also abgemacht.« Mein Bruder strahlte. »Wir fahren Rolls-Royce!«

»Danach kannst du Sebastian beim Haus meiner Eltern absetzen«, sagte ich zu Raphael. »Er hat bestimmt noch im Dachgeschoss zu tun.«

»Irrtum, liebes Schwesterlein. Für heute Abend habe ich mir freigenommen.«

»Ist Papa jetzt etwa ganz allein? Dann wird er ja nie fertig!« Und die Wäsche meines Bruders würde weiterhin ihre Runden in meiner Waschmaschine drehen.

»Harald ist bei ihm und hilft.«

»Harald kann gar nicht helfen. Seine Hand ist verletzt.«

Sebastian verdrehte die Augen. »Na und? Dann bleibt das Ganze eben einen Tag liegen. Uns hetzt doch keiner!«

»Doch, ich!« Ich wollte mein Schlafzimmer, meine Waschmaschine und meine Ruhe wiederhaben, ganz zu schweigen von ein paar ungestörten Stunden mit Raphael.

»Dann hilf doch selbst mit«, knurrte Sebastian.

»Das mache ich auch.« Mir blieb wohl tatsächlich keine andere Wahl. »Morgen Abend werde ich mir die Baustelle ansehen und wenn nötig an den kommenden Tagen mitarbeiten.«

Sebastian lachte. »Du hast zwei linke Hände, was Handwerken betrifft.«

»Das ist egal. Auch zwei linke Hände können mit anpacken.«

»Ich würde auch gern helfen«, sagte Raphael. »Aber ich fürchte, meine eigene Baustelle lässt mir keine Zeit dazu.« Er lächelte entschuldigend.

»Das weiß ich, und es ist auch nicht schlimm«, versicherte ich ihm. Insgeheim war ich froh darüber, dass er nicht mithelfen konnte. Allein die Vorstellung, dass mein handwerklich besessener Vater diesen perfekten Mann gnadenlos herumkommandieren würde, verursachte mir Bauchschmerzen.

Raphael atmete auf und legte den Arm um mich. »Aber zwischendurch werden wir uns doch sehen, oder?«

»Natürlich. Ich muss ja nicht jeden Abend helfen.«

»Können wir los?« Sebastian schaufelte sich die letzten Nudeln vom Teller in den Mund und schaute Raphael auffordernd an. Dieser nickte.

»Und wir machen es uns im Wohnzimmer gemütlich«, sagte meine Mutter fröhlich und tätschelte meine Hand. »Du legst dich aufs Sofa und ich werde bügeln. Im ersten Programm kommt eine Sendung über heimische Zierfische.«

»Na toll.«

Was für ein schöner Abend! Mein Bruder und mein Freund, die absolut nichts gemeinsam hatten, unternahmen eine Spritztour mit einem Rolls-Royce. Währenddessen hatte ich auf dem Sofa die Wahl, ob ich lieber meiner Mutter beim Bügeln oder einem Schwarm Goldfische bei der Paarung zuschauen wollte.

Hoffentlich war die einschläfernde Wirkung der Allergie-Pillen stark genug!

7

Am nächsten Tag waren meine allergischen Beschwerden bis auf einen kleinen Ausschlag am Bauch tatsächlich verschwunden. Dafür hatte ich schrecklichen Muskelkater. Jede Bewegung tat höllisch weh.

Ächzend schleppte ich mich durch den Tag in der Apotheke. Stefanie ließ mich in Ruhe, nachdem ich ihr den Grund für meinen desolaten Zustand geschildert hatte. »Lauf zehn Runden auf dem Sportplatz«, war ihr Tipp. »Bei unsportlichen Menschen ist der Muskelkater besonders schlimm. Wenn du mal trainiert bist, wirst du keinen mehr verspüren.«

Nun, auf weitere sportliche Aktivitäten konnte ich verzichten. Ich war mehr als erleichtert, als ich um 18 Uhr vor die Tür treten konnte. Draußen war es noch warm und sonnig.

»Hallo, Theresa!« Raphael saß am Steuer seines Rolls-Royce und winkte mir vom Straßenrand aus zu.

»Raphael!« Ich freute mich, ihn zu sehen. Wir hatten tagsüber nur zweimal kurz miteinander telefoniert, und ich hatte nicht damit gerechnet, dass er noch vorbeikommen würde. »Was machst du hier?«

»Ich wollte dich sehen.« Er lächelte mich an. Trotz Muskelkater bekam ich weiche Knie. »Wie geht es dir?«

»Gut.« Das war nur eine halbe Lüge. Seit er da war, spürte

ich meine Beschwerden tatsächlich nicht mehr so stark. »Wie war die Probefahrt mit Sebastian?« Ich war am Abend zuvor ziemlich schnell auf dem Sofa eingeschlafen und hatte nichts von ihrer Rückkehr mitbekommen.

»Dein Bruder war beeindruckt.« Raphael wirkte sehr zufrieden mit sich. »Kann ich dich auch zu einer kleinen Spritztour überreden? Der Wagen läuft einwandfrei, besonders auf der Autobahn. Wir haben es gestern auf zweihundertzehn Kilometer pro Stunde geschafft.«

»Seid ihr wahnsinnig?« Nicht nur, dass es Sebastian als Polizist eigentlich besser wissen musste. Auch Raphaels plötzliche Begeisterung für sein Cabrio gefiel mir nicht.

»Wir können ja langsamer fahren«, beschwichtigte er mich.

Ich schüttelte bedauernd den Kopf. »Tut mir leid, ich will zu meinem Vater fahren.«

»Schade!« Raphael seufzte. »Das heißt also, dass ich den Abend allein verbringen muss?«

»Ja.« Es tat mir leid, ihn abweisen zu müssen.

»Ist das ein Rolls-Royce?« Stefanie trat hinter mir aus der Apotheke.

»Ja, ein Phantom Drophead Coupé.« Raphaels Augen, die gerade noch enttäuscht dreingeblickt hatten, bekamen auf einmal einen besonderen Glanz, eine Mischung aus Stolz und Selbstgefälligkeit.

»Ist ja nicht zu fassen!« Stefanie strich vorsichtig mit der Hand über die Motorhaube. »Darf ich mal probesitzen?«

»Aber sicher.« Raphael öffnete ihr die Beifahrertür, und Stefanie nahm ehrfürchtig Platz.

»Wow!«

Warum waren eigentlich alle Leute so verrückt nach diesem Auto? Ungeduldig blickte ich auf meine Armbanduhr. »Ich muss jetzt leider los.«

»Soll ich dich fahren?«, fragte Raphael.

»Nein, danke. Mein Wagen steht dort drüben.«

»Du könntest aber mich nach Hause bringen«, schlug Stefanie vor. »Dann muss ich nicht auf den Bus warten.«

»Hast du Lust auf eine kleine Probefahrt?«

»Ich glaube, Theresa hat etwas dagegen.« Stefanie musterte mich von der Seite.

»Nein, nein. Es ist okay«, versicherte ich ihr. Stefanie war sicherlich die letzte Person, die mich hintergehen würde. Außerdem war ich nicht eifersüchtig, sondern lediglich erstaunt über die neue Begeisterung, die Raphael für sein Auto an den Tag legte. Das passte irgendwie nicht zu ihm.

»Wirklich?«, erkundigte sich Stefanie.

»Natürlich.« Ich nickte und warf Raphael eine Kusshand zu. »Viel Spaß!«

»Danke!« Er winkte zurück. »Darf ich dich später noch anrufen?«

»Natürlich. Ich freue mich.«

»Bis dann!« Mit diesen Worten brauste er davon.

Als ich die Tür zum Haus meiner Eltern öffnete, empfingen mich laute Radiomusik und heftige Schlaggeräusche aus dem Dachgeschoss.

»Wir brauchen noch mehr Rastkeile!«, brüllte mein Vater.

»Wo ist denn die Schachtel mit den Keilen?«, fragte eine Stimme, die ich als Haralds identifizierte.

»Die muss hier irgendwo liegen. Ich habe sie gerade noch in der Hand gehabt.« Es folgten neue Hammerschläge.

Vorsichtig balancierte ich um leere Verpackungen, Folien, Kartons und Werkzeuge herum die Treppe hinauf. Kein Wunder, dass sich meine Mutter weigerte, in diesem Chaos zu leben! Je höher ich kam, desto schlimmer wurde es. Im ersten Stock standen zudem etliche Pappkartons und Kleidersäcke im Weg, die normalerweise im Dachgeschoss lagerten.

»Sebastian, gib mir mal die Wasserwaage! Und wo bleiben die Rastkeile?« Mein Vater war offensichtlich in seinem Element.

»Wo hast du die Wasserwaage zuletzt hingelegt?«

»Irgendwo da drüben.«

»Die Box mit den Rastkeilen ist auch verschwunden.«

»Das muss aber alles irgendwo sein. Macht gefälligst eure Augen auf!«

Ich schmunzelte. Wenn mein Vater handwerklich tätig wurde, verwandelte er sich von einem gewissenhaften, ruhigen Finanzbeamten in einen chaotischen Tyrannen, der mindestens zwei Assistenten benötigte, um ein Loch in die Wand zu bohren. Die Hauptbeschäftigung seiner Helfer bestand darin, die Werkzeuge wiederzufinden, die er verlegt hatte. Und so wunderte es mich auch jetzt nicht, Sebastian und Harald suchend auf dem Boden vorzufinden, als ich im Dachgeschoss ankam.

»Ich melde mich zum Dienst«, begrüßte ich die drei Männer fröhlich.

Sebastian und mein Vater blickten auf und nickten mir zu, aber wenigstens Harald schenkte mir ein kurzes Lächeln. Vermutlich freute er sich, dass es nun einen Helfer mehr gab, an dem mein Vater seine schlechte Laune auslassen konnte.

»Hilf den Jungs mal beim Suchen«, forderte mein Vater mich auf und schwang wieder seinen Hammer. Mit seiner blauen Latzhose, die er bis zu den Knien hochgekrempelt hatte, und einer farblich passenden Baseballmütze, die seine weißen Haare verdeckte, wirkte er alles andere als fachmännisch, sondern eher wie ein zu groß geratener Schlumpf.

»Hallo, lieber Papa. Ich freue mich auch, dich zu sehen«, murmelte ich, als ich neben Harald in die Knie ging und sofort das Gesicht verzog. Meine Muskeln schmerzten immer noch.

»Hast du Schmerzen?«, wollte Harald wissen.

»Nein, nur Muskelkater.« Ich stützte mich vorsichtig auf meine Hände.

»Das kommt vom Reiten«, sagte Sebastian.

»Reiten?«, wiederholte mein Vater erstaunt und unterbrach sein Hämmern. »Seit wann reitest du?«

»Ach, es ergab sich so.«

»Eine Reitstunde ergibt sich eigentlich nicht einfach so«, stellte Harald fest. »Es sei denn, man stößt zufällig auf ein gesatteltes Pferd mit den passenden Reitklamotten im Maul.«

»So ähnlich war es auch«, entgegnete ich.

»Zufälle gibt's!«

»Allerdings.«

»Du solltest vorsichtiger sein.« Mein Vater runzelte die Stirn. »In deinem Alter erlernt man das Reiten nicht mehr so schnell.«

Harald grinste.

Ich verbiss mir eine entsprechende Bemerkung und griff stattdessen nach einer Box, die unter einer Rolle mit Dämmfolie gelegen hatte. »Ist es das, was ihr sucht?«

»Die Rastkeile!« Mein Vater nahm mir das Paket ab und stellte es vor sich auf einen Stapel mit Parkettholz.

Mühsam richtete ich mich wieder auf und ließ meinen Blick durch das Dachgeschoss gleiten. Ungefähr ein Viertel des Raumes war bereits mit Parkett verlegt. In den restlichen zwei Dritteln standen mehrere große Holzpakete, drei Rollen mit Dämmfolie, diverse Farbeimer, Werkzeuge, das Radio und eine Kiste Bier.

»Was ist noch zu machen, wenn der Boden fertig ist?«

»Die Leisten«, sagte mein Vater und schlug gleich darauf mit dem Hammer an die Seite eines Parketholzes. »Die

Wände.« Ein weiterer Hammerschlag. »Die Decke.« Wieder ein Schlag. »Die indirekte Beleuchtung in den Dachbalken.« Er legte den Hammer zur Seite. »Und noch ein paar Kleinigkeiten.«

»Das ist ein ziemlich umfangreiches Programm. Was denkst du, wann du damit fertig bist?«

»Keine Ahnung.« Er zuckte mit den Schultern.

»Eine Woche?«, schlug ich vor.

»Vielleicht.« Er sah sich suchend um. »Sebastian, wo ist denn nun die Wasserwaage?«

»Ist das das Ding mit den Luftblasen?« Ich deutete auf ein längliches Werkzeug, das hinter der elektrischen Säge hervorschaute.

»Ja, genau das.« Zufrieden griff mein Vater nach der Waage und legte sie seitlich an das Parkett.

»Ich sehe schon, ich kann hier gute Dienste leisten.«

»Eine zusätzliche helfende Hand können wir immer brauchen, das habe ich dir schon am Telefon gesagt.«

»Apropos helfende Hand«, mischte sich Sebastian ein. »Theresa wird dir auch am Samstag helfen.«

»Wobei?«

»Bei deinem Grillfest.«

»Theresa? Das geht nicht.« Mein Vater zog sich die Mütze vom Kopf und trocknete seine schweißnasse Stirn.

»Warum nicht?«

»Das Grillfest ist Männersache.«

»Sie kann sich ja im Hintergrund halten.«

»Ja, genau«, warf ich spöttisch ein. »Du kannst mich in der Küche einschließen und dort arbeiten lassen, dann bemerkt mich keiner. Ich verspreche auch, nicht herauszukommen.«

»Ich weiß nicht.« Mein Vater ließ die Mütze fallen und kratzte sich am Kopf. Offensichtlich dachte er ernsthaft über meinen Vorschlag nach.

»Komm schon, Papa!« Sebastian klopfte ihm auf die Schulter. »Nimm Theresa in den heiligen Kreis der Griller auf.«

»Warum setzt du dich eigentlich so für sie ein?«, wollte mein Vater wissen und musterte Sebastian misstrauisch.

»Weil ich ihn vertreten soll«, entgegnete ich schadenfroh. »Hat er dir das noch nicht gesagt?«

»Nein.«

»Ich kann am Samstagabend leider nicht kommen. Ich muss arbeiten.« Sebastian log, ohne rot zu werden.

»Das ist schade. Musst du auch arbeiten?«, fragte mein Vater Harald.

Dieser schüttelte den Kopf. »Sebastian hat einen Spezialauftrag«, antwortete er grinsend. »Sehr schwieriger Fall.«

Mein Vater bemerkte die Ironie nicht. »Dann bleibt mir wohl nichts anderes übrig, als tatsächlich Theresa um Hilfe zu bitten. So schnell bekomme ich nämlich keinen männlichen Ersatz.«

»Dann wäre das also abgemacht.« Erleichtert erhob sich Sebastian und nahm eine Flasche Bier aus dem Kasten. Im Vorbeigehen drückte er mir einen Kuss auf die Wange. »Danke, Schwesterlein!«

»Schon gut.« Wie machte er das? Man konnte ihm einfach nicht lange böse sein.

»Hört auf zu schwatzen und sagt mir lieber, wo mein Hammer ist!« Mein Vater wühlte verzweifelt in dem Chaos zu seinen Füßen herum.

»Hier.« Ich hob seine Mütze und den Hammer vom Boden auf.

»Danke.« Er tätschelte mir zärtlich die Wange und hatte zum ersten Mal an diesem Abend wieder etwas Ähnlichkeit mit dem Vater, den ich kannte. »Wie war es eigentlich bei Hanna?«

»Wunderschön.«

»Du bist braun geworden. Hast du dich gut erholt?«

»Ja.«

»Wenn ich wieder mehr Zeit habe, musst du mir ausführlich von deinem Urlaub erzählen.« Damit war der private Teil der Unterhaltung für ihn offenbar beendet. Er setzte seinen autoritären Handwerkerblick auf und musterte skeptisch meine Kleidung. »Übrigens kannst du in diesen Sachen unmöglich helfen.«

Ich blickte an meinem T-Shirt und der Jeans hinunter. »Was ist falsch daran?«

»Hier oben ist es sehr warm. Du wirst schwitzen, wenn du diese Hose anbehältst.«

»Ich habe aber keine anderen Sachen dabei.«

»Macht nichts. Im Schlafzimmer liegen eine blaue Latzhose und ein altes T-Shirt von mir. Hab ich dir extra rausgesucht. Ich wusste, dass du mit falscher Kleidung kommst. Ich habe sogar schon die Hosenbeine abgeschnitten.«

»Deine Sachen passen mir nicht«, protestierte ich. »Die Hose wird rutschen.«

»Die Hose hat einen Latz und zwei Träger, die kann nicht rutschen. Das ist gute Qualität aus dem Baumarkt.«

»Es geht schneller, wenn du tust, was er sagt«, raunte Harald mir zu.

Vermutlich hatte er recht. Also zog ich mich um und kam wenig später mit der abgeschnittenen Latzhose und einem viel zu großen T-Shirt zurück, das ich mir links und rechts in die Hose gesteckt hatte. Gut, dass Raphael mich nicht so sehen konnte!

»Schick!« Harald pfiff anerkennend.

»Du siehst aus wie Papa. Ihr zwei solltet ein eigenes Modelabel für Handwerker eröffnen«, sagte Sebastian grinsend.

»Und du solltest deine kleine Pause beenden!«, gab ich böse zurück und nahm ihm die Bierflasche aus der Hand.

»Kinder!« Vater hob beschwichtigend die Hände. »Hört auf zu streiten und lasst uns weiterarbeiten.« Er wies Sebastian an, das Parkettholz abzumessen. Harald und ich wurden dazu eingeteilt, die Dämmfolie zu verlegen.

»Wie geht es deiner Hand?«, fragte ich, als wir zusammen auf dem Boden knieten.

»Gut. Danke noch mal für deine Hilfe.«

»Gern geschehen.«

Eine Weile lang arbeiteten wir schweigend weiter.

»Verdammt«, knurrte Sebastian auf einmal und kratzte sich ratlos am Kopf. »Ich kriege das mit den Maßen einfach nicht auf die Reihe. Wenn der Boden sechs Meter lang ist und ein Parkettholz zweitausendeinhundertachtzig Millimeter, wie lang sind dann die kurzen Hölzer, wenn ich zwei normal lange und zwei kurze Hölzer haben möchte?«

Ich brauchte einige Sekunden, um seine Frage zu verstehen und begann dann automatisch zu rechnen. Aber noch ehe ich etwas sagen konnte, antwortete Harald. »Du nimmst zwei Hölzer mit je zweitausendeinhundertachtzig Millimeter Länge und fügst noch zwei Hölzer mit je zweiundachtzig Zentimetern Länge hinzu.«

Erstaunt blickte ich ihn an. »Alle Achtung, das Ergebnis ist richtig.«

»Harald ist genauso ein Mathe-Freak wie du«, sagte Sebastian.

»Theresa hat früher alle Mathematik-Wettbewerbe in ihrer Schule gewonnen«, ergänzte mein Vater stolz. »Einmal war sie sogar Stadtsiegerin.«

»Das kann aber nicht in den Jahren gewesen sein, in denen ich angetreten bin.« Harald richtete sich auf und streckte seinen Rücken. »Da habe ich nämlich immer gewonnen.«

»Angeber!«

Er grinste.

»Wenn wir schon von Angebern sprechen«, mischte sich Sebastian wieder ein, »hast du Papa schon erzählt, dass dein neuer Freund ein Schloss besitzt und ein echter Graf ist?«

»Nein. Und das mit dem Angeber nimmst du sofort zurück!«

»Okay, das war gemein. Er gibt nicht damit an.«

»Stimmt das denn?«, frage mein Vater überrascht. »Ein Graf mit einem Schloss?«

»So ist es«, bestätigte ich stolz.

Er schüttelte ungläubig den Kopf. »Du musst ihn unbedingt mal mitbringen.«

»Hierher?« Ich versuchte, mir Raphael in diesem Chaos vorzustellen. Es gelang mir nicht.

»Er kann gern am Samstagabend kommen.«

Eigentlich hatte ich genau das vermeiden wollen. Aber der bittende Blick meines Vaters stimmte mich um. Irgendwann müsste ich Raphael sowieso in meine Familie einführen. Warum dann nicht gleich am Samstag?

»Einverstanden.«

»Fein.« Er nickte zufrieden. »Und jetzt lasst uns weitermachen.«

In den folgenden Tagen entwickelte ich mich zu einem Menschen mit mehreren Persönlichkeiten.

Für meine Mutter war ich die schlecht gelaunte Tochter, mit der sie um den besten Platz im Bad, um die interessantesten Seiten der Zeitung und um die Herrschaft über die Fernbedienung kämpfen musste.

In der Apotheke verwandelte ich mich in eine kompetente und freundliche Ratgeberin. Und das nicht nur für die Kunden, sondern auch für Steffi, die bislang vergeblich auf den Anruf meines Bruders gewartet hatte.

»Gib endlich auf!«, sagte ich zu ihr, als sie sich wieder einmal darüber beklagte, dass er sich nicht bei ihr meldete.

»Nein. Ich wette, er erinnert sich noch daran. Wahrscheinlich ist er jeden Tag auf der Baustelle und dann einfach zu müde, um bei mir anzurufen.«

»Das glaube ich nicht. Er sieht eigentlich immer recht munter aus, wenn wir uns abends verabschieden.«

»Kannst du ihn bitte mal auf mich ansprechen?«

»Bestimmt nicht. Wie oft habe ich dir schon gesagt, dass du viel zu gut für ihn bist?«

»Viele Male.« Sie grinste. »Aber auf diesem Ohr bin ich taub.«

Zum Glück hatte jeder Tag eine Mittagspause. Diese Zeit gehörte ganz allein Raphael. Seit ich abends immer bei meinem Vater auf der Baustelle half, war der Mittag für uns die einzige Gelegenheit, ein paar ungestörte Momente zu verbringen.

»Wenn der Umbau beendet ist, habe ich alle Zeit der Welt für dich«, hatte ich Raphael noch am Montagabend am Telefon versichert, als ich verschmutzt und furchtbar müde von der Baustelle kam.

»Bis dahin sorge ich dafür, dass du die besten Mittagspausen deines Lebens verbringst«, hatte er geantwortet. Und tatsächlich hatte er nicht zu viel versprochen.

Jeden Mittag um Punkt zwölf Uhr stand er mit seinem Auto vor der Apotheke, um mich für zwei Stunden an die schönsten Plätze Wiesbadens zu entführen. Das Wetter blieb sonnig und warm und bildete die perfekte Kulisse für unsere Ausflüge.

Am Dienstag überraschte er mich mit einem Picknick im Schlosspark. Für Mittwoch hatte er den besten Tisch auf der Café-Terrasse des Kurhauses reserviert. Und am Donnerstag schließlich mietete Raphael ein Motorboot und fuhr mit mir ein kleines Stück auf dem Rhein.

»So könnte es ewig weitergehen«, murmelte ich, als er das

Boot langsam wieder in den Schiersteiner Hafen steuerte. Ich hatte mich leicht gegen seine Schulter gelehnt und genoss den warmen Fahrtwind.

»Wohin darf ich dich morgen Mittag entführen?«, wollte Raphael wissen und legte den Arm um meine Schulter.

Ich schüttelte bedauernd den Kopf. »Morgen habe ich leider keine Zeit. Ich will schon am Mittag Schluss machen und gleich zur Baustelle fahren. Wir fangen mit dem Deckenholz an.«

»Was hältst du davon, wenn wir uns dann am Abend zum Essen treffen? Ich hätte Lust, dich groß auszuführen.«

»Du hast mich die ganze Woche schon groß ausgeführt.«

»Trotzdem, abends ist das etwas anderes. Ich möchte es so gern! Einverstanden?«

Ich nickte glücklich. Nach einer Woche, in der ich abends mit den Männern im Garten gegessen hatte und anschließend regelmäßig in Anwesenheit meiner Mutter vor dem Fernseher eingeschlafen war, freute ich mich außerordentlich auf einen freien Abend mit Raphael.

Immerhin kamen wir mit dem Umbau gut voran. Und die Rollen auf dem Dachboden waren klar verteilt. Mein Vater vergab die Aufträge, kontrollierte unsere Arbeit und kümmerte sich um die Aufgaben, die er uns nicht zutraute und lieber selbst erledigen wollte. Sebastian war der handwerklich Begabteste von uns drei Helfern und übernahm mit Vorliebe knifflige Tätigkeiten, die Fachkenntnisse erforderten. Harald und ich hingegen waren reine Befehlsempfänger, die mechanisch und ohne große Begeisterung das ausführten, was uns aufgetragen wurde. Meistens arbeiteten wir beide zusammen an einer Sache und vertrieben uns die Zeit mit kleinen Mathematik-Rätseln. Zu meinem Ärger fand Harald die Lösung meistens schneller als ich.

»Es gibt zwei Möglichkeiten, eine dreistellige Zahl mit

einer Zweistelligen zu multiplizieren, so dass das Ergebnis 17 820 ist«, forderte ich ihn am Donnerstagabend heraus.

»Dürfen die Ziffern mehrfach vorkommen?« Er sah nicht einmal von der Leiste auf, die er gerade verlegte.

»Nein.«

»Die Zahlen sind 396 und 45 sowie 495 und 36.« Das kam wie aus der Pistole geschossen.

»Richtig! Wie machst du das so schnell?«

»Keine Ahnung.« Er zuckte mit den Schultern. »Und du? Wie machst du das?«

»Ich bin viel langsamer als du.«

»Das stimmt nicht.« Jetzt sah er doch von der Arbeit auf und deutete auf den Zollstock zu meinen Füßen. »Kannst du mir den mal geben? Danke.« Er klappte das Metermaß auseinander. »Jetzt bist du dran: Eine Stunde später ist es nur halb so lange bis Mitternacht wie zwei Stunden früher. Wie spät ist es?«

»Leute!« Sebastian stand an der Motorsäge und verdrehte die Augen. »Könnt ihr nicht mal daran denken, dass hier auch normale Menschen arbeiten, denen bei eurer Unterhaltung ganz schwindelig wird?«

Ich ignorierte ihn. »Das ist einfach«, sagte ich zu Harald. »Es ist 20 Uhr.«

»Siehst du? Du bist genauso schnell.«

Zufrieden richtete ich mich auf und betrachtete meine schmutzigen Knie. »Heute ist es besonders heiß und staubig hier.«

»Dann warte mal, bis ich mit dem Sägen der zusätzlichen Deckenbalken beginne«, warf Sebastian ein. »Danach werden wir aussehen wie in Ei gewendet und paniert.«

Und wirklich, als er die Motorsäge bediente, flog eine Wolke aus feinsten Sägespänen durch den Raum. Sehr bald waren wir voller Holzstaub.

»Jetzt haben wir alle dieselbe Haarfarbe«, sagte ich zu Harald in einer Säge-Pause und deutete auf unsere Köpfe. »Eiche rustikal.«

Er lachte. »Das verdeckt wenigstens die grauen Haare.«

»Du hast graue Haare?«

»Natürlich. Guckst du mich nie an? Seit wie vielen Jahren kennen wir uns jetzt?«

Ehrlich gesagt hatte ich ihn wirklich noch nie richtig beachtet. Er war immer nur die bessere berufliche Hälfte meines Bruders gewesen. Nett, freundlich und grundanständig. Der Typ Mann, zu dem man sich auf jeder Party setzen konnte, ohne gleich befürchten zu müssen, angemacht zu werden. Im Gegenteil – ich hatte schon einige von Sebastians Geburtstagsfeiern in seiner Gesellschaft verbracht und mich dabei stets gut amüsiert. Außerdem rechnete ich es ihm hoch an, dass er beim Umbau half.

Als ich ihn jetzt genauer betrachtete, stellte ich überrascht fest, dass es sich lohnte: Harald mochte ungefähr so alt sein wie ich, hatte eine sportliche Figur und trug kurze Hose und T-Shirt. Seine Haare wiesen an beiden Stirnseiten leichte Geheimratsecken auf, und das Gesicht hätte eine Rasur vertragen können. Seine Augen jedoch leuchteten hellgrau und klar und hatten den typisch gründlichen Polizisten-Blick. Momentan waren sie aufmerksam auf mich gerichtet. »Und? Bist du zufrieden mit dem, was du siehst?«

Ich nickte verlegen und ließ mich langsam wieder auf die Knie sinken. Zum Glück klingelte in diesem Moment mein Handy. Es war Raphael.

»Was machst du gerade, mein Mäuschen?«

Mäuschen? Das wurde ja immer schrecklicher! Bei Gelegenheit musste ich ihm mal sagen, dass ich Koseworte eigentlich hasste.

»Ich bin bei meinem Vater und helfe. Und du?«

»Ich bin ausgeritten und werde jetzt noch ein wenig spazieren fahren.«

»Warum?«

»Weil es Spaß macht. Ich hätte nie gedacht, dass Autofahren so toll sein kann.«

Wovon sprach er? Ich hasste Autofahren.

»Bärchen? Bist du noch dran?« Anscheinend hatte er Gefallen an verniedlichenden Tiernamen gefunden. Schrecklich.

»Ja«, antwortete ich kurz angebunden.

»Wann soll ich morgen bei dir sein? Und wo möchtest du essen gehen?«

Sebastian begann wieder zu sägen.

»Um kurz vor acht. Und wohin wir gehen, ist egal. Überleg dir etwas!«, brüllte ich ins Telefon.

Raphael erwiderte etwas, was ich nicht verstand.

»Sebastian!«, schrie ich. »Hör mal auf mit Sägen!«

Sebastian stellte die Säge ab und drehte sich neugierig zu mir um.

»Sie telefoniert mit ihrem Freund«, flüsterte Harald ihm zu, laut genug, dass mein Vater es hören konnte und nun seinerseits das Werkzeug sinken ließ.

Toll! Jetzt hatte ich drei Zuhörer.

»Ich möchte das nicht entscheiden. Mir ist alles recht, was dir gefällt«, sagte Raphael am anderen Ende der Leitung.

»Mir fällt aber spontan kein Restaurant ein. Warum entscheidest du nicht für uns?«

»Weil ich dir jeden Wunsch von den Augen ablesen möchte. Daran kannst du dich schon mal gewöhnen.«

»Es geht doch nur um ein Abendessen«, seufzte ich.

»Du sollst entscheiden«, wiederholte er hartnäckig.

Ich fuhr mir ungeduldig mit der Hand durch die Haare, und sofort rieselte Sägemehl auf meine Schultern. »Verdammt!«, murmelte ich.

»Wie bitte?«

Immer noch beobachteten mich drei Augenpaare. Ich musste das Telefonat möglichst schnell beenden. »Lass uns in den ›Goldenen Engel‹ gehen. Den wollte ich immer schon mal ausprobieren. Ein ausgezeichnetes italienisches Restaurant.«

»Goldener Engel?« Er gluckste. »Und der kann italienisch kochen?«

»Er hat sogar einen Stern.«

»Ein Engel mit einem Stern. Wie passend!«, prustete Raphael los. Aus irgendeinem Grund, den ich nicht nachvollziehen konnte, fand er das irrsinnig komisch. Ich war mir sicher, dass auch die drei Männer neben mir sein lautes Lachen hören konnten.

»Um acht Uhr?«, bellte ich deshalb ziemlich unfreundlich in den Hörer.

»Wie du willst«, kam es zurück. »Ich freue mich schon auf dich, mein Hasilein.«

Es wurde schon dunkel, als wir nach getaner Arbeit zum Essen in den Garten gingen. Stöhnend ließ ich mich auf die Wiese fallen, schloss für einen Moment die Augen und genoss die Ruhe. Vögel zwitscherten in der Dämmerung.

»Ich mache uns ein paar Dosen Gulaschsuppe auf«, sagte mein Vater und verschwand in der Küche.

Harald und Sebastian ließen sich neben mir im Gras nieder, zogen ihre Schuhe aus und versuchten, den Holzstaub aus ihrer Kleidung zu klopfen.

»Das geht nicht weg«, beschwerte sich mein Bruder.

»Stell dich einfach mit den Klamotten unter die Dusche«, murmelte ich.

»Hast du noch andere tolle Ideen?«

»Ja. Wie wäre es zum Beispiel, wenn du uns etwas zu trinken besorgst?«

»Warum ich? Geh doch selbst!«

»Ich habe wegen Samstag etwas gut bei dir, schon vergessen?«

Er erhob sich widerwillig. »Was wollt ihr trinken?«

»Wasser«, murmelte ich. Harald bat um eine Cola.

»Ich beobachte euch jetzt schon seit einer Woche«, bemerkte er, als Sebastian außer Hörweite war. »Du kommandierst ihn ganz schön herum.«

»Ich versuche nur, ihn zu einem erwachsenen Menschen zu erziehen. Meine Mutter hat leider auf ganzer Linie versagt.«

Harald lachte. »So schlimm ist er gar nicht.«

»Du musst es ja wissen. Schließlich bist du den ganzen Tag mit ihm unterwegs.«

»O ja. Und stell dir vor: Er kann tatsächlich allein seinen Mund abwischen und selbstständig auf die Toilette gehen.«

»Machst du dich etwa über mich lustig?« Ich warf ihm einen bösen Blick zu.

»Das würde ich niemals wagen«, versicherte er mir, doch seine Augen blitzten vor Spott. Er sprang auf, nahm den Gartenschlauch und begann, seine Füße unter dem Wasserstrahl zu säubern.

Ich verschränkte meine Arme unter dem Kopf und beobachtete ihn träge. »Sebastian ist stinkfaul und ein richtiger Kindskopf.«

»Aber er hat Herz und Verstand. Und außerdem hat er mir schon ein paar Mal aus ziemlich brenzligen Situationen geholfen.«

»Mein Bruder, der Held«, höhnte ich.

»Nobody is perfect.«

»Doch!« Raphael war perfekt.

»Sprichst du jetzt von dir selbst?«

»Das verrate ich nicht. Nur so viel: Dich habe ich bestimmt nicht gemeint!« Ich streckte ihm die Zunge heraus.

Plötzlich war er neben mir und zog mich hoch. »Weißt du, was ich tun würde, wenn du meine Schwester wärst?«

»Was denn?«, fragte ich misstrauisch.

»Ich würde dir mal gründlich den Kopf waschen.« Er hatte immer noch den Gartenschlauch in der Hand.

»Das wagst du nicht!« Vorsichtshalber trat ich einen Schritt zurück.

»Wollen wir wetten? Wie war das mit der Dusche?« Erbarmungslos richtete er plötzlich den Wasserstrahl auf meinen Körper. Das kalte Wasser traf mich mit voller Wucht.

Ich schrie auf und wich noch ein Stück zurück, aber es nutzte nichts. Harald verfolgte mich mit dem Wasser quer durch den Garten. Bald war ich pudelnass.

»Du kannst verdammt gut zielen«, japste ich und schüttelte meine Haare aus.

»Ich bin bei der Polizei, schon vergessen?«, erwiderte er grinsend und drehte den Schlauch zu.

Das schrie nach Rache. Langsam näherte ich mich ihm und setzte dabei ein unschuldiges Lächeln auf. »Ist deine Wunde nass geworden?«

»Kann sein.« Er betrachtete das Pflaster in seiner linken Handfläche. »Warum?«

»Das ist gar nicht gut.« Ich runzelte besorgt die Stirn.

»Wirklich? Die Wunde ist doch schon fast verheilt, und es tut auch nicht mehr weh.«

»Das heißt nichts. Kann ich mal sehen?«

Er schöpfte keinen Verdacht, sondern überließ mir arglos den Wasserschlauch, als ich ihn bat, das Pflaster an einer Stelle etwas anzuheben, damit ich einen Blick auf die Verletzung werfen konnte.

Natürlich war alles schon fast abgeheilt, aber das sagte ich ihm nicht. »Hm«, murmelte ich stattdessen nachdenklich und trat einen Schritt vor.

»Ist es so schlimm?«, fragte er und schielte nun ebenfalls unter das Pflaster.

»Es ist schrecklich«, versicherte ich ihm und drehte den Schlauch auf. »Schrecklich nass!«

In Bruchteilen von Sekunden war auch er triefend nass, bevor er mich am Handgelenk zu fassen bekam.

»Waffenstillstand?«, bat er atemlos.

»Einverstanden.« Ich drehte den Schlauch zu.

»Theresa! Telefon!« Sebastian stand auf der Terrasse und winkte. »Es ist Hanna.«

»Ich komme!«

»Sie kommt«, wiederholte er in mein Handy. »Sieht ganz so aus, als hätte sie gerade im Freien geduscht und dabei viel Spaß gehabt.«

Hanna sagte irgendetwas, das Sebastian zum Lächeln brachte. »Nein, es ist nicht Raphael. Zählt ein alter Freund der Familie auch?«

Was redete er denn da? »Gib mir das Telefon!«, zischte ich, als ich die Terrasse erreicht hatte.

»Ich muss mich leider verabschieden«, sagte Sebastian zu Hanna. »Ich hätte mich gern noch weiter mit dir unterhalten. Du weißt ja, dass du der Traum meiner Jugend warst!«

Hanna lachte noch, als ich das Handy übernahm. »Dein Bruder ist süß.«

»Ich schenke ihn dir.«

»Was muss ich da von ihm hören? Du duschst im Freien mit einem fremden Mann?«

»Das war kein Mann.« Ich warf einen verstohlenen Blick auf Harald, der sich gerade sein nasses T-Shirt auszog. »Naja, eigentlich war es doch ein Mann.«

»Wenn du dir sicher bist, kannst du mir ja noch mal Bescheid geben.«

»Mache ich.«

»Wie läuft es mit dir und Raphael? Du hast dich seit letzten Freitag gar nicht mehr bei mir gemeldet.«

»Es läuft ... äh ... ganz gut.«

»Hat die Warterei ein Ende?«

»Nein.«

»Immer noch nicht?«

»Du glaubst gar nicht, wie beschäftigt ich bin!«

»Womit? Was kann wichtiger sein als der erste Sex?«

»Hanna!« Ich sah mich rasch um. Aber sowohl Sebastian als auch Harald standen weit genug von mir entfernt und hatten Hannas Frage nicht gehört. »Du erwartest jetzt hoffentlich nicht im Ernst, dass ich dir antworte.«

»Man darf ja wohl mal fragen.«

»Es wird schon dazu kommen«, versicherte ich ihr und senkte meine Stimme. »Das ist alles etwas kompliziert.«

»Wieso?«

»Kann ich dich morgen noch mal anrufen? Dann erkläre ich es dir in Ruhe.«

»Alles klar. Ich warte.«

»Bis dann!«

Ich legte das Handy auf den Tisch und fröstelte plötzlich. Kein Wunder, ich hatte ja noch die nassen Sachen an. Aber bevor ich etwas sagen konnte, legte Harald mir fürsorglich ein Handtuch um die Schultern.

»Danke.« Ich wickelte mich fest in das Badetuch.

»Das Essen ist fertig!« Mein Vater stellte den Topf mit der dampfenden Gulaschsuppe auf den Tisch und betrachtete mich verwundert. »Du bist ja ganz nass! Was habt ihr denn jetzt schon wieder angestellt?« Er warf mir einen strengen Blick zu. »Zieh dir lieber was Trockenes an.«

Gehorsam lief ich ins Haus und wechselte die Kleidung. Als ich mich wenig später zu den drei Männern an den Tisch setzte, hatte mein Vater mir bereits einen Teller Suppe hingestellt und eine Flasche Bier geöffnet. »Das ist zwar nicht ganz der ›Goldene Engel‹, aber schmecken wird es trotzdem«, behauptete er.

»Heute Abend brauche ich auch keinen ›Goldenen Engel‹ mehr«, seufzte ich zufrieden. »Das hat Zeit bis morgen.«

Woche 3

»Management by Fallobst:
Wenn Entscheidungen reif sind,
fallen sie von selbst.«
(Verfasser unbekannt)

Projekt: Engel für Single (EfüSi) / Protokoll des Meetings vom 21. Mai

Teilnehmer: Petrus (Projektleiter)
Gabriel (stellv. Projektleiter)
Maria
Adam
Eva (Protokollführerin)

TOP 1: Aktuelle Lage
Die aktuellen Geschehnisse entwickeln sich suboptimal.
Gründe für diese Entwicklung sind unter anderem

- eine nicht vorhersehbare Allergie gegen Pferdehaare bei der VP
- ein zeitaufwendiger Umbau im Elternhaus der VP
- die ständige Anwesenheit der Mutter der VP

Außerdem machen der Umbau des Schlosses und die Pflege der Reitpferde dem VE wesentlich mehr Arbeit als angenommen.

TOP 2: Ausblick
Am heutigen Tag soll der VE der VP einen Heiratsantrag machen. Dadurch erhofft sich das Projektteam eine Ablenkung der VP von ihren derzeitigen Problemen (siehe Top 1).

TOP 3: Maßnahmen
Der VE soll den Heiratsantrag möglichst romantisch gestalten. Es wird ihm empfohlen, zu diesem Zweck alte Liebesfilme zu studieren.

Außerdem erlaubt sich das Projektteam einen kleinen Eingriff in die Träume der Mutter der VP, um diese zur Rückkehr in ihr Haus zu bewegen. Auf diese Weise werden der VE und die VP in der nächsten Woche ungestört sein.

Die Maßnahmen werden mit einer Gegenstimme und zwei Enthaltungen genehmigt.

TOP 4: Verschiedenes
Der stellvertretende Projektleiter verweigert nach wie vor seine Zustimmung zu den beschlossenen Maßnahmen.

Die Protokollführerin wird deshalb an höchster Stelle Beschwerde einlegen.

TOP 5: Termine
Nächstes Treffen am Freitag, 28. Mai, um 9 Uhr

8

Arm in Arm betraten Raphael und ich am Freitagabend gegen acht Uhr das Restaurant »Zum goldenen Engel«. Das heißt, eigentlich betraten wir es nicht, sondern schwebten hinein: ich in einem schwarzen, engen Kleid mit den neuen Strass-Sandalen, und Raphael in einem dunkelblauen Anzug mit weißem Hemd und hellblauer Krawatte. Dank Raphael waren wir ein äußerst attraktives Paar, und tatsächlich drehten sich einige der Gäste zu uns um, als der Oberkellner uns zu unserem Tisch geleitete.

»Für den Herrn Grafen und seine werte Frau Gemahlin, bitte sehr!«, wisperte der alte Mann mit heiserer Stimme.

Sollte ich ihn aufklären? Ich blickte hilfesuchend zu Raphael, aber der lächelte vergnügt und schüttelte kaum merklich den Kopf.

»Danke«, hauchte ich deshalb nur, als der Oberkellner mir den Stuhl zurechtschob.

»Ich schicke Ihnen sofort einen Kollegen, der sich um Sie kümmern wird. Wenn der Herr Graf und die Frau Gräfin noch einen speziellen Wunsch haben, dann lassen Sie es mich wissen.« Mit diesen Worten verließ der Oberkellner unseren Tisch.

Ich nickte, noch ganz eingeschüchtert von der noblen Atmosphäre, die der Speisesaal verströmte. Weiß-golden glänzte der Stuck an der Decke, die Tische waren ganz in Weiß gedeckt und dekoriert, und auf jedem Tisch brannten vier hohe, goldene Kerzen.

Raphael hingegen schien unseren Auftritt zu genießen und sah sich neugierig um. Schließlich blieben seine Augen an mir hängen, und er lächelte. »Wie war dein Tag?«

Wo sollte ich anfangen?

»Ereignisreich.« Ich war schon am Mittag von der Apotheke aus zu meinem Vater gefahren. »Anstrengend.« Gegen sieben Uhr hatte ich mich von ihm, Sebastian und Harald verabschiedet und war nach Hause geeilt. Zum Glück war meine Mutter unterwegs gewesen, so dass ich wenigstens beim Duschen meine Ruhe hatte. »Und stressig.« Zum guten Schluss hatte ich mich am Telefon mit Hanna gestritten, weil sie immer die gleichen lästigen Fragen stellte.

»Du Arme!« Raphael ergriff meine Hand und streichelte sie sanft. Verlegen bog ich meine Finger nach innen, weil ich die schwarzen Ränder unter den Nägeln bemerkte. Das nächste Mal würde ich mir mehr Zeit für die Körperpflege nehmen, wenn ich von der Baustelle kam.

»Und was hast du gemacht?«

»Ich habe den Umbau beaufsichtigt, und am Nachmittag bin ich stundenlang ausgeritten. Die Pferde müssen bewegt werden, und derzeit habe ich noch keinen ausgebildeten Pfleger. Schade, dass nicht du einen Teil der Ausritte übernehmen kannst.«

»Daraus wird wohl nichts, tut mir leid.« Mit Schaudern dachte ich an den letzten Sonntag zurück.

»Das ist nicht deine Schuld.« Wieder streichelte er meinen Handrücken. Seine Berührung tat gut, und langsam entspannte ich mich.

Ein Kellner brachte die Speisekarten, ein zweiter nahm die Getränkebestellung auf. Raphael orderte eine Flasche Champagner. »Das ist doch in deinem Sinn, oder?«

»Und ob!« Ich nickte erfreut. So stressig der Tag auch gewesen war, der Abend begann vielversprechend. Erwartungsvoll schlug ich die Speisekarte auf.

»Was wirst du essen?«, erkundigte sich Raphael.

»Hm.« Ich warf einen Blick auf die erste Seite der Karte und erschrak. Nicht nur die Preise waren horrend hoch. Auch das Menü entsprach in keiner Weise meiner Vorstellung von einem schmackhaften italienischen Essen.

»Hausgemachte Trüffelravioli mit Venusmuscheln und Babysprotten«, las ich leise. »Ausgelöste Etouffé der Taube an Ziegenricotta ...« So ging es weiter.

»Ich nehme das Müritz-Lamm«, sagte Raphael und klappte seine Karte zu. »Und du?«

»Die Farfalle in Salbeibutter klingen gut. Aber ich mag kein Kapern-Mus dazu. Ich hasse Kapern.«

»Das haben wir gleich.« Raphael winkte dem Oberkellner und gab unsere Bestellungen auf. »Und bitte die Farfalle unbedingt ohne Kapern«, schloss er.

»Dieser Sonderwunsch ist kein Problem. Möchten Sie ein Süppchen als Entrée?«

Raphael öffnete seine Karte erneut. »Ich nehme die geeiste Gurkensuppe mit Nordmeerkrabben.«

»Und für die Frau Gräfin?«

Das klang ungewohnt, aber irgendwie gut. Ich errötete und überflog die Vorspeisen. »Einen aufgeschäumten Honig-Balsamico-Fond, bitte.«

Diese Mischung klang ziemlich exotisch, aber es war die einzige Vorspeise ohne Fisch und Meeresfrüchte auf der Karte.

»Eine ausgezeichnete Wahl.« Der Kellner verbeugte sich leicht und verließ den Tisch. Gleich darauf wurde der Champagner gebracht, und Raphael erhob sein Glas. »Auf die schönste Frau im Saal!«

Ich errötete. »Auf uns«, verbesserte ich schnell, prostete ihm zu und genoss das kalte, edle Getränk. »Das tut richtig gut nach diesem anstrengenden Tag.«

Raphael nickte und sah mich verliebt an. »Du tust mir auch gut.«

»Eigentlich hatte ich den Champagner gemeint«, sagte ich lächelnd. »Aber natürlich darfst du dich gern angesprochen fühlen. Ich habe übrigens eine Einladung für dich. Mein Vater veranstaltet morgen Abend eine Grillparty, zu der nur Männer eingeladen sind. Ich darf dich mitbringen.«

Er runzelte die Stirn. »Aber du bist doch kein Mann.«

»Nein.« Wenigstens das hatte er schon mal richtig erkannt. Ich nahm noch einen Schluck Champagner. Vielleicht war heute Abend eine passende Gelegenheit, ihm noch intensiver zu beweisen, dass ich eine Frau war. Vielleicht würde er mich nach dem Essen mit zu sich aufs Schloss nehmen. Oder vielleicht könnten wir auch ein Hotelzimmer mieten. Mit Whirlpool und Wasserbett ...

»Theresa, Liebes?« Er riss mich aus meinen Gedanken, doch immerhin hatte ich noch mitbekommen, dass er endlich mal ein Kosewort benutzte, das mir gefiel.

»Was hast du gesagt?«

»Ich habe dich gefragt, warum du trotzdem beim Grillfest dabei bist.«

»Ich muss helfen. Mein Bruder fällt kurzfristig aus und ich springe für ihn ein.«

»Soll ich auch helfen?«

»Nein. Ich glaube, mein Vater möchte dich kennenlernen. Am besten setzt du dich neben ihn und machst, was er sagt.«

»Klingt ziemlich furchteinflößend.«

»Momentan ist er das auch, allerdings nur auf der Baustelle. Im richtigen Leben ist er ein liebenswerter, freundlicher Mensch, vor dem man keine Angst haben muss.«

»Dann komme ich gern. Ich freue mich darauf, ihn zu treffen. Es wird ja auch langsam Zeit.«

Vor Schreck verschluckte ich mich am Champagner. »Heißt das, ich muss deine Familie auch kennenlernen?«

»Das wird nicht gehen.« Raphael sah aus, als ob er nach den richtigen Worten suchen müsste. »Sie ... äh ... sie sind weit fort.«

»Wo denn?«

»Sie sind geschäftlich verreist. Eine längere Sache irgendwo in ... äh ... Südamerika.«

»Dein Großvater traut sich in seinem Alter aber noch eine Menge zu!« Ich war beeindruckt.

»Tja ...«

»Aber wahrscheinlich muss das so sein, wenn er immer noch für eure Firma tätig ist.«

»Ja, genau!« Raphael schien erleichtert, dass der Ober in diesem Moment unser Essen brachte. Das Thema Familie war erst einmal erledigt.

»Ich brauche etwas Brot zur Vorspeise«, sagte Raphael nach dem ersten Löffel seiner Gurkensuppe. »Möchtest du auch etwas?«

»Gern.« Meine Honig-Balsamico-Creme sah nicht nur merkwürdig aus, sie schmeckte auch so. Brot würde helfen.

»Ich hole uns welches.« Raphael erhob sich und eilte durch den Saal, bevor ich ihn zurückhalten konnte.

»Du hättest doch einfach den Kellner rufen können«, bemerkte ich, als er nach ein paar Minuten zurückkam. »Das wäre schneller gegangen.«

»Dann würdest du aber nicht das bekommen, was du haben sollst«, antwortete er geheimnisvoll und grinste in sich hinein.

Ich schob einen weiteren Löffel Suppe in meinen Mund und beschloss, vorerst nicht nachzufragen, was er damit meinte. Die Suppe schmeckte schon warm nicht besonders gut. Kalt war sie vermutlich ungenießbar.

Der Oberkellner höchstpersönlich brachte einen vergoldeten Brotkorb an unseren Tisch und lächelte Raphael verschwörerisch zu.

Was lief da ab?

»Hier!« Raphael hielt mir den Korb hin, und ich nahm das oberste Stück Baguette.

Raphael räusperte sich. »Ich habe heute übrigens zufällig in einem Liebesfilm eine sehr nette Szene gesehen.«

»Du hattest Zeit, einen Film zu sehen? Ich dachte, du warst den ganzen Tag beschäftigt.« Ich legte den Suppenlöffel aus der Hand.

»War ich auch. Das Nachforschen in alten Liebesfilmen gehörte heute zu meiner wichtigsten Aufgabe.« Er schien das völlig ernst zu meinen.

»Warum?« Ich biss ein großes Stück vom Baguette ab. Es war warm und sehr knusprig.

»Nun.« Raphael rutschte verlegen hin und her. »Ich habe nach einer schönen Anregung dafür gesucht, dir ganz romantisch einen Verlobungsring zu überreichen.«

Fast hätte ich mich an dem Brot verschluckt.

Raphael beobachtete jede meiner Bewegungen sehr genau. »Am besten hat mir eine ganz bestimmte Szene gefallen«, fuhr er fort.

Vor Spannung vergaß ich zu kauen und sah ihn nur fragend an.

»In dieser Szene versteckt der Mann den Verlobungsring im Restaurant.«

Ich sah mich suchend um. Hatte er den Ring versteckt, als er vorgab, Brot zu holen? Überhaupt – hatte er Verlobungsring gesagt? Wurde das jetzt wirklich ein richtig schöner, romantischer Antrag? So ein Antrag, von dem jede Frau träumt? Tausend Fragen schossen mir durch den Kopf. Die Dringendste fiel mir erst zum Schluss ein: Wie sollte ich antworten – mit dem Stück Brot im Mund?

Hektisch begann ich zu kauen und biss genau in dem Moment auf etwas sehr Hartes und Spitzes, als Raphael fortfuhr: »Er drückt den Ring in ein Stück Brot. Die Frau war sehr überrascht und gerührt, als sie ihn fand. Sie hat sogar geweint.«

O ja, ich war auch sehr überrascht! Einen winzigen Moment lang war mir sogar zum Weinen zumute, denn der Ring hatte sich seitlich in mein Zahnfleisch gebohrt. Das tat verdammt weh.

»Raphael«, sagte ich seufzend und presste mir eine Serviette vor den Mund.

»Du musst jetzt nichts sagen.«

»Der Ring ...« Ich nahm die Serviette von den Lippen und sah, dass ich ziemlich stark blutete. »Der Ring steckt in meinem Zahnfleisch fest«, stöhnte ich.

»Das tut mir alles furchtbar leid«, flüsterte Raphael, als wir zwei Stunden später vor meiner Wohnungstür standen.

»Du kannst doch nichts dafür. Es war eine wunderschöne Idee«, entgegnete ich tröstend. Dabei hätte ich selbst Zuspruch nötig gehabt.

Wenn alles so gekommen wäre wie von Raphael geplant, hätten wir jetzt im Hotelzimmer liegen können. Natürlich im Wasserbett, mit nichts am Körper als dem neuen Verlobungsring: einem schmalen, silbernen Reif mit einem einzelnen Diamanten.

Stattdessen hatten wir die letzten zwei Stunden in der zahnärztlichen Notaufnahme verbracht, wo man mir in einer mühseligen und sehr schmerzhaften Prozedur den zerbissenen Ring aus dem Zahnfleisch zog. Leider war auch ein Stück

Zahn abgebrochen. Ich würde mehrere Tage nichts Hartes essen können. Der Diamant war übrigens nicht wieder aufgetaucht, und ich dachte lieber nicht darüber nach, wohin er verschwunden war.

»Ich werde nie wieder alte Liebesfilme zum Vorbild nehmen«, versprach mir Raphael und zog mich in seine Arme.

»Warum nicht? Es gibt noch jede Menge schöner Szenen, gegen die ich nichts habe.« Ich ließ meinen Kopf an seine Brust sinken und schloss die Augen.

»Zum Beispiel?« Er fasste mich vorsichtig am Kinn.

»Zum Beispiel diese Szene.« Ich stellte mich auf die Zehenspitzen, um seine Lippen zu erreichen.

Er küsste mich sanft und rücksichtsvoll.

Ich wollte ihm gerade sagen, dass die Betäubung in meinem Mund längst nachgelassen hatte und ich deshalb auch nichts gegen etwas mehr Leidenschaft gehabt hätte, als die Wohnungstür geöffnet wurde und meine Mutter vor uns stand.

Sie trug nur ein Nachthemd und hatte den Kopf voller Lockenwickler. »Was macht ihr hier draußen? Kommt doch rein!«

Raphael löste sich vorsichtig von mir. »Ich werde jetzt gehen. Es ist schon spät, und du solltest dich auch besser hinlegen.«

»Aber es geht mir gut«, protestierte ich.

»Trotzdem kann ein wenig Ruhe nicht schaden.«

»Was ist denn passiert?«, mischte sich meine Mutter ein.

»Theresa hat aus Versehen auf ihren Verlobungsring gebissen und sich das Zahnfleisch verletzt.«

»Ist das wahr?« Die Augen meiner Mutter weiteten sich.

»Ja«, bestätigte ich mit einem Seufzer. »Wir sind sogar in die Zahnklinik gefahren.«

»Sie hatte noch Glück, dass die Wunde nicht genäht werden musste«, ergänzte Raphael.

»Habe ich das richtig verstanden?«, fragte meine Mutter aufgeregt. Der Vorfall schien sie tatsächlich zu beunruhigen.

»Mama, es besteht kein Grund zur Sorge. Ich sagte doch, dass es mir gut geht«, versicherte ich ihr, aber sie hörte nicht zu.

»Du hast einen Verlobungsring?«, fragte sie stattdessen.

Ich nickte und presste ärgerlich die Lippen aufeinander. Ich hätte mir denken können, dass es ihr gar nicht um meine Schmerzen ging.

»Also seid ihr jetzt endlich auch offiziell verlobt?«

Hilfesuchend blickte ich zu Raphael. »Ich weiß nicht genau.«

Er schüttelte traurig den Kopf. »Das war keine Verlobung, das war ein misslungener Abend, und es ist alles meine Schuld.«

Ich nahm seine Hand und streichelte sie sanft. »Das stimmt nicht.«

»Wo ist der Verlobungsring? Du hast ihn hoffentlich nicht verschluckt, oder?«, wollte meine Mutter wissen und sah mich anklagend an.

»Nein. Der Ring ist noch da«, murmelte ich. Den fehlenden Diamanten erwähnte ich nicht.

Raphael zog ein kleines Plastiktütchen aus seiner Jackentasche und überreichte es meiner Mutter. »Hier!«

»Der ist ja total verbogen. Wie hast du das denn gemacht?« Wieder traf mich ihr anklagender Blick.

»Sie hat keine Schuld.« Raphael drückte beruhigend meine Hand. Vermutlich spürte er, dass ich wütend war. »Ich hatte den Ring im Brot versteckt, und sie hat aus Versehen drauf gebissen.«

»Wie ärgerlich! Meinst du, man kann das reparieren?« Meine Mutter hielt die Tüte mit dem Ring ins Licht und betastete das Schmuckstück vorsichtig.

»Auf keinen Fall. Theresa bekommt einen neuen Ring, und dann feiern wir offiziell Verlobung.« Raphael küsste mich auf den Handrücken. »Einverstanden?«

Ich nickte. Es war mir ganz recht, das Thema Verlobung zu vertagen. Für heute hatte ich genug Aufregung erlebt.

»Ich werde jetzt gehen.« Raphael nickte meiner Mutter zum Abschied zu und küsste mich noch einmal flüchtig. Ich starrte ihm sehnsüchtig nach.

»Jetzt hat er den Ring vergessen«, sagte meine Mutter, als unten die Tür ins Schloss fiel.

»Das macht nichts.« Ich steckte die Tüte in meine Handtasche. »Ich sehe ihn ja morgen wieder.«

»Du willst ihn doch hoffentlich nicht mit zu Papas Grillparty nehmen?«

»Doch, das will ich.« Ich schlüpfte aus meinen Schuhen.

Mutter schüttelte missbilligend den Kopf. »Da passt er aber überhaupt nicht hin.«

»Das weiß ich. Trotzdem kommt er mit.« Ich knallte die Tür ins Schloss und rauschte an ihr vorbei zur Küche, wo ich zu meiner Freude eine Schüssel mit Schokoladenpudding auf dem Tisch entdeckte.

»Kann ich den Pudding essen?« Bis auf die paar Bissen Honig-Balsamico-Creme hatte ich nichts im Magen und merkte auf einmal, wie hungrig ich war.

»Eigentlich ist der Pudding für Sebastian. Er bekommt morgen Abend Damenbesuch.« Sie betonte das letzte Wort ausdrücklich.

»Zum Pudding-Essen?«

»Natürlich nicht! Es gibt auch noch eine Hauptspeise und einen Salat.«

Ich holte mir ein Schüsselchen und einen Löffel aus dem Schrank und setzte mich an den Tisch. Dabei fiel mein Blick auf einen Korb mit frischen Lebensmitteln, der neben dem

Herd stand. »Lass mich raten: Du wirst ihm das ganze Menü vorkochen.«

Mutter nickte und beobachtete stirnrunzelnd, wie ich mir die Hälfte des Puddings in die Schale löffelte und dann hungrig darüber herfiel.

Franz-Ferdinand schlich müde zur Tür herein und ließ sich unter meinem Stuhl nieder. Dankbar schob ich meine Zehen, die in den neuen Sandalen ziemlich gefroren hatten, in sein dickes, warmes Fell. Er gähnte zufrieden und schloss die Augen.

»Du solltest um diese Zeit nicht so viel essen. Das macht dick.« Meine Mutter nahm die Schüssel mit dem restlichen Pudding und stellte sie in den Kühlschrank.

»Das ist das Erste, was ich heute Abend esse!«

»Warum musstest du auch ausgerechnet in diesen hübschen Ring beißen?«

»Ich habe es nicht mit Absicht getan.« Entnervt kratzte ich die Reste des Puddings in meiner Schale zusammen.

»Hast du denn nicht gespürt, dass etwas im Brot steckt?«

»Mama!« Ich erhob mich und funkelte sie böse an. »Das war ein ganz normales Baguette, das man vor dem Verschlucken kaut und nicht im Ganzen hinunterwürgt!«

»Ist ja schon gut. Warum bist du so schlecht gelaunt?«

»Weil ich noch Hunger habe.« Ich holte die Schüssel mit dem restlichen Pudding wieder aus dem Kühlschrank.

»Hilfst du mir beim Kochen?«

»Jetzt? Du willst um diese Zeit noch kochen? Es ist fast elf Uhr nachts!«

»Ich weiß, wie spät es ist.«

»Und?«

»Ich war bis abends unterwegs und komme erst jetzt dazu.«

»Was hast du denn den ganzen Tag gemacht?«

»Ich habe mit meiner Freundin Gertrud einen Computerkurs für Senioren besucht, und der dauerte bis sechs Uhr. Anschließend sind Gertrud und ich einkaufen gegangen, und dann haben wir noch eine Kleinigkeit beim Italiener gegessen.«

»Ganz schön viel Programm für einen einzigen Tag!« Ich schob mir einen Löffel Pudding in den Mund.

»Stimmt.« Mutter nickte. »Und wie du siehst, ist der Tag noch nicht vorbei.«

Fast bekam ich ein schlechtes Gewissen. Aber nur fast. »Ist das gesamte Essen für Sebastian?«

»Ja.«

»Dann kann ich nicht helfen, tut mir leid.« Ich war nicht in der Stimmung, irgendjemandem etwas Gutes zu tun. Dazu war ich zu enttäuscht. Dieser Abend hätte etwas ganz Großes werden können. Stattdessen saß ich jetzt mit abgebrochenem Zahn vor einer Schüssel Schokoladenpudding und ließ mir die Füße von einem Dackel wärmen. Das war mehr als jämmerlich!

»Wie du meinst.« Mutter setzte sich zu mir an den Tisch und begann, Kartoffeln zu schälen. Eine Zeitlang schwiegen wir.

»Warum kochst du das eigentlich nicht morgen?«, fragte ich schließlich, nachdem ich die Schale geleert hatte.

Mutter blickte von ihren Kartoffelschalen auf. »Ich habe morgen noch einmal den ganzen Tag Computerkurs, und danach gehen wir alle zusammen essen. Da bleibt keine Zeit zum Kochen.«

»Morgen? Morgen ist Samstag!«

»Ja, und?«

»Du putzt doch jeden Samstag bei Sebastian. Was soll der arme Junge denn jetzt machen?«, fragte ich mit gespielter Empörung.

»Er muss einfach bis nächste Woche warten. So viel Schmutz produziert man in einer Woche schließlich auch nicht.«

Ich verbiss mir eine weitere gehässige Bemerkung. »Ich glaube, ich gehe schlafen«, murmelte ich stattdessen.

»Gehst du morgen auf die Baustelle?«

Ich nickte. »Ich habe versprochen, um acht Uhr dort zu sein. Stefanie und Herr Breitling übernehmen den Dienst in der Apotheke.«

»Dann sehen wir uns morgen früh gar nicht. Ich muss schon um sieben Uhr los, weil ich Gertrud abhole.«

Schön! Das garantierte mir zumindest einen ruhigen Morgen und eine ungelesene Samstagszeitung.

»Gute Nacht!« Ich huschte ins Bad und zog mich danach aufs Sofa zurück. Kurz bevor ich einschlief, hörte ich, wie meine Mutter ins Zimmer kam und mir sanft über die Wange strich. Gleich darauf hüpfte Franz-Ferdinand neben mir aufs Kissen und rollte sich zufrieden neben der Wolldecke zusammen. Schläfrig strich ich ihm über das Fell. Zumindest sorgte der Hund dafür, dass ich die Nacht doch nicht allein verbringen musste.

9

»Guten Morgen!« Harald saß auf der Terrassentreppe und begrüßte mich fröhlich, als ich am nächsten Tag durch den Hintereingang zum Haus meiner Eltern kam. Er hielt eine Tasse Kaffee in der Hand und sah noch ziemlich verschlafen aus.

»Guten Morgen! Wieso bist du allein?« Ich blickte mich suchend um. »Wo sind die anderen?«

»Im Baumarkt. Dein Vater braucht Spaxschrauben und Dämmfolie. Bis sie zurückkommen, habe ich frei und genieße diesen tollen Morgen.«

Ich ließ mich neben ihm nieder und streckte meine Beine aus. Er hatte recht, der Morgen war außergewöhnlich schön. Die Sonne war bereits aufgegangen und schien von einem wolkenlosen, klaren Himmel. Hin und wieder konnte man Vogelgezwitscher hören, ansonsten aber war es himmlisch still.

»Möchtest du einen Kaffee?«, fragte Harald.

»Gern. Mit Milch und Zucker.«

Er ging zum Terrassentisch und schenkte mir eine Tasse ein.

Als er sich wieder neben mich setzte, nahm ich ihm meine Tasse ab. Zufrieden lehnte ich mich zurück, schloss die Augen und ließ mein Gesicht von der Morgensonne bescheinen. Harald sagte nichts, sondern trank schweigend seinen Kaffee.

Inzwischen war mir seine Anwesenheit so vertraut, dass mich die Stille nicht störte.

Überrascht von dieser Feststellung öffnete ich die Augen wieder und betrachtete ihn von der Seite. Es gab nur wenige Menschen, mit denen sich gut schweigen ließ. Warum gehörte ausgerechnet er dazu? Was wusste ich überhaupt von ihm?

»Kann ich dich mal was fragen?«, erkundigte ich mich vorsichtig.

Er nickte.

»Warum machst du das hier eigentlich?«

»Was meinst du?«

»Du hast uns die ganze Woche geholfen. Warum? Hast du kein Privatleben?«

»Du bist aber sehr direkt!«

»Entschuldige. Du musst nicht antworten.«

»Ist schon okay.« Er starrte in seine Tasse. »Eigentlich wollte ich gar nicht jeden Abend kommen. Das hat sich einfach so ergeben.«

»Für meinen Vater bist du ein Glücksfall. Und für mich auch.« Ich dachte daran, dass wir ohne seine Hilfe noch längst nicht so weit wären wie jetzt.

»Danke!«

»So habe ich das nicht gemeint.«

»Ich weiß.« Er grinste.

»Können wir vielleicht das Thema wechseln?«

»Gern.« Harald überlegte einen Moment. »Und, wie war dein Abend gestern?«

»Furchtbar«, stöhnte ich. »Und deiner?«

»Mindestens genauso schlimm.«

»Meiner war schrecklicher.«

»Das glaube ich nicht.«

»Wollen wir wetten?«

»Okay. Wer zuerst?«

»Du!« Ich stieß ihm freundschaftlich in die Seite.

»Also gut. Als ich gestern Abend nach Hause kam, stellte ich fest, dass ich meinen Haustürschlüssel in der Tür stecken gelassen hatte. Und zwar von innen.«

»Wie dumm! Hast du den Notdienst kommen lassen?«

»Ja. Ich habe bei meiner Nachbarin geklingelt und von dort aus angerufen. Es kam auch sofort ein Mechaniker. Weißt du, was das gekostet hat?«

Ich zuckte mit den Schultern.

»Zweihundert Euro!«

»Das ist ärgerlich, aber längst noch nicht so schlimm wie meine Geschichte.«

»Ich bin noch nicht fertig. Nachdem der Schlüsseldienst wieder fort war, hat mich die Nachbarin auf ein Glas Wein eingeladen.«

»Ist sie hübsch?«

»Kann sein. Braune Haare, grüne Augen und Sommersprossen.«

»So wie ich!«

Er schüttelte den Kopf. »Leider bist du überhaupt nicht mein Typ.«

Gut zu wissen. »Und was passierte dann?«

»Zuerst haben wir Wein getrunken. Und dann …« Harald stockte.

»Und dann?«, half ich nach.

»Dann hat sie versucht, mich auf ihrem Schafsfell zu verführen.«

»Sie hat ein Schafsfell?«

»Sogar zwei. Eines im Wohnzimmer und eines im Schlafzimmer.«

Ich lachte. »Wahrscheinlich wollte sie einfach mal ausprobieren, wie es sich auf Wolle liebt.«

»Ich fand das überhaupt nicht komisch.« Er fuhr sich verlegen durch die Haare. »Ich bin so schnell es ging geflüchtet. Aber das Schlimmste kommt jetzt erst. Weißt du, was ich bei ihr liegen gelassen habe?«

»Ich ahne es.« Vergnügt nahm ich einen Schluck Kaffee. »Du hast den Schlüssel bei ihr vergessen.«

Er nickte. »Genau. Und es war verdammt mühsam, sie dazu zu bewegen, mir noch einmal die Tür zu öffnen.«

»Du Armer!«

»Und?« Er sah mich fragend an. »Habe ich in der Kategorie Schlimmster Freitagabend gewonnen?«

»Ich denke nicht. Mein Abend war nämlich noch viel katastrophaler.«

»Wie das? Ich dachte, du warst nur mit deinem Freund essen.«

»Zu Anfang schon.« Ich lehnte mich zurück an die Hauswand und erzählte ihm die ganze Geschichte.

Er unterbrach mich kein einziges Mal, aber sein Mund verzog sich zu einem immer breiter werdenden Grinsen. Schließlich lachte er schallend, als ich ihm meine Nacht mit Franz-Ferdinand beschrieb. »Dieser Hund schnarcht erbärmlich und haart wie verrückt.«

»Okay.« Harald wischte sich die Lachtränen vom Gesicht. »Du hast gewonnen. Der Preis für den Schlimmsten Freitagabend geht an dich. Prost!« Er hielt mir seine Kaffeetasse hin.

»Prost!« Wir stießen an und tranken schweigend unseren Kaffee aus.

»Wahrscheinlich muss man das Ganze positiv sehen«, sagte Harald nach einer Weile nachdenklich. »Wenn ich den Schlüssel nicht verloren hätte, wüsste ich jetzt nicht, dass meine Nachbarin auf mich steht.«

»Und wenn ich nicht den Ring zerstört hätte, wäre ich jetzt verlobt«, murmelte ich.

Überrascht sah er mich an. »Wäre das so schlimm?«

»Ich weiß nicht.« Ich biss mir auf die Lippen. Der Satz war mir herausgerutscht, und ich hatte keinesfalls vor, dieses Thema mit Harald zu diskutieren. »Mir geht das alles einfach viel zu schnell.«

»Hm.« Er zuckte mit den Schultern. »Wenn man es langsam angehen lässt, kann das genauso falsch sein. Man ist ewig mit jemandem zusammen und trennt sich trotzdem gleich nach der Hochzeit wieder.«

»Das klingt so, als ob du aus Erfahrung sprichst.«

Er nickte. »Ich habe meine Jugendliebe geheiratet, mit der ich sieben Jahre lang zusammen war. Nach nur sechs Monaten Ehe waren wir wieder geschieden.«

»Das tut mir leid.«

»Muss es nicht. Wir hatten wunderschöne sieben Jahre. Außerdem bin ich längst darüber hinweg, es ist schließlich schon eine ganze Weile her.«

»Wie wäre es, wenn wir noch einmal das Thema wechseln?« Es war mir etwas unangenehm, ausgerechnet mit Harald über solche privaten Angelegenheiten zu reden. »Es ist erst acht Uhr morgens. Viel zu früh für diese Art von Problemen.«

»Einverstanden«, entgegnete er zu meiner Erleichterung. »Hast du Hunger?«

»Und wie! Bei mir zu Hause gab es nur Nuss-Müsli. Das kann ich heute beim besten Willen nicht beißen.«

»Ich habe etwas für dich.« Harald stand auf und holte eine Tüte vom Tisch.

»Milchbrötchen!« Begeistert griff ich nach dem weichen Gebäck. »Hast du gleich mehrere gekauft?«

»Ja. Ich muss zugeben, dass ich Milchbrötchen besonders gern mag.«

»Ich liebe sie«, sagte ich mit vollem Mund.

Harald nahm sich ebenfalls ein Brötchen. »Mit Nutella schmecken sie noch besser.«

»Ich weiß. Aber dann haben sie auch doppelt so viel Kalorien.«

»Na und? Dafür arbeiten wir doch den ganzen Tag ziemlich hart.« Er erhob sich noch einmal und kam mit zwei Messern und einem Glas Nussnougatcreme zurück, das er zwischen uns auf die Treppe stellte. Fröhlich schwatzend setzten wir unser Frühstück fort.

«Das gibt es doch nicht«, ertönte Sebastians Stimme vom Gartentor. »Kaum sind wir aus dem Haus, essen die zwei alles auf. Komm schnell, Papa! Sonst kriegen wir nichts mehr ab.«

»Ich komme ja schon.« Mein Vater tauchte jetzt hinter Sebastian auf. Er trug zwei Rollen mit Dämmfolie und hatte bereits wieder seine blaue Latzhose an. »Harald, hilf mir bitte mit den Rollen! Sebastian, du musst noch die Spaxschrauben aus dem Kofferraum holen. Und Theresa, du kannst uns schon mal Frühstück machen.«

»Das war es dann wohl mit der Ruhe.« Harald stopfte sich den Rest seines Brötchens in den Mund und sprang auf. »Wir tun am besten, was er sagt. Sonst dürfen wir heute Abend nicht zu seiner Party.«

»Wie nett, dass du mich daran erinnerst.« Ich erhob mich ebenfalls und wischte mir die Krümel von der Hose. »Die Grillparty hatte ich bis jetzt erfolgreich verdrängt.«

»Warum? Ich finde, das hört sich ganz lustig an.«

»Warte ab! Ich wette, heute Nacht bist du heilfroh, wenn du dich verabschieden kannst.«

»Wir werden sehen.« Er drückte mir die beiden leeren Kaffeetassen in die Hand. »Und jetzt ab in die Küche mit dir!«

Gegen zwei Uhr am Nachmittag beendeten wir die Arbeit, um uns auf die Grillparty vorzubereiten.

Bevor ich die Tür zum Dachgeschoss schloss, warf ich noch einen prüfenden Blick durch den Raum. In den letzten Tagen waren wir gut vorangekommen. Parkett, Wand und Deckenverkleidung waren fertig, jetzt fehlten nur noch ein paar Kleinigkeiten. Ich hegte die leise Hoffnung, dass wir bis Mitte der kommenden Woche fertig sein würden und meine Mutter endlich wieder nach Hause zurückkehren konnte.

»Kannst du um fünf Uhr hier sein?« Mein Vater war neben mich getreten und legte seinen Arm um meine Schultern.

»Natürlich.« Ich schmiegte mich an ihn. »Hast du denn alles für heute Abend oder brauchst du noch Hilfe beim Einkauf?«

»Es ist alles vorbereitet, ich serviere das Gleiche wie jedes Jahr. Ich habe die Einkaufsliste im Computer gespeichert und musste sie nur ausdrucken.«

»Und was gibt es Gutes?«

»Bratwürste, Steaks, Baguette, Toast, Kartoffelsalat und Nudelsalat.«

»Wer hat die Salate gemacht?«

»Die habe ich fertig gekauft. Ich kann schließlich nicht von deiner Mutter verlangen, dass sie bei dir für mich kocht.«

»Wie rücksichtsvoll!« Ich drehte mich um und warf meinem Bruder einen anklagenden Blick zu. »Ich kenne andere Männer, die nicht solche Skrupel haben.«

Er grinste nur und streckte mir die Zunge heraus.

»Sebastian, können wir?« Harald stand an der Treppe und spielte ungeduldig mit seinen Autoschlüsseln. Offensichtlich hatte er Sebastian heute Morgen in seinem Wagen mitgenommen.

»Ich komme!« Sebastian folgte ihm. »Können wir noch kurz bei Theresa vorbeifahren?«

»Warum?«, fragte Harald.

»Ich muss etwas abholen.«

»Das ist extrem wichtig für den heutigen Abend«, erklärte ich Harald, während wir das Haus verließen und auf die Straße traten. »Sozusagen seine Geheimwaffe.«

»Und das wäre?«

»Schweinefilet, Spargelspitzen und Kartoffeln, alles frisch zubereitet von meiner Mutter.« Sie hatte das Essen gestern Nacht noch in Dosen verpackt, beschriftet und in den Kühlschrank gestellt.

»Oh.« Harald grinste. »Schwere Geschütze.«

»Ihr seid ja nur neidisch.« Sebastian trat zwischen uns und legte uns jeweils einen Arm um die Schultern. »Wenn ihr die Frau sehen würdet, dann wüsstet ihr, dass man ihr nicht einfach Ravioli aus der Dose vorsetzen kann.«

»Das muss ja ein Superweib sein.« Ich löste mich aus seiner Umarmung und stieg ins Auto. »Bis gleich!«

Raphaels Rolls-Royce stand vor dem Haus, als ich in meine Straße bog. Er selbst lehnte entspannt an dem Wagen und lächelte mir entgegen.

Sofort schlug mein Herz ein wenig schneller. Heute trug er beigefarbene Hosen und ein weißes Poloshirt. Seine braune Fleecejacke hatte er sich lässig über die Schulter geworfen. Die helle Kleidung stand im direkten Kontrast zu seiner braunen Haut und ließ ihn noch ein wenig vollkommener erscheinen.

Ich parkte mein Auto mehr schlecht als recht, denn sein Anblick störte meine Konzentration. »Du bist zwei Stunden zu früh«, war das Erste, was ich zu ihm sagte, als ich endlich vor ihm stand. Gleich darauf ärgerte ich mich über diese dumme Bemerkung. Als ob ich es ihm zum Vorwurf machen konnte, dass er bei mir sein wollte!

»Ich weiß.« Raphael umarmte mich vorsichtig. »Ich war den ganzen Tag unruhig, weil ich wissen wollte, wie es deinem Zahn geht.«

»Warum hast du nicht angerufen?«

»Das war mir zu unpersönlich. Wer weiß, was du mir am Telefon erzählt hättest.« Er musterte mich besorgt. »Ich wollte mir einfach so schnell wie möglich selbst ein Bild von deinem Zustand machen.«

»Welcher Zustand?« Sebastian und Harald traten zu uns.

»Kein spezieller«, murmelte ich ärgerlich und kramte den Haustürschlüssel aus meiner Tasche. Je eher ich die beiden los wurde, desto besser!

»Wenn du noch einen Meter näher an das vordere Auto herangefahren wärst, hätte ich ohne Probleme in die Lücke hinter dir gepasst.« Harald deutete auf meinen schief geparkten Wagen.

»Ich hasse es, wenn Männer Frauen vorwerfen, dass sie nicht einparken können«, entgegnete ich ärgerlich.

»Ganz schön klischeehaft, nicht?«, sagte er grinsend. »Aber an manchen Klischees ist einfach etwas Wahres dran.«

»Wenn man bedenkt, was Theresa gestern Abend durchmachen musste, dann ist ihr das Einparken gar nicht schlecht gelungen«, mischte sich Raphael ein und legte beschützend den Arm um meine Schulter.

»Seit wann braucht man seinen Zahn zum Autofahren?« Sebastian schüttelte lachend den Kopf. Ich hatte ihm beim Frühstück von meinem Missgeschick erzählt.

»Ich glaube, sie hat immer noch Schmerzen und sollte sich schonen.« Raphael verstärkte den Druck auf meine Schultern.

»Einparken ist eigentlich keine Schwerstarbeit«, sagte Harald.

»Für Frauen schon«, ergänzte mein Bruder und schlug sich vor Vergnügen auf die Schenkel.

»Sehr witzig!«, knurrte ich. Das reichte jetzt. Heftiger als nötig schob ich die Haustür auf und eilte nach oben, die drei Männer im Schlepptau.

In der Wohnung wurden wir von einem völlig aufgebrachten Franz-Ferdinand begrüßt.

»O je!« Ich stieg vorsichtig über den bellenden Hund hinweg Richtung Küche. »Ich befürchte, der muss mal dringend raus. Verdammt, das habe ich völlig vergessen! Sebastian, kannst du das übernehmen?«

»Jetzt?« Er war mir in die Küche gefolgt und stapelte bereits die Dosen aus dem Kühlschrank übereinander. »Ich habe gerade keine Hand frei.«

»Wenn du nichts dagegen hast, gehe ich mit ihm«, bot Raphael an und schnappte sich den Hund. »Dann kannst du dich ein wenig ausruhen.«

»Das ist lieb.« Ich warf ihm eine Kusshand zu, während er Franz-Ferdinand anleinte und zur Tür zog. Ich brauchte wirklich dringend eine Dusche, eine Maniküre und eine ungestörte Viertelstunde auf dem Sofa.

»Das mache ich gern für dich«, versicherte Raphael mir und winkte zum Abschied. Harald und Sebastian starrten ihm nach.

»Der Mann ist einfach zu gut, um wahr zu sein«, bemerkte mein Bruder, als Raphael außer Hörweite war. »So einen hast du nicht verdient.«

»Und ob ich ihn verdient habe!«

Harald räusperte sich. »Komm endlich, Sebastian. Ich hätte auch nichts gegen ein paar ruhige Minuten in der Badewanne, bevor ich wieder los muss.«

»Ich wünsche dir übrigens viel Glück bei deiner geheimen Mission«, sagte ich zu meinem Bruder, als wir uns an der Tür verabschiedeten. »Pass auf deine Handschellen auf!«

Er lachte nur. »Neidisch?«

»Kein bisschen«, antwortete ich. Raphael und ich benötigten keine Handschellen. Momentan hatten wir ja nicht einmal Körperkontakt, der die Bezeichnung »eng« oder »intim« verdient hätte.

»Viel Spaß bei Papas Grillfest.« Sebastian drückte mir über die Dosen hinweg einen Kuss auf die Stirn.

»Das wird kein Spaß, das wird harte Arbeit«, stöhnte ich.

Sebastian schüttelte den Kopf. »So schlimm ist das gar nicht, glaub mir. Ich habe oft genug selbst mitgeholfen. Außerdem hast du ja Hilfe.« Er blickte sich zu Harald um.

»Stimmt.« Ich warf Harald einen dankbaren Blick zu.

»Und was Raphael betrifft«, fuhr mein Bruder fort, »der wird Papa im Sturm erobern!«

Sebastian hatte recht: Mein Vater war begeistert von Raphael. Das lag sicherlich zum großen Teil daran, dass Raphael von Anfang alles richtig machte. Er brachte genau den Wein mit, den mein Vater gern trank. Er packte mit an, als noch weitere Gartenstühle aus dem Keller benötigt wurden. Er stellte das Radio auf den Lieblingssender meines Vaters ein und unterhielt die ersten Gäste, die gegen sechs Uhr eintrafen.

Bald war der Garten erfüllt vom Gemurmel der Männer, dem Geruch von Grillkohle und der Schlagermusik, die unaufhörlich aus dem Radio plärrte.

Mein Vater hatte Raphael zu sich an den Tisch gezogen und redete aufgeregt auf ihn ein. Raphael nickte interessiert und hörte aufmerksam zu. Hin und wieder lächelte er freundlich in meine Richtung und signalisierte mir, dass es ihm gut ging.

Zufrieden zog ich mich von der Terrasse zurück und schlenderte langsam Richtung Grill. Harald hatte sich die alte Schürze meiner Mutter umgebunden und wendete gerade die Bratwürstchen.

»Es läuft doch gut«, begrüßte er mich und deutete auf meinen Vater und Raphael.

»Ja.«

»Dann entspann dich ein wenig!« Er hielt mir eine Dose Bier hin.

Ich nahm einen großen Schluck.

»Das tut gut, oder?«

Ich nickte. »Aber ich muss erst einmal etwas Richtiges in den Magen bekommen. Ich habe mich heute nur von Milchbrötchen und Joghurt ernährt.«

»Hast du noch Probleme mit dem Zahn?«

»Ein wenig. Das Fleisch und die Bratwürste kann ich auf keinen Fall essen.« Bedauernd blickte ich auf die leckeren Speisen auf dem Grill.

»Ich habe etwas für dich.« Harald öffnete eine Fleischpackung. »Kennst du Salsicciole?«

»Nein. Was ist das?«

»Das sind italienische Würstchen ohne Haut. Sie sind weich und zart und deshalb einfach zu kauen.«

»Woher hast du sie?« Ich konnte mir kaum vorstellen, dass diese Würstchen zum Standard-Grillprogramm meines Vaters gehörten.

»Ich habe sie vorhin noch schnell beim Metzger geholt.«

»Extra für mich?« Das war ja nett.

»Natürlich nicht.« Harald rieb sich verlegen am Kinn. »Ich werde auch welche essen.«

»Hast du denn auch Zahnprobleme?«

»Nein.« Er lachte. »Aber sie schmecken gut.«

»Okay, dann teilen wir sie uns.« Gut gelaunt nahm ich einen weiteren Schluck Bier und setzte mich auf die alte Holzbank, die mein Vater extra für den Grillabend aus der Garage geschleppt hatte.

Harald legte die italienischen Würstchen auf den Grill

und ließ sich dann neben mir nieder. »Wie läuft es in der Küche?«

»Gut. Ich muss nur noch ein wenig aufräumen. Es wird erst wieder hektisch, wenn es ans Abspülen geht.«

Eine Weile lang sagte keiner von uns etwas.

»Du musst nicht hier bei mir sitzen und mir Gesellschaft leisten«, bemerkte Harald schließlich und öffnete eine Dose Cola.

»Ich möchte es aber.« Vorsichtig ließ ich mich gegen die Lehne sinken. »Hier ist es so schön friedlich.«

»Solltest du nicht lieber bei deinem Freund sitzen?«

»Der kommt ganz gut allein zurecht.« Ich warf einen Blick auf Raphael und meinen Vater. Die beiden hockten immer noch beieinander, doch mein Vater hatte mittlerweile die Unterhaltung für den gesamten Tisch an sich gerissen.

»Natürlich zeige ich euch gern die Baustelle«, dröhnte seine Stimme jetzt bis zu uns herüber. »Aber ihr müsst mir versprechen, dass ihr nichts anfasst!«

Alle Männer am Tisch nickten gehorsam und erhoben sich. Auch Raphael stand auf und schaute fragend in meine Richtung. Ich lächelte ihm aufmunternd zu.

Im Gänsemarsch setzte sich die Gruppe in Bewegung und verschwand im Haus. »Ich hoffe, sie zeigen angemessene Bewunderung«, murmelte ich.

Harald grinste und griff nach der Grillzange. »Und ich hoffe, die Besichtigung dauert nicht ewig. Die Würstchen sind bald fertig.«

Es verstrichen zehn Minuten, bis die Männer wieder im Garten erschienen. Sie diskutierten erregt und redeten alle auf Raphael ein, der es zu genießen schien, im Mittelpunkt zu stehen. Selbst mein Vater machte ein aufgeregtes Gesicht und klopfte Raphael anerkennend auf die Schulter.

»Was ist denn da los?« Misstrauisch lief ich der Gruppe entgegen.

»Theresa, mein Schatz«, empfing mich mein Vater. »Du hast uns ja ein Prachtexemplar angeschleppt!«

»Äh ... ja, weiß ich«, stotterte ich.

»Er hat einen Rolls-Royce!«, rief ein Freund meines Vaters, den ich schon von Kindheit an »Onkel Manfred« nennen durfte, obwohl wir gar nicht verwandt waren.

»Ein Rolls-Royce als Cabriolet«, ergänzte ein zweiter Mann schwer schnaufend.

»Und wir dürfen gleich alle eine Runde mit ihm fahren«, schloss Onkel Manfred.

Ich blickte in fünfzehn glückliche Gesichter. Die alten Herren sahen aus, als hätte man ihnen gerade eröffnet, dass das Christkind wirklich existierte und dass es ab sofort auch Rentnern Geschenke bringen würde.

Raphael zog mich an sich. »Ist das für dich in Ordnung?«, flüsterte er mir ins Ohr.

Ich nickte, erstaunt über seine Frage. Eigentlich hätte ich mich erkundigen müssen, ob er überhaupt Lust zu einer Spritztour mit alten Herren hatte. Stattdessen fragte er mich, ob es mir passte. Dieser Mann war einfach unglaublich!

»Aber nicht alle fünfzehn auf einmal«, mischte sich jetzt Harald ein. »Als Polizist muss ich das verbieten.«

»Du bist heute nicht im Dienst, mein Junge!« Vater kicherte aufgeregt.

»Natürlich werde ich nur die zulässige Passagieranzahl mitnehmen«, versicherte Raphael ihm. »Ich tue doch nichts Verbotenes.«

»Das habe ich mir gedacht«, murmelte Harald leise.

»Sind die Würstchen fertig?« Mein Vater warf einen prüfenden Blick auf den Grill.

Als Harald nickte, eilten alle Männer gleichzeitig mit ihren Tellern herbei. Es entstand ein fürchterliches Durcheinander, das mein Vater vergeblich mit ein paar gebrüllten Anweisungen zu regeln versuchte.

»Haben die den ganzen Tag nichts gegessen?«, fragte ich Harald leise, während wir Würstchen, Senf, Ketchup und Brötchen verteilten.

»Doch. Aber der Rolls-Royce lockt«, entgegnete er.

Ich lachte.

»Soll ich euch helfen?« Auf einmal stand Raphael vor uns.

»Auf keinen Fall!« Mein Vater zog Raphael mit sich zum Tisch. »Du musst essen, damit du fahren kannst, mein Sohn.« Na, das ging aber schnell!

Entschuldigend lächelte Raphael zu mir herüber und ergab sich seinem Schicksal. Ich winkte fröhlich zurück. In rekordverdächtigen zwanzig Minuten waren alle Bratwürste verteilt und aufgegessen, und die Männer standen erwartungsvoll am Gartenzaun.

»Immer nur vier Passagiere«, sagte Raphael bestimmt. »Und keiner steht während der Fahrt auf!«

Er startete das Auto und fuhr mit der ersten Gruppe davon.

»Jetzt haben wir erst einmal unsere Ruhe«, seufzte Harald und wischte sich die Hände an der Schürze ab. »Die Kinder fahren Karussell.«

»Ich bin voller Fett, Senf und Ketchup.« Missmutig betrachtete ich mein T-Shirt.

»Du riechst jetzt auch so«, entgegnete Harald und schnüffelte an meinen Haaren.

»Meinst du, dass du besser duftest?« Ich legte meine Hände um seinen Nacken und zog ihn ein Stück zu mir herunter. Schnüffelnd bohrte ich meine Nase in seinen Hals. Dabei berührten sich unsere Gesichter, und ich stellte erstaunt fest, wie angenehm sein Dreitagebart an meiner Haut entlangkratzte.

Meine Wange glühte richtig. Ob dieses Gefühl nur von den Barthaaren kam? Ich hatte das lange nicht mehr so intensiv gespürt. Raphael war immer tadellos rasiert.

Rasch zog ich den Kopf zurück. Es fehlte gerade noch, dass ich mir tiefsinnige Gedanken über den Bartwuchs fremder Männer machte!

Harald war wohl auch peinlich berührt, denn er trat einen Schritt zurück, räusperte sich und griff wieder zur Grillzange. »Möchtest du dein Würstchen essen?«

»Gern.« Ich kramte geschäftig im Geschirrkorb herum und zog Teller und Besteck heraus.

In den nächsten Minuten stopfte ich mir in rascher Folge Wurst und Kartoffelsalat in den Mund. Solange ich kaute, musste ich mich nicht mit Harald unterhalten oder ihn ansehen. Ich war immer noch verwirrt.

Trotzdem schmeckte mir die italienische Wurst überraschend gut. Ich wollte gerade eine entsprechende Bemerkung machen, als Harald auf den Rolls-Royce zeigte, der zu seiner vierten und letzten Tour startete. Dann deutete er auf meinen Vater und seine Freunde, die immer noch aufgeregt diskutierend am Gartenzaun standen, und sagte anerkennend: »Dein Freund macht gerade viele alte Männer glücklich.«

»Stimmt.« Langsam entspannte ich mich wieder. Ich sollte vermutlich auch etwas Positives sagen. »Übrigens schmeckt die Wurst wirklich gut.«

Er grinste. »Ich weiß.«

»Danke, dass du an mich gedacht hast.«

»Gern geschehen.«

»Theresa?« Mein Vater eilte über die Wiese auf uns zu. Er wirkte gelöst und gut gelaunt. »Weißt du, wo Mama die Spielkarten hingeräumt hat?«

»Die müssten im Fernsehschrank sein. Warum?«

»Wir wollen jetzt pokern«, entgegnete er und ließ sich ein

wenig kurzatmig auf die Holzbank fallen. »Raphael spielt mit. Zuerst wollte er nicht, aber wir haben ihn dazu überredet.«

»Raphael pokert?« Der Arme! Zuerst musste er fünfzehn Männer im Cabrio durch die Gegend kutschieren, und jetzt sollte er auch noch mit ihnen Karten spielen …

Besorgt musterte ich ihn, als er zehn Minuten später mit den letzten Fahrgästen einparkte und mühelos aus dem Wagen sprang. Sein Haar war vom Fahrtwind zerzaust, und sein Gesicht gerötet. Außerdem trug er ein Paket unterm Arm und kam strahlend auf mich zu. »Das hat Spaß gemacht!«

»Wirklich?« Sagte er das nicht nur, um mir einen Gefallen zu tun?

»Ja, wirklich«, versicherte er mir und nahm meine Hand. »Ich liebe dieses Auto.«

Im Garten wurde Raphael schon von meinem Vater und seinen Freunden erwartet. »Da bist du ja. Komm her, mein Sohn!«

»Nur noch einen kleinen Moment, bitte«, sagte Raphael in Richtung der Tische und wandte sich dann wieder an mich. Er öffnete das Paket und übergab mir zwei Plastikdosen, die mit Essen gefüllt waren. Das Etikett auf der Vorderseite der Behälter zeigte den Schriftzug »Zum goldenen Engel«.

»Mit vielen Grüßen von den Engeln«, grinste er und küsste mich auf die Stirn. »Nachdem du gestern nicht zum Essen gekommen bist, dachte ich mir, ich hole dir heute eine neue Portion deiner Wahl. Wir sind vorhin schnell am Restaurant vorbeigefahren, und ich habe dir exakt das besorgt, was du gestern bestellt hattest.«

Wie unglaublich romantisch und aufmerksam! »Das ist … ich weiß gar nicht, was ich sagen soll«, stammelte ich und wurde tatsächlich rot.

»Honig-Balsamico-Creme und Farfalle in Salbei-Butter

ohne Kapern. Beides weich und gut zu kauen. Du musst es schnell essen, sonst wird es kalt.«

»Hm.« Ich war satt und erinnerte mich nur zu gut an den merkwürdigen Geschmack der Suppe. Hilfesuchend sah ich mich um. Aber außer Harald, der so tat, als müsste er sich um seine Steaks kümmern, beachtete uns keiner. »Vielen Dank«, murmelte ich deshalb. »Ich werde das in der Küche essen.« Dort konnte ich das Zeug notfalls unbeobachtet entsorgen.

Raphael zuckte bedauernd mit den Schultern. »Ich würde dir ja gern Gesellschaft leisten, aber die Jungs wollen mit mir pokern.«

»Kannst du das überhaupt?«

»Nein.« Er schüttelte den Kopf. »Aber sie werden es mir schon beibringen.«

Da hatte ich nicht den geringsten Zweifel. Ich kannte die Kartenabende, die mein Vater regelmäßig mit seinen besten Freunden veranstaltete. Da wurde gnadenlos gezockt, wild geflucht und viel getrunken. Ich versuchte vergeblich, mir Raphael in dieser Runde vorzustellen.

»Raphael?« Die Herren wurden ungeduldig.

»Ich komme!« Er schenkte mir noch ein entschuldigendes Lächeln und setzte sich dann an den Tisch.

Seufzend schlüpfte ich durch die Terrassentür ins Haus und begann, die Küche aufzuräumen. Die Nudeln und die Suppe stellte ich in den Kühlschrank und hoffte, dass mein Vater sie finden und aufessen würde. Momentan war er nicht sehr wählerisch, was seine Verpflegung betraf.

Gerade, als ich die Küche verlassen wollte, klingelte mein Handy. Es war Sebastian. »Hast du einen Moment Zeit?«

Ich hatte mehr als genug Zeit. So schnell wollte ich gar nicht in den Garten zurück, denn dort warteten nur Probleme auf mich. Mein Fast-Verlobter hatte sich offensichtlich in sein Auto verliebt und pokerte jetzt auch noch mit meinem Vater um die

Wette, und der schlecht rasierte Typ am Grill machte mich plötzlich nervöser, als ich es mir selbst eingestehen wollte.

»Was ist denn?«

»Mir sind die Kartoffeln angebrannt.«

»Wie hast du denn das geschafft?« Ich musste lachen.

»Ist doch egal«, antwortete er gereizt. »Wo kriege ich jetzt so schnell neue Salzkartoffeln her?«

»Aus dem Supermarkt. Du musst sie nur schälen und kochen.«

»Ich kann das aber nicht.«

»Dann kaufe eine Packung Pommes, die garst du nur im Backofen.«

»Filet und Spargel mit Pommes? Das geht nicht.«

»Dann kann ich dir auch nicht helfen.«

»Du kannst nicht vielleicht vorbeikommen und –«

»Nein, kann ich nicht«, unterbrach ich ihn unfreundlich. »Ich helfe hier an deiner Stelle bei der Grillparty und kann Papa nicht einfach sitzenlassen.«

»Du hast recht.« Sebastian seufzte. »Weißt du, wen ich noch anrufen kann?«

Wollte er jetzt ernsthaft von mir wissen, welche meiner Freundinnen ihm beim Kartoffelschälen helfen würde?

»Keine Ahnung«, antwortete ich kurz angebunden.

»Hat Steff noch dieselbe Handynummer?«

»Steffi«, verbesserte ich automatisch. »Und du wagst es nicht, sie anzurufen!«

»Also hat sie noch dieselbe Nummer«, stellte er zufrieden fest. »Ich muss Schluss machen. Bis dann!«

»Sebastian!«, brüllte ich in den Hörer, aber er hatte schon aufgelegt.

»Na toll«, murmelte ich. »Dieser Abend wird ja immer besser.«

Als ich schlecht gelaunt in den Garten zurückkehrte, war das Kartenspiel in vollem Gange. »Ich gehe mit!«, »Ich passe!« und »Ich erhöhe!«, schallte es mir entgegen. Raphael saß mit gerunzelter Stirn vor seinen Karten und beobachtete die anderen Spieler konzentriert. Er nahm mich gar nicht wahr.

»Hat es geschmeckt?«, erkundigte sich Harald, als ich mich zu ihm auf die Holzbank setzte.

Ich schüttelte den Kopf. »Nein. Das hat es gestern schon nicht.«

Er lachte leise. »Was hast du mit dem Essen gemacht?«

»Es steht im Kühlschrank. Du darfst dich gern bedienen.«

»Nein, danke. Diese Art von Küche gefällt mir nicht.«

»Mir auch nicht.«

»Showdown!« Onkel Manfred sprang auf und gab sich sehr siegessicher.

»Warte!« Ein weiterer Freund meines Vaters erhob sich und blickte fragend in die Runde. »Wir haben noch nicht über unsere Einsätze gesprochen.«

Jetzt blickte auch Raphael von seinen Karten hoch. »Einsätze?«, wiederholte er.

»Ja.« Mein Vater nickte. »Jeder, der spielt, muss einen Einsatz bringen. Derjenige, der die niedrigste Punktzahl hat, hat verloren und muss seinen Einsatz einlösen.«

»Ich setze meine Dauerkarte für das nächste Heimspiel der Eintracht«, sagte Onkel Manfred. »Der Sieger darf ins Stadion.«

»Ich gebe die nächste Runde beim Kegeln aus«, fügte jemand hinzu.

»Ich mähe dreimal den Rasen für den Sieger.«

»Ich wasche dem Sieger das Auto.«

So ging es eine Weile lang hin und her. Schließlich mussten nur noch mein Vater und Raphael ihren Einsatz nennen. Gespannt näherte ich mich dem Tisch.

Raphael rieb sich nachdenklich die Stirn. »Ich verleihe mein Auto für einen Tag an den Sieger«, sagte er dann.

Daraufhin brach erstauntes Gemurmel aus. »Den Rolls-Royce?«, fragte Onkel Manfred ehrfürchtig nach.

Raphael nickte, und das Gemurmel verwandelte sich in freudige Erwartung.

Jetzt war nur noch mein Vater ohne Einsatz. Er machte es spannend. Ein paar Mal schaute er kritisch auf sein Kartenblatt. Dann wanderte sein Blick in die Runde und blieb schließlich an mir hängen. Zufrieden nickte er. »Ich setze meine Tochter.«

»Wie bitte?« Erschrocken trat ich einen Schritt zurück und spürte Harald dicht hinter mir.

»Theresa?«, fragte Raphael entgeistert.

»Du kannst nicht einfach deine Tochter setzen«, kritisierte Onkel Manfred. »Was ist denn das für ein Angebot?«

»Genau!«, stimmte ich zu.

»Davon hat doch keiner etwas«, fuhr er fort.

Na, vielen Dank auch! Ich spürte Haralds Hand auf meiner Schulter und atmete tief durch. Seine Berührung hatte etwas Beruhigendes. Gleichzeitig jedoch wühlte mich diese Geste stärker auf, als ich es zugegeben hätte.

Raphaels Blick huschte verwirrt von meinem Vater zu mir. Als er Haralds Finger auf meiner Schulter entdeckte, runzelte er die Stirn. Sofort ließ Harald seine Hand sinken.

»Ich will sie doch nicht wirklich verschenken«, stellte mein Vater vergnügt klar. »Ich stelle sie nur für heute Abend zur Verfügung. Hört doch mal die schöne Musik im Radio! Wann habt ihr das letzte Mal mit einem jungen Mädchen getanzt?«

»Ich bin kein junges Mädchen mehr«, knurrte ich und trat einen weiteren Schritt zurück. Es war gleichgültig, dass mein Rücken jetzt an Haralds Brust lehnte.

Raphael schien es jedoch etwas auszumachen, dass ich so nahe bei einem fremden Mann stand. Er erhob sich und trat zu mir. Besitzergreifend legte er den Arm um mich, was Harald dazu zwang, zur Seite zu gehen. »Ihr habt gehört, was sie gesagt hat.«

Onkel Manfred ließ sich von ihm nicht einschüchtern. »Sie hat lediglich gesagt, dass sie kein junges Mädchen mehr ist. Das sehen wir selbst.«

Neben mir prustete Harald los.

»Sie soll doch nur mit uns tanzen. Was ist denn schon dabei?« Mein Vater sah mich bittend an.

»Sie will aber nicht.« Raphael schob sich heldenhaft vor mich, als ob er mich verteidigen müsse. »Und wenn sie es nicht will, dann muss sie auch nicht.«

»Auch, wenn sie ihrem Vater einen großen Gefallen tun würde?« Harald sah nicht Raphael, sondern mich an. »Was ist daran so schlimm?«

Verlegen schlug ich die Augen nieder. Er hatte recht. Es ging hier nur um ein Spiel und ein paar harmlose Tänze. »Also gut, ihr dürft mit mir tanzen.«

»Prima!« Mein Vater schlug mit der Faust auf den Tisch und lachte. Auch seine Kumpel stimmten in das Lachen ein, und bald herrschte wieder eine ausgelassene Stimmung am Tisch.

»Ist dir das wirklich recht?«, erkundigte sich Raphael übermäßig besorgt.

»Nein«, sagte ich. »Aber ich werde es überleben.«

»Ich kann das regeln, wenn du es absolut nicht willst«, beharrte er.

»Es ist schon gut.« Ich zeigte auf die Karten auf dem Tisch. »Das Spiel geht weiter.«

Er nickte, drückte mich noch einmal an sich und kehrte auf seinen Platz zurück.

»Die Steaks sind gleich so weit!«, rief Harald. »In den Spielpausen könnt ihr euch gern ein Stück Fleisch holen!«

»Bier, Steak, Pokern und die Aussicht auf einen flotten Tanz«, brüllte Onkel Manfred, der augenscheinlich nicht mehr ganz nüchtern war. »Das nenne ich eine tolle Party!«

Mein Vater zwinkerte mir dankbar zu. »Ich wusste, dass ich mich auf dich verlassen kann!«

»Dann sorge jetzt dafür, dass ich auch auf dich zählen kann«, flüsterte ich ihm ins Ohr. »Ich hasse es nämlich zu tanzen.«

»Keine Sorge.«, wisperte er zurück. »Ich habe ein bombiges Blatt.«

Leider hatte mein Vater nur dieses eine »bombige« Blatt, und so durfte ich im Verlauf des Abends mit allen Gästen auf der Wiese einmal tanzen. Zum Glück störte es die meisten von ihnen nicht, dass ich ihnen ständig auf die Füße trat. Ich hatte weder Rhythmus noch Taktgefühl und wiegte mich die meiste Zeit nur unbeholfen von links nach rechts. Außerdem war ich nicht mehr ganz nüchtern, was zu meiner erstaunlich guten Stimmung beitrug.

»Es macht mir Spaß«, versicherte ich meinem Vater, der in einer Spielpause die Gelegenheit ergriffen hatte, mich zum Tanz aufzufordern.

»Das hoffe ich.« Er vollführte eine Drehung und nahm mich danach wieder in die Arme. »Das ist die beste Party seit langem, und zwar auch dank dir und Raphael!«

»Wie findest du Raphael?«

»Nett. Der Junge gibt sich alle Mühe, uns zu gefallen.« Er machte die nächste Drehung.

Über seine Schulter hinweg beobachtete ich Raphael, der die Karten gerade erneut mischte und an seine Mitspieler verteilte. »Kann er gut pokern?«

»Er ist ein Naturtalent.«

»Hm.«

Abermals drehte sich mein Vater und ergriff meine Hand. »Lass ihn uns noch ein bisschen«, bat er. »Morgen gehört er wieder dir.«

»Schön wär's! Du hast vergessen, dass Mama gerade bei mir wohnt.«

»Armes Kind.« Er musterte mich betroffen. »Daran habe ich nicht gedacht. Gleich morgen früh werde ich sie abholen.«

Ich lächelte ihn dankbar an.

»Partnertausch!«, verkündete Onkel Manfred und klatschte meinen Vater ab. »Jetzt bin ich an der Reihe.«

Eine Stunde später spürte ich meine Füße kaum noch und hing meinen Tanzpartnern mehr oder weniger leblos am Hals. Doch sie merkten wenig davon, denn sie waren noch viel erschöpfter und betrunkener als ich.

Sogar Raphael, mit dem ich das eine oder andere Mal hatte tanzen dürfen, bewegte sich nicht mehr von seinem Stuhl hoch. Er spielte immer noch Karten und schien alles andere um sich herum vergessen zu haben.

»Darf ich jetzt auch mal?«, fragte eine Stimme hinter mir, als ich etwas verloren auf der Wiese stand und auf meinen nächsten Tanzpartner wartete.

Es musste am Alkohol liegen, dass mein Herz wie verrückt zu klopfen begann. Langsam drehte ich mich um und nickte. Harald stand direkt vor mir. Er legte seine Arme um meinen Hals und lächelte mich an. Seine hellen Augen glänzten im Schein der vielen Kerzen, die seit Einbruch der Dunkelheit im Garten brannten. Immer noch brachte ich keinen Ton heraus, sondern umarmte ihn nur schüchtern und ärgerte mich gleichzeitig über mich selbst. Warum war ich so befangen?

Gemeinsam begannen wir, uns hin und her zu wiegen. Erst

zögerlich, dann immer entschlossener zog Harald mich zu sich heran, so dass mein Gesicht schließlich an seiner Brust lag. Er presste sein Kinn auf meinen Kopf, und ich konnte seine Bartstoppeln durch die Haare spüren.

Zufrieden schloss ich die Augen. Ich war müde und irgendwie glücklich. Eigentlich sogar mehr als glücklich. Zum ersten Mal seit langer Zeit hatte ich das Gefühl, dass alles richtig war. Dass *dieser Moment* richtig war.

Aber das war falsch, furchtbar falsch! Alarmiert hob ich den Kopf und rückte ein Stück von Harald ab.

»Ist es so schlimm?«, fragte er.

»Wie meinst du das?«, entgegnete ich verwirrt. Hatte er gespürt, wie viel Überwindung es mich kostete, mich von ihm zu lösen?

»Ich meine das Tanzen. Ist es wirklich so schlimm?«

»Ach so.« Ich kicherte erleichtert. »Nein. Es ist überhaupt nicht schlimm. Es macht sogar ein bisschen Spaß. Das darfst du aber keinem verraten.«

»Keine Sorge«, versicherte er mir.

»Sie genießen es, mit mir zu tanzen«, murmelte ich verträumt und vergrub mein Gesicht wieder in sein T-Shirt. »Mit mir, die in der Tanzschule immer das Mauerblümchen war. Das ist ein herrliches Gefühl!«

»Sie schwärmen alle ein wenig für dich.«

Ich lachte. »Das meinst du nicht im Ernst, oder?«

»Doch. Alle. Ohne Ausnahme.« Er flüsterte die Worte nur, doch in meinem Innern sorgten sie für ein Erdbeben.

Ich blieb stehen und nahm langsam die Hände von seinem Nacken. »Alle? Ohne Ausnahme?«

Er nickte und versenkte seinen Blick in meinen. Ich spürte, wie mir die Röte ins Gesicht stieg, und schüttelte den Kopf. Nein, das durfte nicht sein! Ich hatte doch meinen Traummann längst gefunden!

Flüchtig warf ich einen Blick in Raphaels Richtung. Er saß noch immer am Tisch, rauchte eine Zigarre und legte gerade mit einem sehr zufriedenen Gesichtsausdruck die Karten auf den Tisch. Seine Mitspieler stöhnten auf und schüttelten den Kopf. In diesem Moment spürte ich, wie Harald seine Hand an mein Kinn legte. Langsam zog er mein Gesicht in seine Richtung. »Hast du das nicht gewusst?«, flüsterte er. Ich schüttelte den Kopf, unfähig, etwas zu sagen. Ganz nahe waren seine Lippen auf einmal. Es wäre so einfach, sie mit meinem Mund zu berühren …

»Theresa! Harald!« Auf einmal stand mein Vater hinter uns. Harald seufzte und ließ seine Hände sinken.

»Was ist?«, fragte ich, ziemlich benommen.

»Ihr könnt mit dem Aufräumen anfangen.« Er deutete auf den Tisch, an dem seine Freunde saßen. »Meine Kumpel haben beschlossen, nach diesem Spiel nach Hause zu gehen, weil sie gegen Raphael beim Pokern einfach nicht den Hauch einer Chance haben.«

»Das wundert mich nicht«, murmelte ich. Er war schließlich in allem perfekt. Doch zum ersten Mal verspürte ich nicht mehr dieses Hochgefühl, wenn ich daran dachte.

»Ich werde alle nach Hause bringen. Das machen wir jedes Jahr so.«

»Im Auto?«, fragte ich entsetzt.

»Nein, natürlich nicht. Wir gehen zu Fuß, wie jedes Jahr. Jeder hat eine Taschenlampe dabei, das hat schon Tradition. Ich werde in ungefähr ein bis zwei Stunden wiederkommen. Falls Ihr dann schon fort seid, schließt bitte vorher ab, ja?« Er drehte sich zum Tisch um. »Kommt, Jungs! Die Party ist vorbei.«

»Schon?«, beschwerte sich Raphael. »Ich habe gerade so ein tolles Blatt!«

»Wir können gern morgen Abend bei mir weiterspielen«,

tröstete ihn Onkel Manfred und erhob sich ächzend. »Meine Frau geht zum Kegeln, und ich habe sturmfreie Bude.«

»Wirklich? Toll, ich komme!« Raphael legte die Karten auf den Stapel zurück.

Zögernd trat ich an seine Seite. Er sah mich an, und sofort kehrte der besondere Ausdruck in seine Augen zurück, den er immer hatte, wenn er mich anschaute: eine Mischung aus Bewunderung und Besorgnis. »Theresa, Liebling! Hast du dich gut amüsiert?«

Ich nickte.

»Dieses Pokern ist unglaublich spannend«, fuhr er fort und nahm mich geistesabwesend in die Arme. Er roch nach Zigarre.

»Achtung, Achtung!«, rief mein Vater in die Runde. »Wir gehen jetzt!«

Es folgte das übliche Chaos beim Aufbruch. Ich wurde von allen umarmt und musste ein paar Mal versichern, dass ich mich beim Tanzen noch nie so gut amüsiert hatte wie am heutigen Abend.

Irgendwann lag ich wieder in Raphaels Armen. »Soll ich warten, bis du hier fertig bist?«

»Das kann noch dauern.« Ich schüttelte den Kopf. »Fahr ruhig. Du musst ja noch bis ins Rheingau.«

»Wie kommst du nach Hause?«

»Ich werde laufen. So weit ist es nicht.«

»Bist du sicher?«

»Natürlich. Kein Problem.« Es gab andere Verwicklungen, die mir viel mehr Kopfschmerzen bereiteten.

Er küsste mich, bevor er in sein Auto stieg. »Ich rufe dich morgen früh gleich an«, versprach er mir.

»Ich freue mich darauf«, entgegnete ich und bemühte mich, meiner Stimme einen sehnsüchtigen Klang zu geben.

»Der Junge ist goldrichtig«, sagte mein Vater, als Raphael langsam davonfuhr.

»Allerdings.« Ich starrte etwas verloren auf die roten Rücklichter des Rolls-Royce. »Einfach perfekt.«

»Genau wie dieser Abend.« Onkel Manfred drückte mir noch einen dicken Kuss auf die Wange. »Du warst toll! Ab jetzt musst du immer kommen.«

Ich lachte und winkte den Männern nach, die langsam die Straße entlanggingen und schließlich um die nächste Ecke verschwanden. Dann kehrte ich in den Garten zurück.

Dort empfing mich wohltuende Stille.

Harald hatte das Radio ausgeschaltet und war bereits dabei, die Teller abzuräumen.

»Du kannst auch nach Hause gehen«, sagte ich und wunderte mich, wie rau meine Stimme klang.

Er schüttelte den Kopf. »Zuerst helfe ich dir noch beim Aufräumen.«

»Wie du willst.« Ich nahm ein paar Teller vom Tisch und brachte sie in die Küche. Dort spülte ich das Geschirr unter dem Wasserhahn ab und stellte es dann in die Spülmaschine. Ich vermied es ängstlich, Haralds Hände zu berühren, wenn er neue Teller aus dem Garten brachte. Während der Arbeit sprachen wir kein einziges Wort miteinander. Was war nur mit uns los?

»So, das ist alles«, sagte er schließlich und legte die letzte Gabel auf die Spüle.

»Danke!« Ich räumte sie in den Besteckkorb und schloss die Spülmaschine.

»Das Feuer im Grill ist auch schon aus.« Er rieb sich müde die Augen.

»Dann haben wir wohl alles erledigt.« Ich wischte die Spüle mit einem Lappen ab und konzentrierte mich dabei energisch auf ein paar nicht vorhandene Flecken.

Er zögerte. »Wie kommst du nach Hause?«

»Ich laufe. Ist ja nicht weit.«

»Ich begleite dich. Das ist kaum ein Umweg für mich.«

»Das ist nicht nötig.«

»Ich tue es trotzdem.«

»Ich will das aber nicht.« Ich konnte es kaum ertragen, ihm noch länger so nahe zu sein. Nicht heute Abend, und nicht nach seinem Geständnis, das er vermutlich nur unter Alkoholeinfluss gemacht hatte und das ihm morgen furchtbar peinlich sein würde. Wenn wir unseren Rausch ausgeschlafen hatten, würden wir sicherlich wieder zur Normalität zurückfinden können.

»Das ist mir egal.« Er verschränkte die Arme. »Ich bleibe so lange hier stehen, bis du mitkommst.«

Wütend warf ich den Lappen in die Spüle. »Wie du willst. Ich hole nur noch meine Sachen, dann können wir gehen.«

Als ich im Hausflur nach meiner Jacke und meiner Handtasche suchte, fiel mir ein blinkendes Handy auf, das auf dem Spiegelschrank lag. Es gehörte Raphael. Vorsichtig nahm ich es in die Hand und starrte auf das Display.

In seiner Abwesenheit schienen einige SMS von Eva eingegangen zu sein. Kurzzeitig spielte ich mit dem verlockenden Gedanken, die Nachrichten zu lesen. Aber dann siegte meine Ehrlichkeit.

Ich stopfte das Handy in die Jackentasche. Er würde es früh genug vermissen und konnte es sich dann bei mir abholen. Außerdem fühlte ich mich mit seinem Telefon in der Tasche irgendwie sicherer. Es war, als ob es mich schützen könnte. Wovor, war mir allerdings selbst nicht ganz klar.

»Fertig?« Harald stand schon in der Haustür.

Ich nickte, schloss die Tür und folgte ihm durch den Garten auf die Straße.

»Puh, es ist ganz schön kalt geworden.« Im Gehen zog ich mir die Jacke über und steckte meine Hände in die Taschen. Mit der linken Hand umschloss ich Raphaels Handy.

»Für Mai ist das Wetter aber schon sehr schön.« Auch Harald stopfte seine Hände in die Vordertaschen seiner Jeans.

»Ja, wir hatten schon schlechtere Monate.«

»Letztes Jahr war der Mai völlig verregnet.«

»Dafür war dann der Juni sehr sonnig«, murmelte ich und fragte mich, wie lange man sich wohl über das Wetter unterhalten konnte, ohne sich wirklich etwas zu sagen.

Harald schien sich dasselbe zu fragen, denn er verkniff sich eine weitere Bemerkung und schwieg.

Gemeinsam liefen wir durch die nächtlich beleuchteten, menschenleeren Straßen. Unsere Schritte hallten zwischen den Häusern wieder und erzeugten eine eigentümlich geheimnisvolle Stimmung, weil jegliches andere Geräusch fehlte. Ich hatte Mühe, mit seinem schnellen Gang mitzuhalten, und war ziemlich aus der Puste, als wir schließlich meine Haustür erreichten.

»Siehst du?« Harald sah mich zum ersten Mal wieder richtig an, seit wir den Garten meiner Eltern verlassen hatten. »Schon bist du da.«

»Ja.« Ich lachte, als hätte er soeben eine absolut witzige Bemerkung gemacht, und fuhr mir verlegen mit der rechten Hand durch die Haare.

Harald kniff die Augen zusammen und musterte mich aufmerksam. »Nervös?«

»Warum sollte ich?« Wieder lachte ich lauter als nötig. Meine linke Hand umklammerte Raphaels Handy noch fester.

Immer noch war Haralds prüfender Blick auf mich gerichtet. »Keine Ahnung. Sag du es mir.«

Verdammt, nun wurde ich auch noch rot! »Musst du ausgerechnet jetzt deine professionellen Verhörmethoden herauskramen?«

»Ich habe noch gar nicht damit angefangen. Soll ich?«

»Lieber nicht«, seufzte ich.

»Ich brauche kein Verhör. Ich weiß auch so, was ich wissen muss. Und du auch.«

»Tut mir leid, Harald.« Ich nahm die Hand von Raphaels Handy und zog sie aus der Jackentasche. »Solche Sätze verstehe ich selbst dann nicht, wenn ich nüchtern und ausgeschlafen bin.«

»So betrunken, wie du tust, bist du gar nicht.«

Ich verschränkte die Hände vor meiner Jacke. »Und du?«

»Ich trinke nie. Ist dir nicht aufgefallen, dass ich den ganzen Abend nur Cola hatte?«

»Ach ja? Und warum bist du dann nicht mit deinem Auto nach Hause gefahren?« Diese Frage war eigentlich überflüssig und unwichtig. Ich stellte sie, weil ich mich nicht traute, etwas viel Wichtigeres zu formulieren: Wenn er den ganzen Abend nüchtern gewesen war, wie hatte es dann zu der Szene beim Tanzen kommen können?

Er schüttelte den Kopf. »Die Antwort verrate ich dir erst, wenn du es wirklich wissen willst.«

Langsam wurde ich wütend. »Kannst du mal aufhören, in Andeutungen zu reden?«

»Wie du willst.« Er zuckte mit den Schultern. »Versuchen wir es mal mit einer klaren Aussage: Ich werde jetzt gehen.«

»Warte.« Ich hielt ihn an der Jacke fest. Um Himmels willen! Was tat ich denn da?

»Ja?« Seine Stimme klang überhaupt nicht mehr so selbstsicher wie zuvor.

»Ich kann nicht ... Ich meine ... Raphael ist ...«, stammelte ich.

»Psst!« Lächelnd legte er mir einen Finger auf den Mund und strich dann mit seiner Hand über meine Wange. Ich schloss die Augen und genoss die Berührung. »Kannst du Raphael nicht mal für eine Minute vergessen?«, fragte er leise.

»Ich kann es ja mal versuchen«, flüsterte ich und legte meine Finger vorsichtig auf seine Hand.

In diesem Moment erklang »Mission Impossible«.

»Deine Jacke macht Musik«, murmelte Harald.

»Verdammt!«, fluchte ich. »Dieses Handy klingelt immer zur falschen Zeit.« Ich löste mich von ihm, holte Raphaels Handy heraus und schaltete es aus. »So«, sagte ich zufrieden und starrte auf das dunkle Display. »Das hast du nun davon, du blöde Kuh!«

»Ist es jemand, den du kennst?«, fragte Harald.

»Ja. Und ich hasse sie.«

Weil sie immer in den schönsten Momenten störte. Sie hatte es auch jetzt wieder geschafft. Die vertraute Stimmung war dahin, aber vielleicht war das auch gut so. Ich musste zuerst einmal zur Ruhe kommen und nachdenken. Und natürlich meinen Rausch ausschlafen. Denn entgegen Haralds Meinung hielt ich mich sehr wohl für betrunken. Wie sonst sollte ich mir dieses Gefühlschaos erklären?

»Schlaf gut!« Harald hatte mich die ganze Zeit beobachtet und spürte wohl, dass es besser war, zu gehen.

»Ja. Gute Nacht.« Ich brachte es sogar noch fertig, zu lächeln, bevor er sich umdrehte und die Straße entlangschlenderte.

Leise stieg ich die Treppe hinauf und öffnete die Tür zu meiner Wohnung. Aus Rücksicht auf meine Mutter verzichtete ich auf Licht und stolperte prompt über ihre Schuhe, die sie mitten im Weg hatte stehen lassen.

»Verdammt!«, flüsterte ich und lehnte erschöpft meinen Kopf gegen die Tür. Es wurde dringend Zeit, dass ich in meinem Leben etwas Ordnung schaffte.

Wenigstens der Dackel bereitete mir noch eine kleine Freude. Er begrüßte mich schwanzwedelnd, als ich zu ihm auf das Sofa kroch. Offensichtlich betrachtete er das Arrangement der letzten Nacht nun als Dauerlösung. »Was soll's«, sagte ich leise in sein Ohr und wickelte mich fest in die Wolldecke. »Gute Nacht!«

Er gähnte und leckte mir leicht über das Gesicht.

»Ach, FF ...« Ich legte den Arm um seinen Körper. »Was ist nur mit der Welt, den Männern und mir selbst los?«

10

»Ich habe ein Problem«, verkündete ich Hanna am Sonntagmorgen. Ich hatte die ganze Nacht schlecht geschlafen und mich unruhig hin und her gewälzt. Irgendwann war es sogar dem Hund zu viel geworden, und er hatte sich auf einen Sessel verzogen. Schließlich hatte ich mir gegen acht Uhr morgens ein Herz gefasst und Hanna angerufen. Wenn mir jemand helfen konnte, dann war sie es.

»Du hast mehr als ein Problem«, murmelte Hanna mit verschlafener Stimme. »Erstens hast du mich gerade aufgeweckt. Und zweitens warte ich immer noch auf eine Entschuldigung für das Telefonat am letzten Freitag.«

»Entschuldigung!«

»Okay.« Sie gähnte. »Jetzt kannst du loslegen. Du hast also ein Problem. Ist es noch dasselbe, das uns schon die ganze letzte Woche bewegt hat?«

»Hanna! Jetzt fang nicht schon wieder damit an.«

»Also gut. Ich schweige, und du redest.«

»Gut.« Ich hole tief Luft, bevor ich weitersprach. »Ich hatte gehofft, dass ich gestern einfach zu viel getrunken habe und sich das Thema über Nacht erledigt hat. Leider ist es aber nicht so.«

»Ich verstehe kein Wort.«

»Das macht nichts. Das Wesentliche kommt erst jetzt: Es gibt einen Mann, der mir nicht mehr aus dem Kopf geht.«

»Ich dachte, du erzählst mir etwas Neues?«

»Das ist neu.«

»Für mich nicht. Raphael hat dich von Anfang an fasziniert, schon als er mit dir am Flughafen Tee getrunken hat.«

»Es geht aber nicht um Raphael. Ich habe ... ich bin ... es gibt noch jemand anderes.« Das Geständnis kam mir nur schwer über Lippen.

»Es geht nicht um Raphael?«

»Nein.«

»Aber warum nicht? Ich dachte, er ist dein absoluter Traummann.«

»Das ist er auch. Er sieht gut aus, ist liebevoll, höflich und rücksichtsvoll, liest mir jeden Wunsch von den Augen ab, und noch dazu hat er massenhaft Geld und ein richtiges Schloss.«

»Für mich klingt das nach einer perfekten Partie.«

»Das hat es für mich auch getan. Bis ...« Ich stockte.

»Bis?«, half Hanna nach.

»Bis mir jemand anderes den Kopf gewaschen hat.« Ich dachte an das fröhliche Strahlen in Haralds Augen, als er mir das Wasser ins Gesicht spritzte, und musste unwillkürlich lächeln.

»Wie bitte? Kannst du dich deutlicher ausdrücken? Ich verstehe kein Wort.«

»Es geht um den Typen, der mich neulich im Garten mit dem Wasserschlauch erwischt hat.«

»Ach, der! Gratuliere, dann scheinst du dir inzwischen – anders als bei unserem letzten Gespräch – zumindest sicher zu sein, dass es ein Mann ist.«

»Oh, ja!«

»Wer ist es?«

»Du kennst ihn nicht.«

»Wer ist es?«, wiederholte Hanna störrisch.

»Harald.« Allein schon die Erwähnung seines Namens verursachte mir Herzklopfen.

»Wer ist Harald?«

»Ich sagte doch, du kennst ihn nicht.«

»Dann beschreib ihn mir!«

Ich überlegte für einen Moment. »Eigentlich ist er das genaue Gegenteil von Raphael. Schlecht rasiert, frech, unfreundlich und dann auch noch besser in Mathe als ich selbst.«

»Ups, das klingt nicht gut.«

»Ich weiß. Unsympathisch, oder?«

»Das meine ich nicht.« Sie lachte leise. »Wenn er dich trotz dieser Fehler interessiert, dann ist das viel ernster als die Sache, die du mit dem perfekten Raphael laufen hast.«

»Ich habe überhaupt nichts laufen.«

»Ach, immer noch nicht? Ich habe mich gar nicht zu fragen getraut.«

»Hanna!«

»Schon gut.« Sie machte eine kleine Pause. »Irgendwann wirst du dich entscheiden müssen.«

»Was gibt es da zu überlegen? Jeder Mann würde gegen Raphael verlieren.«

»Und warum rufst du mich dann in aller Herrgottsfrühe an?«

»Vielleicht wollte ich genau das von dir hören.«

»Ich werde dir weder zu dem einen noch zu dem anderen raten, Theresa. Das musst du ganz allein entscheiden.«

»Sehr hilfreich.«

»Was hast du erwartet?«, verteidigte sie sich. »Ich bin tausende von Kilometern von dir entfernt und kenne diesen Harald überhaupt nicht.«

»Und wenn du mir einen Rat geben müsstest? Nur mit dem Wissen, das du hast? Was würdest du sagen?«

»Ganz ehrlich?«

»Ganz ehrlich!«

»Komm endlich mit Raphael zur Sache. Wenn der Sex mit ihm so gut ist wie der Rest, dann brauchst du den anderen Typen nicht. Wenn du aber auch nur die geringsten Zweifel dabei verspürst, dann ...« Sie machte eine Pause.

»Was dann?«

»Dann solltest du diesem Harald einen Rasierapparat schenken und überlegen, ob du damit leben kannst, nicht mehr das einzige Mathe-Genie in der Familie zu sein.«

Ich überging ihre letzte Bemerkung. »Meinst du wirklich, dass ich mit Raphael Sex haben sollte?«

»Was ist denn das für eine blöde Frage?«

»Okay.« Ich seufzte. »Vielleicht hast du ja recht.«

Ich dachte immer noch über Hannas Rat nach, als ich eine halbe Stunde später mit einer Tasse Kaffee am Küchentisch saß. Wie schon am Freitagabend, so hatte ich auch diesmal die Füße in Franz-Ferdinands Bauchfalten gesteckt. Der Hund lag zusammengerollt zu meinen Füßen und schnarchte laut. Dem armen Kerl hatte ich in der Nacht wohl nicht viel Ruhe gegönnt. Aber wenn ich mich schon mit einem Hund um den Platz auf dem Sofa stritt, wie eng würde es dann mit einem Mann werden? Und überhaupt – wie sollte ich es anstellen, ihn zu verführen? Bislang hatte er meine Versuche sanft, aber entschieden zurückgewiesen.

»Das wird schwierig werden«, flüsterte ich deprimiert und kraulte Franz-Ferdinand zärtlich über den Rücken. Zumindest hatte das Problem einen Vorteil: Es lenkte mich von der Frage ab, wie viel Harald mir tatsächlich bedeutete. Darüber wollte ich lieber nicht nachdenken.

»Guten Morgen!« Fröhlich betrat meine Mutter die Küche und blieb vor dem Tisch stehen.

»Guten Morgen!«

»Wie war das Grillfest?«

»Schön.«

»Wann warst du wieder zu Hause? Ich habe dich gar nicht kommen hören.«

»Gegen Mitternacht. Und ich bin extra leise gewesen, um dich nicht aufzuwecken.«

»Lieb von dir!«

»Wie war dein Kurs?«

»Sehr interessant.« Sie goss sich einen Kaffee ein und ließ sich neben mir auf einen Stuhl sinken. »Ich bin jetzt Expertin für den richtigen Umgang mit dem Internet.«

»Das kann nie schaden.«

»Dein Vater wird staunen, wenn er sieht, wie gut ich mit dem Computer zurechtkomme.«

»Bestimmt.« Hoffentlich würde sie ihm das bald mal demonstrieren!

Mutter lächelte zufrieden und tätschelte meine Hand. »Übrigens werde ich gleich meine Sachen packen und nach Hause zurückkehren.«

Ich verschluckte mich am Kaffee. »Was hast du gesagt?«, fragte ich hustend. So schnell hatte ich nicht mit der Erfüllung meines Wunsches gerechnet.

»Ich gehe nach Hause«, wiederholte sie. »Dein Vater hat mir vorhin am Handy berichtet, dass ihr mit den meisten Arbeiten fertig seid. Jetzt fehlen wohl nur noch ein paar Kleinigkeiten und ein ordentlicher Großputz, und den übernehme ich selbstverständlich allein. Dein Vater holt mich in einer Stunde ab.«

Sie wollte tatsächlich nach Hause! Ich konnte es kaum glauben. »Woher kommt der plötzliche Meinungsumschwung?«

»Ach, Kind ...« Sie seufzte und strich mir über die Haare.

»Ich habe dich lange genug belästigt und dir ganz schön viel zugemutet. Das muss ein Ende haben.«

»Ist dir das plötzlich eingefallen?«

»Ja, sozusagen über Nacht.«

»Hast du schlecht geschlafen?«

Sie runzelte die Stirn. »Eigentlich nicht. Ich hatte nur einen sehr merkwürdigen Traum. Ich glaube, ich bin Adam und Eva begegnet.«

Ich verschluckte mich erneut. Dieses Mal tropfte Kaffee auf mein Nachthemd und verursachte braune Flecken. »Meinst du die beiden Leute aus dem Paradies?«, fragte ich, während ich an den Flecken herumwischte.

»Genau die beiden«, bestätigte meine Mutter und holte einen Lappen aus der Spüle. Während sie vorsichtig an meinem Nachthemd tupfte, begann sie zu erzählen. »Es war sehr eigenartig. Ich saß allein auf einer Bank im Schlosspark, als die beiden auf einmal erschienen und sich zu mir setzten, Adam rechts und Eva links von mir.«

»Woher wusstest du, dass es Adam und Eva waren? Trugen sie ein Feigenblatt?« Ich hatte Mühe, ein Grinsen zu verbergen.

Mutter zuckte mit den Schultern. »Sie waren korrekt gekleidet, aber ich wusste es einfach.«

»Und dann?«

»Dann hat Eva angefangen, mir ins Gewissen zu reden. Es sei egoistisch von mir, dich so in Beschlag zu nehmen. Ich solle mich nicht so in dein Leben drängen.«

»Hm.« Endlich mal eine Eva, die mir auf Anhieb sympathisch war!

»Sie riet mir, nach Hause zurückzukehren und dich in Ruhe zu lassen, damit du endlich mehr Zeit allein mit Raphael verbringen kannst.«

»Oh, wie praktisch. Sie kannte nicht nur dich, sondern auch gleich die ganze Familie mit allen ihren Problemen.«

Meine Mutter lachte. »So ist es. Und sie war wirklich überzeugend.«

»Hat Adam auch etwas gesagt, oder saß er nur stumm daneben?«

»Er hat sich erst eingemischt, als Eva mir erzählte, dass dein Vater mich sehr vermisst. Er war wohl der Meinung, dass das nicht zwangsläufig so sein muss.«

»Und dann?«

»Dann haben die beiden angefangen, sich schrecklich zu streiten.«

»Auf einer Bank im Schlosspark? Worüber?«

»Ach, über alles Mögliche, worüber man sich streiten kann, wenn man schon sehr lange miteinander verheiratet ist. Über Kindererziehung, schlechte Angewohnheiten und mangelndes Verständnis zum Beispiel.«

»Ups«, murmelte ich amüsiert. »Streit im Paradies.«

»Es ist doch nur menschlich und irgendwie beruhigend, dass es ihnen nicht anders geht als uns.« Meine Mutter legte den Lappen zurück in die Spüle.

»Und was passierte dann?«

»Irgendwann war ich ihr Gezanke leid und bat sie, damit aufzuhören. Sie waren verblüfft, dass ich sie beim Streiten störte. Anscheinend sind sie es nicht gewohnt, dass ihnen jemand die Meinung sagt.«

»Du hast ihnen wirklich die Meinung gesagt?«

»Ja. Ich habe ihnen dringend nahegelegt, etwas entspannter zu sein. Wenn man schon so lange zusammen ist, lohnt es sich nicht, wegen jeder Bagatelle gleich in die Luft zu gehen. Das endet nur in einem nervenaufreibenden Kleinkrieg, der Tag für Tag ausgetragen wird und keinen richtig glücklich macht.«

»Haben sie darüber nachgedacht?«

»Ich weiß es nicht. Aber sie haben mich erstaunt angesehen und zumindest bis zum Ende meines Traums keinen Ton mehr gesagt.«

Meine Mutter als Eheberaterin für Adam und Eva! Ich schmunzelte. »Und? Habt ihr euch für heute Nacht wieder auf der Bank verabredet? Es scheint ja einiges an Gesprächsbedarf zwischen euch zu geben.«

»Natürlich nicht! Kurz danach erschien nämlich eine wunderschöne Frau mit einem Schleier und sagte so etwas Ähnliches wie: ›Wo bleibt ihr denn? Nun kommt schon! Das war lange genug, sonst wird sie noch misstrauisch‹.«

»Das verstehe ich nicht.«

»Ich auch nicht.« Mutter runzelte die Stirn. »Aber ich habe es aufgegeben, darüber nachzudenken. Schließlich war es ja nur ein Traum.«

»Hat sich die Frau mit dem Schleier auch auf die Bank gesetzt?«

»Nein. Sie hob die Hand, und auf einmal waren alle weg.«

»Das ist wirklich eigenartig.« Aber solange es meine Mutter nicht nur zum Nachdenken, sondern sogar zum Gehen bewegte, war mir jeder Traum recht.

»Genug von mir«, sagte sie. »Was machst du heute? Bist du bei uns?«

»Nein. Papa hat uns heute frei gegeben.«

»Wie schön! Kommt Raphael vorbei?«

»Ich denke schon. Allerdings weiß ich nicht genau, wann. Er kann mich nicht anrufen, weil ich gestern sein Handy eingesteckt habe.«

»Hat er keine Festnetznummer?«

»Keine Ahnung. Bislang haben wir nur über Handy miteinander telefoniert.«

Meine Mutter schüttelte den Kopf. »Die Abhängigkeit von diesen Mobiltelefonen gefällt mir nicht. Wohin soll das noch führen?«

»Mama!«

»Ist ja schon gut. Ich weiß, die Zeiten haben sich geändert, und ich muss das akzeptieren.«

»Du solltest öfter von Adam und Eva träumen. Das bekommt dir.«

»Ich tue mein Möglichstes.« Sie schmunzelte. »So, jetzt muss ich duschen. Ich bin schon spät dran.« Leise pfeifend ging sie ins Badezimmer.

Erstaunt sah ich ihr nach, bis sie die Tür zum Bad verschloss, nicht ohne mir vorher noch einmal fröhlich zu winken. Ihre gute Laune und ihr plötzliches Verständnis waren mir unheimlich. Andererseits kam mir ihr Auszug gerade heute sehr gelegen. Ich goss mir noch einen Kaffee ein, setzte mich auf den Boden zu Franz-Ferdinand und streichelte ihn ausgiebig im Nacken, wo er es am liebsten hatte.

»So schnell können sich Probleme in Luft auflösen«, flüsterte ich ihm zu. »Heute Nachmittag habe ich sturmfreie Bude!«

Raphael kam gegen vier Uhr, genau in dem Moment, als draußen ein fürchterliches Gewitter losbrach. Atemlos stand er in der Tür und wischte sich den Regen aus dem Gesicht. Selbst triefend nass sah er noch aus wie ein junger Gott. In seinen Haaren fingen sich feine Regentropfen, seine Haut glänzte und das feuchte Hemd klebte an seiner Brust.

»Komm schnell rein!« Ich zog ihn in die Wohnung und fuhr ihm mit meiner Hand durch die Haare. »Brauchst du ein Handtuch?«

Er schüttelte den Kopf.

»Warum hast du nicht im Auto gewartet, bis das Gewitter fort ist?«

»Das ging nicht. Dieses verdammte Verdeck hat beim Ausfahren geklemmt, und ich musste es manuell hochklappen.«

»Wie ärgerlich.«

»Ich sollte dringend so einen Kurs belegen, bei dem man etwas über Autos lernt.« Er legte seinen Pulli zur Seite und sah sich suchend um. »Wo ist deine Mutter?«

»Sie ist wieder zu Hause.«

»Habt ihr euch gestritten?«

»Nein, im Gegenteil. Sie ist freiwillig gegangen.«

»So plötzlich?«

»Sie hatte wohl eine Art Erscheinung.«

Raphael war schon auf dem Weg ins Wohnzimmer gewesen, blieb aber bei meinen letzten Worten wie angewurzelt stehen. »Eine Erscheinung?«, wiederholte er verblüfft.

»Ihr sind im Traum Adam und Eva erschienen und haben ihr ins Gewissen geredet. Ist das nicht lustig?«

»Hm.« Er schien darüber nicht lachen zu können, sondern machte ein besorgtes Gesicht.

»Keine Panik, so etwas ist nicht erblich.« Ich gab ihm einen tröstenden Kuss auf die Wange. Dann holte ich sein Handy und die kleine Tüte mit dem verbogenen Ring aus meiner Tasche. »Hier, deine Sachen.«

»Mein Telefon!« Erleichtert nahm er das Handy entgegen und schaltete es ein. Die Tüte mit dem Ring steckte er achtlos in seine Hosentasche. »Entschuldigst du mich für einen Moment? Ich muss dringend meine SMS lesen.«

»Kein Problem.« Ich schob ihn ins Wohnzimmer, während er bereits dabei war, geistesabwesend auf den Tasten seines Telefons herumzudrücken.

Dann machte ich mich auf den Weg in die Küche. Es war zwar erst früher Nachmittag, aber ein Glas Champagner würde die Stimmung aufheitern und vielleicht ein paar Hemmungen lösen. Außerdem stand die Flasche von letzter Woche immer noch ungeöffnet im Kühlschrank.

Mit einem lauten »Plopp« löste sich der Korken, und

gleich darauf perlte das eiskalte Getränk in die Gläser. Vorsichtig probierte ich einen kleinen Schluck und genoss das prickelnde Gefühl auf der Zunge.

»Auf Raphael«, flüsterte ich und nippte erneut am Glas. »Und auf uns.« Der belebende Geschmack in meinem Mund verstärkte sich. Das tat gut! Und weil aller guten Dinge drei sind, nahm ich noch einen letzten Schluck. »Und kein Gedanke an Harald«, gelobte ich feierlich.

Nach dieser Aktion fühlte ich mich gut vorbereitet auf meine nächsten Schritte. Beschwingt eilte ich mit dem Champagner ins Wohnzimmer, wo Raphael inzwischen sein Telefon zur Seite gelegt hatte und mir lächelnd entgegenblickte.

Ich reichte ihm sein Glas. »Und? Alles in Ordnung bei Gabriel und Eva?«

»Ja.«

»Sind sie noch in Südamerika?«

»Nein. Sie sind wieder zu Hause.«

Er machte eine Handbewegung, als ob er die Gedanken an seine Verwandtschaft verscheuchen wollte, und sah mich erwartungsvoll an. »Und? Was machen wir jetzt?«

»Hm.« Ich hatte sehr konkrete Vorstellungen. Aber wenn ich ihm das direkt ins Gesicht sagte, würde er die Flucht ergreifen, so gut kannte ich ihn inzwischen. Deshalb zuckte ich zunächst einmal mit den Schultern. »Lass uns ein Glas Champagner darauf trinken, dass wir endlich einmal länger als ein bis zwei Stunden ungestört sein können.«

»Letzte Woche im Schloss waren wir auch länger als ein bis zwei Stunden ungestört«, widersprach er.

Ich schüttelte den Kopf. »Das zählt aber nicht, weil ich dabei fast erstickt wäre.«

»Also gut.« Er hob sein Glas und prostete mir zu. »Trinken wir auf diesen schönen Augenblick. Und natürlich auf dich!«

»Auf uns«, korrigierte ich.

»Bist du gestern gut nach Hause gekommen?«, fragte er.
»Ja.«
»Ich hätte dich nicht allein lassen sollen«, fuhr Raphael fort und machte ein schuldbewusstes Gesicht. »Jetzt habe ich ein richtig schlechtes Gewissen, dass ich mich gestern Abend zu wenig um dich gekümmert habe.«

»Das brauchst du nicht«, murmelte ich und dachte flüchtig daran, dass Harald diese Aufgabe nur zu gern übernommen hatte. Aber dies war nicht der Moment, sich darüber Gedanken zu machen, deshalb schob ich die Erinnerung energisch beiseite.

Raphael nahm mir den Champagner ab, stellte die Gläser auf den Tisch und zog mich aufs Sofa. Dort legte er den Arm um mich. »Jetzt bin ich Gott sei Dank wieder bei dir und lasse dich auch so schnell nicht los«, flüsterte er mir ins Ohr.

Ich schluckte. Vielleicht wurde das mit dem Verführen viel leichter als erwartet! Vorsichtig rückte ich noch ein Stück näher an ihn heran und legte meine Hand auf sein Hemd. »Du bist immer noch ganz nass.«

»Das macht nichts.«

»Frierst du?«

»Nein, eigentlich nicht.«

»Macht nichts, ich werde dich trotzdem wärmen.« Langsam strichen meine Finger die Knopfleiste seines Hemdes.

»Das tut gut.« Er lächelte, anscheinend immer noch vollkommen ahnungslos.

»Gleich wird es noch besser«, versprach ich und drückte ihn tiefer in die geblümten Kissen. Er ließ es geschehen und umfing mich mit seinen Armen.

Das war doch schon mal vielversprechend! Doch ich hatte mich zu früh gefreut. »Theresa?«, murmelte er zwischen zwei Küssen.

»Ja?«

»Was tust du da?«

»Wonach fühlt es sich an?«

»Willst du das tun, was ich glaube, das du tun möchtest?«, fragte er mit unsicherer Stimme.

Ich beschloss, seine Anspannung zu ignorieren. Schließlich war ich selbst auch ziemlich nervös. »Was glaubst du denn, was ich tun möchte?«

»Ich weiß nicht, ob das eine gute Idee ist«, sagte er, während ich ihm das Hemd aufknöpfte.

»Warum nicht? Wir haben den ganzen Nachmittag Zeit.«

»Ich hätte ein paar andere Vorschläge ...«

»Ich auch!« Ich küsste ihn. »Aber ich finde, dass dies die beste Idee von allen ist.«

»Na ja, ich ... ich weiß nicht«, stotterte er wieder.

»Warum nicht?«

»Ich bin auf diesem Gebiet nicht sehr erfahren.«

»Solange du weißt, wie es geht, reicht es«, scherzte ich und öffnete ungeduldig den letzten Knopf seines Hemdes.

Er packte mein Handgelenk. »Ehrlich gesagt weiß ich das gar nicht.«

»Was soll das heißen?« Alarmiert hob ich den Kopf.

»Ich habe noch nie ...«, begann er.

»Noch nie?«

»Nein!«

Ich schluckte. »Du meinst, du bist noch Jungfrau.«

»Sozusagen, ja.«

O Mann! Warum musste das ausgerechnet mir passieren?

»Bist du dir absolut sicher?«

Er nickte.

Ich krabbelte mühsam vom Sofa und begann aufgebracht im Zimmer hin und her zu laufen, während er mit offenem Hemd zwischen den Kissen lehnte und mich ängstlich beobachtete.

»Ich bin selbst nicht besonders erfahren, weißt du?« Außer Lukas hatte es in meinem Leben nur zwei andere Männer gegeben, mit denen ich im Bett gelandet war.

Er blickte überrascht auf. »Soll das heißen, du hast Erfahrung auf diesem Gebiet?«

Ich nickte. »Natürlich.«

»Das wusste ich nicht«, murmelte er und verzog nun seinerseits nachdenklich die Stirn.

»Ich bin immerhin achtunddreißig Jahre alt. Was hast du denn gedacht?«

Er schwang seine Beine vom Sofa und setzte sich aufrecht hin. »Mir wurde immer gesagt, dass man mit dem Sex bis zur Ehe warten muss.«

Ich lachte. »Wo steht das denn geschrieben?«

»In der Bibel.«

»Meinst du das ernst?« Er nickte.

»Ich habe das während meiner Ausbildung gehört.«

»Und was für eine Schule war das? Eine Klosterschule?«

»So etwas in der Art.«

»Und deine Familie? Lebt die auch nach diesem Grundsatz?«

»Ja. Ausnahmslos.«

»Die Armen!«

»Bislang haben sie sich nie beschwert.«

Was waren denn das für Leute? »Sag mal, du bist nicht zufällig Mitglied einer Sekte oder so?«

»Natürlich nicht.« Entrüstet sah er mich an.

»Okay.« Ich seufzte resigniert. »Aber du musst doch mitbekommen haben, dass es heute anders läuft. Ich meine – du warst im Personenschutz tätig. Hörte dieser Schutz etwa an der Schlafzimmertür auf?«

»Selbstverständlich!«, entgegnete Raphael. »Ich kann natürlich nicht für meine Kollegen sprechen, aber ich habe immer draußen gewartet, wenn es zu Intimitäten gekommen ist.«

»Das beruhigt mich.« Zumindest war er kein Spanner!

»Das heißt aber nicht, dass ich es gebilligt habe«, fügte er widerstrebend hinzu.

»Warst du denn nie verliebt?«

»Nein. Bis vor ein paar Tagen nicht.«

»Oh.« Anscheinend war ich tatsächlich seine erste Frau. War das zu glauben? Ich atmete tief durch und kehrte langsam zum Sofa zurück. »Was machen wir denn jetzt?«

»Ich weiß es nicht.« Er brachte ein schiefes Grinsen zustande. »Tut mir leid.«

»Ist schon gut.« Wie er so dasaß, mit offenem Hemd und leicht zerknirschtem Gesichtsausdruck, konnte ich ihm nicht länger böse sein. Was hatte er denn schon verbrochen? Genau genommen gar nichts. Nicht ein einziges Mal.

»Weißt du …«, begann ich und setzte mich wieder zu ihm. Vorsichtig streichelte ich mit meinen Fingern über seine gut trainierten Bauchmuskeln. »Die Bibel ist zweitausend Jahre alt. Manche Dinge haben sich seitdem geändert.«

»Wirklich?«, flüsterte er und erschauerte leicht.

»Ja.« Langsam streifte ich ihm das Hemd vom Körper und ließ es auf den Boden sinken. »Wir wohnen ja auch nicht mehr in Lehmhütten oder reiten auf Eseln.«

»Interessantes Argument.« Er legte seine Hände um meine Taille und ließ sie langsam höher wandern.

»Und die Kreuzigungen haben wir auch abgeschafft«, murmelte ich zwischen zwei Küssen. »Außerdem leben die Menschen heute viel länger als damals. Warum sollen sie nicht auch ein bisschen mehr Spaß haben?«

»Ich glaube, ich bin absolut deiner Meinung«, flüsterte Raphael und erwiderte den nächsten Kuss leidenschaftlich. »Zum Teufel mit den alten Regeln!«

»Du lernst schnell«, grunzte ich zufrieden. Doch gerade, als ich seine Hände unter mein T-Shirt schieben wollte, klingelte sein Handy mit einem lauten »Glory, Glory, Halleluja!«

»Du hast eine SMS bekommen«, bemerkte ich atemlos.

»Die kann ich später lesen«, nuschelte er und begann mich am Hals zu küssen.

»›Glory, Glory‹ ist dein Opa.« Ich rückte ein Stück von ihm ab, um ihm in die Augen sehen zu können.

»Mein Opa? Ach so, ja … Gabriel.« Offensichtlich hatte ich ihn ziemlich durcheinandergebracht. »Der kann heute mal warten.«

»Was ist, wenn er deine Hilfe braucht? Wenn ihm etwas passiert ist?«

»Wieso sollte ihm etwas passiert sein?«

»Der Mann ist über achtzig.«

»Er wird gut betreut.« Damit zog Raphael mich wieder zu sich und erstickte weitere Argumente mit einem Kuss. Ich gab nur zu gern nach, schließlich wusste er sicherlich besser als ich, wie er seinen Großvater zu behandeln hatte.

Doch kaum waren seine Hände unter meinem T-Shirt angelangt, ertönte »Glory, Glory, Halleluja!« ein zweites Mal.

»Dein Opa kann aber schnell tippen«, wunderte ich mich. »Es scheint mir doch etwas Dringendes zu sein.«

»Wehe, wenn nicht!« Raphael erhob sich und überflog beide Nachrichten. Nachdenklich kaute er dann auf seiner Unterlippe herum.

»Ist es was Ernstes?«, fragte ich vorsichtig.

Er schüttelte ratlos den Kopf. »Das nicht, aber …«

In diesem Moment ging das Handy mit »Mission Impossible« von Neuem los.

»Na toll, die hat gerade noch gefehlt«, murmelte ich und verschränkte meine Arme vor der Brust. »Welchen Tipp hat sie denn heute für dich?«

Er las die SMS, schob das Telefon in die Hosentasche und kratzte sich nachdenklich am Kinn. »Keinen sehr nützlichen. Jetzt bin ich endgültig verwirrt.«

»Kann ich dir irgendwie helfen? Ich bin gut im Analysieren von Problemen.«

»Du hast noch ganz andere Qualitäten«, lächelte er und strich mir liebevoll, aber leicht abwesend über das Gesicht.

Ich brummelte unzufrieden. Die leidenschaftliche Stimmung war dahin. »Willst du mir sagen, worum es geht?«

Er zuckte mit den Schultern. »Es ist ein geschäftliches Problem. Eva will die Grundsätze unserer Firma ändern, Gabriel ist strikt dagegen, und jetzt regen sich die beiden fürchterlich auf.«

»Und warum müssen sie dich damit reinziehen? Können sie ihre Probleme nicht allein lösen?«

»Nein.« Raphael zögerte, bevor er weitersprach. »Letztendlich kommt es auf mich und meine Entscheidung an.«

»Das verstehe ich nicht.«

»Das musst du auch nicht verstehen. Das ist Firmenpolitik.« Er hob sein Hemd vom Boden auf und legte es zum Trocknen über einen Stuhl.

»Und bis wann musst du dich entscheiden?«

»Ich fürchte, schon sehr bald.«

»Willst du lieber nach Hause fahren und nachdenken?«, schlug ich vor.

»Auf keinen Fall.« Er schüttelte heftig mit dem Kopf, und mir wurde warm ums Herz. Ich war ihm wichtiger als diese blöde Firma!

Leider hatte ich mich jedoch zu früh gefreut.

»Nein, nachdenken kann ich heute Nacht noch«, sagte er nämlich und blickte auf seine goldene Armbanduhr. »Jetzt habe ich Besseres zu tun. Zuerst bin ich bei dir, und um sechs Uhr gehe ich zu Manfred.«

»Manfred?«, wiederholte ich überrascht. »Mein Onkel Manfred? Was willst du denn bei dem?«

»Wir sind zum Pokern verabredet. Hast du das gestern Abend nicht gehört?«

»Äh ... weiß nicht.« Lieber nicht an gestern Abend denken! Da hatte ich viel zu viel gehört.

»Manfreds Frau geht zum Kegeln, und er hat alle seine Kumpel zum Kartenspielen eingeladen.«

Jetzt bezeichnete er sich schon als »Kumpel« von Onkel Manfred! »Ich weiß nicht, ob mir das gefällt.«

»Warum nicht? Sei doch froh, dass ich mich so gut mit deiner Familie verstehe.«

»Onkel Manfred ist eigentlich gar nicht mein richtiger Onkel. Ich nenne ihn nur so.«

»Dein Vater wird auch dabei sein. Wir haben verabredet, dass ich ihn mit dem Wagen abhole.«

»Na, dann kann ich ja wohl schlecht etwas dagegen haben«, murmelte ich mürrisch.

»Bist du sauer?«

»Nein. Nur ein wenig enttäuscht.«

»Wir haben ja noch zwei Stunden für uns.« Er setzte sich wieder zu mir auf das Sofa. »Was möchtest du unternehmen?«

»Bei dem Wetter?« Ich deutete auf das Fenster, auf dessen Scheibe sich dicke Regentropfen sammelten. Und noch immer zogen draußen dunkle Wolken auf.

Raphael war meinem Blick gefolgt. »Wir können auch gern hierbleiben.«

»Und dann?«, frage ich spöttisch. Heute würde ich sicherlich keinen weiteren Verführungsversuch starten. »Sollen wir etwa Champagner trinken und eine DVD gucken?«

»Warum denn nicht?« Er schien meine Frage tatsächlich ernst zu nehmen. »Hast du welche da? Seit letzten Freitag mag ich schöne und ergreifende Liebesgeschichten.«

»Hm.« Ich überlegte. Eigentlich war die Idee gar nicht so abwegig. Nach dem Trubel der letzten Woche würden mir ein paar Stunden Ruhe bestimmt gut tun. Besonders dann, wenn Raphael bei mir war. Und wenn es schon mit der Leidenschaft heute nichts mehr wurde, so konnten wir uns doch wenigstens nebeneinander auf das Sofa kuscheln. »Kennst du ›Titanic‹?«

Er schüttelte den Kopf.

»Fein, dann gucken wir das.« Ich hatte mir zwar den Verlauf des Nachmittags anders ausgemalt, aber jetzt musste ich das Beste daraus machen. »Ich glaube, ich habe sogar noch Popcorn und Chips im Haus.«

Eilig sprang ich auf, stellte die Knabbersachen bereit und legte Raphael danach eine Decke um die Schultern. Fragend sah er mich an. Ich gab ihm einen Kuss auf die Wange und grinste. »Die Decke muss unbedingt dort bleiben, sonst kann ich mich nicht auf den Film konzentrieren! Gegen deine Bauchmuskeln hat nämlich nicht einmal Leo eine Chance, auch wenn er noch so schön ertrinkt.«

11

»Ich werde nie wieder etwas mit einem Mann anfangen!«
Mit rotgeweinten Augen saß Steffi am Montagmorgen in unserem Pausenraum und zerrupfte ihr Papiertaschentuch.

»Natürlich nicht«, versicherte ich ihr jetzt wohl schon zum fünften Mal und streichelte ihr beruhigend über den Arm.

»Ab jetzt lebe ich allein.« Sie schniefte und holte sich ein neues Taschentuch aus der Packung, ohne auf die zerbröselten Fetzen zu achten, die vor ihr auf dem Boden lagen.

»Ja, tu das!« Ich war dazu übergegangen, ihr in allem zuzustimmen, weil das ihren Tränenfluss am ehesten zum Versiegen brachte.

»Dein Bruder ist der gemeinste Kerl, den ich kenne«, flüsterte sie und schnäuzte sich in das Taschentuch.

»Oh, ja!« Dieses Mal kam meine Zustimmung aus tiefstem Herzen.

»Und ich dumme Kuh dachte, dass das Kartoffelschälen nur ein Vorwand war, als er mich am Samstagabend anrief. Von wegen!«

»Der kann was erleben.« Wütend presste ich die Lippen zusammen. Dieses Mal war Sebastian zu weit gegangen. Soviel ich bislang Steffis geschluchzten Worten entnehmen konnte, hatte er sie am Samstagabend tatsächlich angerufen und um Hilfe gebeten. Steffi hatte hocherfreut zugesagt und war völlig ahnungslos zu ihm gefahren.

»Er hat mir weisgemacht, dass das Essen für seinen Chef und dessen Frau sein sollte und dass ich seine einzige Rettung sei. Seine einzige Rettung – dass ich nicht lache!« Sie brachte ein paar Geräusche zustande, die eher wie ein verzweifeltes Schluchzen klangen, und vergrub ihr Gesicht im Taschentuch.

»Bist du nicht misstrauisch geworden, dass nur eine Frau kam und kein Mann?«

»Nein. Ich habe es zunächst gar nicht mitbekommen. Eigentlich hätte ich zu dem Zeitpunkt schon längst wieder fort sein sollen, aber es gab Probleme mit dem Filet, und so bin ich noch geblieben und habe das Fleisch überwacht. Ich musste ihm versprechen, ganz leise zu sein und möglichst unauffällig zu gehen.«

»Und das kam dir nicht seltsam vor?«

»Eigentlich nicht.« Steffi trocknete ihre Tränen. »Ich fand es sogar ganz süß, dass er vor seinem Chef mit einem tollen Abendessen glänzen wollte. Es war aufregend, dass wir ein Geheimnis miteinander hatten. Und außerdem ...« Ihre Stimme versagte wieder, und die Hände zerfetzten das nächste Papiertuch.

»Was außerdem?«

»Außerdem hatte ich nicht den geringsten Anlass, eine andere Frau zu fürchten. Im Gegenteil!«

»Warum nicht?«

»Wir ... wir sind uns in seiner Küche nähergekommen«, gab sie mit leiser Stimme zu.

O Gott, das war schlimmer als befürchtet! »Wie nahe?«

»Wir haben uns geküsst.« Die Erinnerung an diese Zärtlichkeit löste einen neuen Tränenausbruch aus.

»Hier.« Ich gab ihr ein weiteres Taschentuch.

»Weißt du, was das Schlimmste ist?«, fragte sie.

»Nun, das ist eine schwere Entscheidung.« Ich fand die

ganze Geschichte schrecklich und wollte mich nur ungern auf ein Detail festlegen.

»Das Schlimmste ist, dass diese Frau genauso aussieht wie ich!« Steffis Stimme hatte einen hysterischen Tonfall angenommen.

»Woher weißt du das? Seid ihr euch trotz seiner Vorsichtsmaßnahmen begegnet?«

»Es war reiner Zufall. Als ich es klingeln hörte, habe ich die Küchentür geschlossen, damit mich keiner sieht.« Ihre Augen füllten sich erneut mit Tränen, doch sie sprach weiter. »Dann war das Essen fertig, und ich wollte unbemerkt durch die Haustür hinausschlüpfen. Doch da standen sie im Flur und haben sich leidenschaftlich geküsst! Und natürlich war vom Chef weit und breit keine Spur.«

»Arme Steffi! Wie hast du reagiert?«

»Ich bin hinausgelaufen und habe die Tür hinter mir zugeknallt.«

»Ist er dir nachgekommen?«

»Natürlich nicht.«

»Dieser Mistkerl«, knurrte ich.

»Diese Schlange!«, korrigierte sie mich. »Rothaarig, schlank und sportlich. Was hat sie, das ich nicht habe?« Sie legte ihren Kopf in die Hände und wimmerte leise vor sich hin.

»Gar nichts.« Ich nahm sie in den Arm und wiegte sie tröstend hin und her. »Ich kenne ein paar von Sebastians Ex-Freundinnen. Du bist mit Sicherheit sympathischer, intelligenter und warmherziger als alle zusammen.«

»Aber was nutzt mir das? Überhaupt nichts!«

»Das stimmt nicht. Er ist nur einfach nicht der richtige Mann für dich«, widersprach ich.

»Zum Teufel mit dem Traummann!« Sie griff nach der Frauenzeitung, die immer noch auf dem Tisch lag, und schlug die Seite mit dem Bericht über Traummänner auf. »... geben neunzig Prozent der ledigen weiblichen Bevölkerung zu, einen Traummann im Kopf zu haben, den sie auch im wahren Leben zu finden hoffen. Die Realität sieht leider anders aus«, zitierte sie und klopfte wie wild mit ihrem Zeigefinger auf dem Bericht herum. »Wie wahr!«

Ich biss mir auf die Zunge, um nicht laut zuzustimmen. Auch ich hatte gedacht, meinen Traummann gefunden zu haben. Und jetzt? Sicher, Raphael war immer noch vollkommen und entsprach genau meinen Vorstellungen. Doch irgendetwas fehlte ihm. Irgendetwas, das ich nicht einmal in Worte fassen konnte. Aber war das von Bedeutung, wenn der Rest perfekt war? Ich schüttelte unwillig den Kopf.

Steffi verstand meine Geste falsch. »Ja, du hast es gut! Kein Wunder, dass du mir nicht zustimmst. Raphael ist völlig anders. Du bist zu beneiden.« Sie lachte bitter.

War ich das? Momentan fand ich meine Situation eher bemitleidenswert. Selbst das junge Paar auf der sinkenden Titanic hatte gestern in nur einem kurzen Moment mehr Leidenschaft erlebt als Raphael und ich zusammengezählt in den letzten Wochen. Und das, obwohl wir die ganze Zeit nebeneinander auf dem Sofa gesessen und dem Schiff beim Untergang zugesehen hatten. Doch außer Händchenhalten bei den besonders traurigen Stellen war nichts passiert, und zum Schluss musste ich sogar einige Passagen vorspulen, damit Raphael noch das Ende des Films mit ansehen konnte, bevor er zu Onkel Manfred aufbrach.

Nein, ich war nicht zu beneiden. Doch verglichen mit Steffis Situation waren meine Probleme luxuriös. Und immerhin konnte ich Steffi helfen. Kurz entschlossen kramte ich mein Handy aus der Tasche.

Steffi beobachtete mich misstrauisch. »Was machst du da?«

»Ich rufe Sebastian an. Er soll herkommen und sich bei dir entschuldigen.«

»Bist du wahnsinnig?« Sie sprang auf. »Willst du mich bloßstellen?«

»Nein, nicht dich, sondern ihn. Er soll wissen, dass er zu weit gegangen ist.«

»Aber ich kann ihm unmöglich in die Augen sehen!«

»Doch, das kannst du, und das wirst du. Irgendwann musst du ihm sowieso wieder gegenübertreten. Je eher, desto besser.«

Ich hatte inzwischen Sebastians Nummer gewählt. Er meldete sich nach dem dritten Klingeln. »Hallo, geliebtes Schwesterherz!«

»Du kommst sofort her!«, blaffte ich unfreundlich ins Telefon. »Auf der Stelle!«

»Es ist kurz vor neun Uhr, und gleich beginnt mein Dienst.«

»Meiner auch. Aber ich kann nur mit halber Kraft arbeiten, weil meine Mitarbeiterin heute leider einen Totalausfall darstellt.«

Er seufzte leise. »Steffi?«

»Wer denn sonst? Was hast du dir nur dabei gedacht?«

»Gar nichts.«

»Das hatte ich befürchtet. Jetzt komm endlich her, dann reden wir weiter!« Ich wartete seine Antwort nicht ab, sondern legte das Handy beiseite.

Zehn Minuten später hielt sein schwarzer Dienstwagen vor der Apotheke. Ich dekorierte gerade eines der Schaufenster und konnte deshalb durch die große Scheibe beobachten, wie er tief Luft holte, bevor er ins Geschäft kam.

Suchend drehte er sich um. »Theresa? Steff? Wo seid ihr?«

»Ich habe Steffi eine Runde spazieren geschickt, aber sei unbesorgt – du wirst sie noch zu sehen bekommen. Zuerst will ich allerdings mit dir sprechen.« Ich drückte mich durch den schmalen Spalt zwischen Wand und dem Regal, das den Verkaufsraum vom Schaufenster abtrennte, und ging langsam auf ihn zu.

»Warum guckst du so böse? Du machst mir Angst.« Er trat einen Schritt zurück.

»Das ist auch meine Absicht«, entgegnete ich drohend. »Weil ich dir heute mal richtig die Meinung sagen will. Ich bin viel zu lange ruhig geblieben.«

»Das stimmt nicht. Du erziehst ständig an mir herum.«

»Aber heute meine ich es ernst.« Jetzt war ich bei ihm angelangt. »Du musst aufhören, deine Freunde für deine Zwecke auszunutzen, hörst du? Du darfst nicht jeden mit deinem Charme einwickeln, der nicht rechtzeitig fliehen kann. Du benutzt alle nur, und das ist furchtbar egoistisch.«

»So bin ich gar nicht.«

»Doch, so bist du! Zumindest kommt es bei den Leuten so an.«

Sebastian machte ein betretenes Gesicht, und ich nutzte die Gelegenheit, um ihm weiter ins Gewissen zu reden. »Versetze dich mal in die Lage von Steffi: Sie lässt alles stehen und liegen, um dir in der Küche zu helfen, weil sie glaubt, dass es für dich wichtig ist und dass du sie wirklich brauchst. Vielleicht hat sie sogar gehofft, dass sie dir etwas bedeutet. Und was tust du? Du knutschst vor ihren Augen mit einer anderen Frau. Genau die Frau, für die das Abendessen gedacht ist. Das ist ... das ist einfach unmöglich!«

»Ich weiß, was Steffi für mich getan hat. Und ich hätte sie in den nächsten Tagen bestimmt auch mal zum Essen eingeladen.«

»Wie nett von dir! Wer hätte denn dann die Kartoffeln geschält? Deine Traumfrau Pamela?«

»Ich habe sie nicht absichtlich bloßgestellt«, verteidigte sich Sebastian, ohne auf meine letzten Worte einzugehen.

»Was kann ich dafür, dass sie zufällig mitbekommt, dass ich Anita küsse?«

»Anita heißt sie also? Nun, wie hat es die gute Anita eigentlich aufgenommen, dass eine andere Rothaarige heulend an ihr vorbeigelaufen ist?«

»Nicht gut«, gab Sebastian zu. »Das Abendessen durfte ich allein zu mir nehmen.«

»Das geschieht dir recht!«

»Bist du jetzt fertig?«

»Nein.« Ich schüttelte den Kopf. »Im Grunde habe ich gerade erst angefangen. Aber die Zeit drängt. Du musst zum Dienst, und ich muss das Fenster dekorieren.«

»Wir können gern ein anderes Mal weitermachen«, sagte er mit einem schiefen Grinsen.

»Das werden wir«, versprach ich ihm und deutete nach draußen, wo Steffi gerade von ihrem Spaziergang zurückkam. »Aber jetzt entschuldigst du dich erst einmal.«

»Wird gemacht.«

»Ich bin im Schaufenster und kann jedes Wort hören«, drohte ich ihm. »Wehe, du verletzt sie wieder!«

»Das habe ich nicht vor«, versicherte Sebastian mir und strich sich nervös über die Haare.

Er räusperte sich ein paar Mal und starrte angespannt auf die Eingangstür. Offensichtlich ging ihm die Sache näher, als ich gedacht hatte. Vielleicht war doch noch nicht alles verloren.

Einigermaßen zufrieden kehrte ich ins Schaufenster zurück und warf einen Blick nach draußen. Sebastians Wagen stand genau vor der Apotheke. Meine Augen weiteten sich vor Schreck. Im Auto, auf dem Fahrersitz, bewegte sich eine Person, die ich zweifelsfrei als Harald identifizierte. Verdammt! Ich hätte daran denken sollen, dass die beiden zusammen im Dienst waren.

Harald hatte mich noch nicht bemerkt. Er hatte den Fahrersitz ein Stück nach hinten gerückt und auf dem Lenkrad eine Zeitung aufgeschlagen, die er durch eine schmale Lesebrille studierte. Natürlich war er wieder schlecht rasiert, und sein Hemdkragen schaute verdreht und knittrig aus dem Pulli. Bügelte er seine Sachen nie?

Jetzt verzog sich sein Mund zu einem leichten Schmunzeln. Offensichtlich amüsierte er sich über einen Zeitungsartikel. Ich hätte gern gewusst, welches Thema ihn so heiter stimmte. Ob er über dieselben Dinge lachen konnte wie ich?

Ich war dermaßen in meine eigenen Gedanken versunken, dass ich die Begrüßung zwischen Steffi und Sebastian gar nicht mitbekam. Erst als ich Sebastian sagen hörte: »Es tut mir schrecklich leid, Steff!«, wachte ich wieder auf und machte mich an einer lebensgroßen Pappfigur zu schaffen, die für parfumfreie Sonnencreme warb.

»Ist schon okay«, antwortete Steffi reserviert.

»Nein, das ist es nicht«, widersprach mein Bruder. »Ich habe bewusst in Kauf genommen, dass du verletzt wirst. Das war gemein und selbstsüchtig von mir.«

Stefanie antwortete irgendwas, das an mir vorbeiging, denn in diesem Moment entdeckte mich Harald im Schaufenster und nickte mir zu. Spröde nickte ich zurück und konzentrierte mich wieder auf die Pappfigur, einen muskelbepackten, sonnengebräunten Zwanzigjährigen, der nur eine Badehose trug. Laut Anweisung des Werbeträgers musste ich ihm ein weißes Handtuch um die Hüften binden, was sich angesichts der Enge im Schaufenster als kniffliges Problem herausstellte. Während ich vor dem Zwanzigjährigen in die Knie ging, spürte ich Haralds Blicke in meinem Rücken. Um mich davon abzulenken, lauschte ich wieder der Unterhaltung zwischen meinem Bruder und Stefanie.

»Sie ist gleich nach dir gegangen«, sagte Sebastian gerade. »Und sie kommt auch nicht wieder.«

»Echt nicht?« Das durfte doch nicht wahr sein! In Stefanies Stimme klang tatsächlich so etwas wie Hoffnung durch.

»Ja«, bestätigte mein Bruder. »Deshalb wollte ich dich fragen, ob ich dich zur Entschädigung mal ausführen darf.«

»Wir müssen nicht ausgehen«, meinte Stefanie sofort.

Ich atmete erleichtert auf. Offensichtlich war sie doch nicht so dumm, wie ich dachte.

»Du kannst auch gern zu mir kommen. Mein Angebot mit der Waschmaschine steht noch«, fuhr sie fort.

Ich runzelte die Stirn. Was tat sie da? Hoffentlich war wenigstens Sebastian vernünftig! Und wirklich, zunächst schienen sich meine Hoffnungen zu erfüllen.

»Nein, danke«, sagte er nämlich. Aber nur, um gleich darauf hinzuzufügen: »Meine Mutter ist wieder nach Hause gegangen, also kann ich die Waschmaschine meiner Eltern benutzen.«

»Du hättest aber gern auch bei mir waschen können«, antwortete Steffi ein wenig enttäuscht. Verständnislos schüttelte ich den Kopf. Den beiden war wirklich nicht zu helfen.

Seufzend schlang ich das Badetuch um die Hüften der Werbefigur und zog den Knoten fester als nötig. Den Muskelmann störte das nicht. Er lächelte weiter sein strahlend weißes Lächeln. In diesem Moment klopfte es hinter mir an die Scheibe. Vor Schreck stieß ich gegen die Pappfigur und warf sie fast um. Ich bekam sie gerade noch an den Beinen zu fassen und drehte mich wütend zum Fenster um – fest davon überzeugt, dass es nur Harald gewesen sein konnte, der mich gestört hatte.

Aber es war Raphael.

Er stand direkt vor mir und betrachtete mich zärtlich. In der Hand hielt er einen rosafarbenen Luftballon in Form eines Herzens, auf den er jetzt aufgeregt deutete.

»I love you«, las ich leise die Aufschrift. Ich konnte nicht anders, ich musste zurücklächeln.

Hinter Raphael beugte sich Harald interessiert aus dem Fenster und grinste spöttisch. Vermutlich bot ich einen ziemlich komischen Anblick, denn ich hockte immer noch zu Füßen des Zwanzigjährigen und umarmte seine braungebrannten Beine. Mühsam rappelte ich mich auf, lehnte den Muskelmann an die Wand und signalisierte Raphael, zur Tür zu kommen.

»Lasst euch durch mich nicht stören«, murmelte ich, als ich an Sebastian und Steffi vorbei zum Ausgang lief. Flüchtig registrierte ich, dass Sebastian Steffis Hand hielt.

Kurz darauf sank ich draußen in Raphaels Arme.

»Hallo, mein Liebes!«, begrüßte er mich und küsste mich auf die Wange.

»Was für eine schöne Überraschung!« Ich vergrub das Gesicht an seinem Hals und warf über seine Schulter hinweg einen Blick in Haralds Richtung. Er schien wieder völlig in seine Zeitung vertieft zu sein.

»Ich habe gestern ganz vergessen, dich zu fragen, ob du in dieser Woche mittags wieder für mich Zeit hast«, sagte Raphael.

»Tut mir leid, die nächsten beiden Tage leider nicht. Heute Mittag habe ich ein Date mit Steffi.« Das erschien mir dringend nötig, wenn ich an den Blick dachte, den sie gerade Sebastian zugeworfen hatte.

»Und morgen?«

»Morgen bin ich mit einem Pharma-Vertreter zum Mittagessen verabredet.«

»Du Arme! Du hast ja richtig Stress.« Er strich mir sanft über das Haar. »Und wie sieht es abends aus?«

Ich schüttelte bedauernd den Kopf. »Die nächsten zwei Abende muss ich noch einmal meinem Vater helfen.«

»Hm.« Raphael runzelte die Stirn. »Dann bleibt der Mittwochabend. Passt dir das? Es ist wirklich wichtig!«

»Einverstanden.« Ich fragte mich, was es so Wichtiges gab, und warf ihm einen prüfenden Blick zu. Raphael lächelte sehr selbstzufrieden. Schlagartig fiel mir unser Verlobungsversuch ein. Aber noch bevor ich etwas sagen konnte, öffnete sich die Tür und Sebastian trat aus der Apotheke.

»Raphael, alter Kumpel!« Er schlug ihm kameradschaftlich auf die Schulter. »Wie geht es dir?«

»Gut. Und dir?«

»Auch gut. Mehr als gut sogar.« Mein Bruder drehte sich um und winkte Steffi zu.

»Was hast du jetzt wieder angestellt?«, zischte ich. »Du solltest dich entschuldigen, mehr nicht!«

Sebastian ignorierte mich und klopfte Raphael noch einmal auf die Schulter. »Jetzt muss ich los. Bis bald!«

»Ja, bis bald.«

Nachdem mein Bruder auf der Beifahrerseite eingestiegen war, legte Harald betont sorgfältig die Zeitung zusammen und startete den Wagen. Als er davonfuhr, drehte er sich kein einziges Mal zu uns um.

»Soll ich noch mit reinkommen?«, wollte Raphael wissen, als das Auto hinter der nächsten Biegung verschwunden war.

Mühsam löste ich meinen Blick von der Straße. Warum war ich nur so enttäuscht?

»Theresa?«, fragte Raphael abwartend.

Ich schüttelte den Kopf. »Lieber nicht. Ich habe noch ein paar dringende Sachen zu erledigen.« Missmutig spähte ich durch die Tür. Stefanie lehnte selig lächelnd gegen den Tresen.

»Wie du möchtest.« Raphael drückte mich noch einmal an sich und übergab mir dann den rosafarbenen Luftballon. »Der ist für dich, damit du dich immer an mich und meine Liebe erinnerst.«

»Danke! Wie lieb von dir.« Eigentlich hasste ich rosafarbene Luftballons. Aber woher sollte er das wissen?

»Ich rufe dich später an«, versicherte er mir.

»Ich warte sehnsüchtig darauf«, murmelte ich geistesabwesend und öffnete die Tür zur Apotheke, nur um sie gleich darauf mit einem lauten Knall ins Schloss fallen zu lassen. Am liebsten hätte ich auch noch den Luftballon zerfetzt, aber das wäre Raphael gegenüber nicht fair gewesen. Also ließ ich meine Wut an Steffi aus. »Ich dachte, du wolltest nie wieder etwas mit einem Mann anfangen«, begann ich laut. »Und schon gar nicht mit Sebastian. Das ist –«

»Theresa!«, unterbrach sie mich und versuchte, ein schuldbewusstes Gesicht zu machen. Es gelang ihr nicht, dazu strahlten ihre Augen viel zu sehr. »Sag jetzt einfach nichts.«

»Ich hätte aber jede Menge zu sagen! Ich bin wirklich böse auf euch beide. Seid ihr denn völlig verrückt geworden? Das geht doch niemals gut!«

Steffi runzelte nachdenklich die Stirn. »Vermutlich hast du recht.«

»Ich habe hundertprozentig recht!«, versicherte ich ihr aufgebracht. »Warum lässt du dich trotzdem auf Sebastian ein?«

»Ich weiß, dass es schwer zu verstehen ist«, flüsterte sie. »Und auch, dass er nicht der ideale Mann für mich ist. Und ich ahne, dass es höchstwahrscheinlich kein gutes Ende nehmen wird.«

»Aber warum tust du es dann, um alles in der Welt?«

»Weil ich mir sicher bin, dass die Zeit dazwischen es wert ist. Kannst du das nicht verstehen?«

Ich presste beleidigt die Lippen zusammen und zog es vor, zu schweigen. Ich würde mich nicht noch einmal in ihr Leben mischen. Von jetzt an musste sie selbst sehen, wie sie mit Sebastian klarkam.

Aber da war noch ein anderer Gedanke, der mir in diesem Moment durch den Kopf schoss: die Erkenntnis, das sie gerade etwas sehr Wichtiges gesagt hatte. Und dass ich sie leider viel zu gut verstand.

12

»Die Kisten mit den Weihnachtssachen kommen hier hinauf!«, ertönte die Stimme meiner Mutter aus dem Dachgeschoss. »Ganz nach hinten, wir brauchen sie ja nur einmal im Jahr.«

»Sebastian, gib mir mal den Phasenprüfer!«, echote mein Vater im gleichen Befehlston.

Seit meine Eltern wieder vereint waren, gaben sie ein unbarmherziges Gespann ab, das uns jüngere Leute gnadenlos durch die Gegend scheuchte. Da half es auch nichts, dass wir mittlerweile zu viert waren, denn seit Montag hatte sich Steffi zu uns gesellt und unterstützte uns, wo sie nur konnte. Ich war dankbar für ihre Anwesenheit, auch wenn das verliebte Gekicher zwischen Sebastian und ihr nur schwer zu ertragen war. Aber hin und wieder mit Steffi reden zu können, bewahrte mich davor, zu viele Worte mit Harald wechseln zu müssen.

Außerdem konnten wir uns mit ihrer Unterstützung in einen Frauen- und einen Männer-Hilfstrupp einteilen und entsprechende Arbeiten verrichten. Steffi und ich halfen meiner Mutter beim Putzen und Einräumen, während mein Vater mit Harald und Sebastian Steckdosen, Lampen und Schalter anbrachte und die Fußleisten festschraubte.

Es war also ein Leichtes, Harald aus dem Weg zu gehen. Dabei wusste ich eigentlich selbst nicht so genau, warum ich das tat. Vielleicht aus Furcht vor einer Aussprache oder aus Angst, wieder schwach zu werden. Oder vielleicht hatte ich einfach keine Lust, über all das nachdenken zu müssen. Stattdessen stürzte ich mich in die Arbeit und ignorierte alles andere, so gut ich konnte.

Bereits am Dienstagabend sah das Haus wieder sauber und aufgeräumt aus. Die Kisten, Kartons und Werkzeuge auf den Treppen waren verschwunden, der Müll war fortgeräumt, und sogar das alte Radio im Dachgeschoss war verstummt. Das Einzige, was jetzt noch zu hören war, waren gelegentliche Hammer- und Schraubgeräusche und die energischen Anweisungen meiner Eltern.

Ich hockte allein in meinem alten Zimmer und überprüfte den Inhalt der drei Kartons, die noch ins Dachgeschoss getragen werden mussten.

»Jetzt will sie eure alten Spielsachen haben.« Etwas atemlos trat Steffi ins Zimmer.

»Ich weiß gar nicht, warum sie das ganze Zeug aufbewahrt«, murmelte ich und drückte ihr den ersten Karton in die Hand. »Hier, das sind Sebastians Kuscheltiere.«

»Er hatte Kuscheltiere? Wie süß!« Sie drückte den Karton etwas fester als nötig gegen ihre Brust und lächelte dabei versonnen.

»Jeder Mensch hatte als Kind Kuscheltiere«, entgegnete ich gereizt. »Du etwa nicht?«

»Doch, natürlich.« Schon war sie wieder im Treppenhaus verschwunden.

»Harald, hol mir mal die Eingangsklemmen für die neuen Dimmschalter!«, schallte die Stimme meines Vaters vom Dachgeschoss herunter.

»Wo liegen die denn?«

»Habe ich vergessen. Irgendwo im ersten Stock.«

Als Haralds Schritte auf der Treppe zu hören waren,

steckte ich schnell meinen Kopf in den nächsten Karton und kramte geschäftig in den alten Spielsachen herum.

Er suchte zunächst die anderen Räume ab, bevor er in der Tür zu meinem Zimmer erschien. »Liegen hier irgendwelche Klemmen herum?«

Ich sah hoch und zuckte mit den Schultern. »Keine Ahnung.«

»Hm.« Er beugte sich Richtung Treppenhaus. »Willi? Kannst du mal konkreter werden? Wo hast du die Klemmen hingelegt?«, brüllte er.

»Wahrscheinlich irgendwo in Theresas Zimmer«, kam es zurück.

»Tut mir leid, ich muss reinkommen«, murmelte Harald und trat durch die Tür.

»Kein Problem.« Ich rückte ein Stück zur Seite, obwohl genügend Platz vorhanden war.

»Sprichst du jetzt wieder mit mir?«, fragte er, während er sich hinkniete und den Boden absuchte.

»Natürlich. Warum nicht?«

»Gestern Abend hast du kein einziges Wort gesagt.«

»Ich war ziemlich beschäftigt.«

»Letzte Woche hat dich das auch nicht davon abgehalten, mir mathematische Rätsel zu stellen.« Er versuchte ein Lächeln. »Ich vermisse das«, fügte er leise hinzu.

»Mir fällt aber leider gerade keines ein.« Das stimmte sogar. Mein normalerweise riesiges Gedächtnis hatte soeben einen spontanen Aussetzer. Dafür raste mein Herz wie wild, und das Blut schoss mir ins Gesicht.

Harald schien das zum Glück nicht zu bemerken, sondern nickte verständnisvoll. »Dir geht bestimmt gerade viel im Kopf herum.«

»Wie meinst du das?« Genau genommen herrschte in meinem Kopf ein fürchterliches Chaos. Spürte er das – und seine Mitschuld daran?

»Ich meine die bevorstehende Verlobung mit Raphael«, antwortete er zu meiner großen Erleichterung.

»Ach so!« Ich lächelte beruhigt.

Sofort verdunkelte sich seine Miene. »Dann darf man jetzt gratulieren?«, wollte er mit tonloser Stimme wissen.

Ich schüttelte den Kopf. »Nein. Von einer Verlobung sind wir momentan meilenweit entfernt.«

Täuschte ich mich, oder strahlten seine grauen Augen gleich ein wenig heller?

»Ich brauche den nächsten Karton!« Steffi stürmte ins Zimmer und ergriff die Box zu meinen Füßen. »Was ist da drin?«

Mühsam löste ich meinen Blick von Harald. »Mein alter Kaufladen. Das Zeug kann eigentlich in den Keller.«

Sie zuckte mit den Schultern. »Deine Mutter will es aber im Dachgeschoss haben, und ich werde ihr bestimmt nicht widersprechen.« Sie eilte wieder zur Tür hinaus.

Jetzt stand nur noch eine Kiste im Zimmer. Da Harald weiterhin den Boden nach den Klemmen absuchte, öffnete ich den Deckel und schaute hinein.

»Meine alten Barbiesachen!«, rief ich überrascht. »Ich hätte nie gedacht, dass ich die noch einmal zu sehen bekomme.«

Harald unterbrach seine Suche und setzte sich auf. »Du hast mit Barbiepuppen gespielt?«

»Und wie! Ich habe sie geliebt.« Für einen Moment war ich abgelenkt und vergaß meine Probleme. Aufgeregt kramte ich in der Kiste herum und hielt als Erstes ein rosafarbenes Cabriolet in der Hand, hinter dessen Steuer eine männliche Barbiepuppe saß. »Darf ich vorstellen? Das ist Ken. Normalerweise sehen seine Haare nicht so verfilzt aus, aber er musste ein paar Jahre im Karton verbringen. Das ist nicht gut für die Frisur.«

Harald grinste, nahm mir das Auto ab und schüttelte Kens Plastikhand. »Nett, dich kennenzulernen, Ken!«

Verblüfft starrte ich ihn an. Ich hatte nicht damit gerechnet, dass er so spontan auf meinen leichten Ton eingehen würde. Aber irgendwie passte es zu ihm – er war immer schon unkompliziert gewesen. »Willst du noch mehr sehen?«

»Warum nicht?« Er krabbelte auf allen vieren zu mir herüber und ließ sich in den Schneidersitz sinken. Dabei saß er so dicht neben mir, dass ich seine Wärme spüren konnte. Hatte er das absichtlich gemacht?

Ich räusperte mich und zog nacheinander ein Pferd, eine Kutsche und ein Himmelbett aus der Kiste.

Harald pfiff anerkennend durch die Lippen. »Barbie ist echt gut ausgestattet.«

»Wenn du wüsstest!« Ich wühlte weiter. »Es müssten noch ein Wohnwagen, ein Schönheitssalon und ein Frisiertisch hier drin sein. Als Mädchen konnte ich gar nicht genug Zubehör für meine Barbie haben.«

»Ich hab lieber mit so etwas gespielt.« Harald hob eine Stoffpuppe vom Boden auf, die vermutlich aus dem Karton mit den Kuscheltieren gefallen war.

»Ernie aus der Sesamstraße«, schmunzelte ich. »Das war auch mein Liebling.«

Harald setzte Ernie auf den Boden und lehnte ihn gegen sein Knie. »Komisch, dass alle Mädchen von Barbie schwärmen«, sagte er dann. »Meine drei Schwestern waren auch total verrückt nach ihr.«

»Du hast drei Schwestern? Das muss hart gewesen sein.«

»Ich war der Jüngste und der einzige Junge.«

»Du Armer!«

Er zuckte mit den Schultern. »Ich habe es überlebt, wie du siehst.«

»Wahrscheinlich warst du deshalb die ganzen Jahre so

nett zu mir«, sagte ich nachdenklich. »Du bist durch eine harte Schule gegangen.«

»Ich war noch nie nett zu dir«, murmelte Harald. »Höchstens aus Versehen.«

Ich hätte ihn leicht vom Gegenteil überzeugen können, doch stattdessen steckte ich meinen Kopf wieder in den Karton. »Jetzt kommt der absolute Höhepunkt – Barbie als Braut!« Ich präsentierte ihm meine Lieblingspuppe, die in einem spitzenbesetzten weißen Brautkleid steckte. Der mit Perlen besetzte Schleier war zur Seite gerutscht und hing ihr um den Hals, aber sie trug immerhin noch den Strauß Plastikblumen in der Hand.

»Für dieses Kleid habe ich drei Monate lang mein Taschengeld gespart«, sagte ich, während ich den Schleier zurechtzupfte. »Sieht sie nicht atemberaubend aus?«

»Sicher.« Vorsichtig nahm Harald sie mir aus der Hand. »Aber nicht besonders glücklich.«

Erstaunt betrachtete ich die Puppe. »Sie sieht aus wie immer.«

»Sie lacht nicht.«

»Tatsächlich!« Barbies Lippen waren üppig geformt und glänzten knallrosa, aber sie verzogen sich nicht einmal ansatzweise zu einem Lächeln. »Das ist mir bislang noch gar nicht aufgefallen.«

»Dabei hat sie alles, was man sich nur wünschen kann: ein schönes Kleid, eine Kutsche, ein Pferd und sogar einen Bräutigam mit Cabriolet.«

Ich warf Harald einen prüfenden Blick zu, aber er erwiderte ihn ruhig und offen. Vielleicht bildete ich mir nur ein, dass er auf Raphael anspielte.

»Ken tut alles für sie. Sie hat keinen Grund, traurig zu sein«, entgegnete ich einen Ton schärfer als nötig.

»Natürlich vergöttert er sie.« Harald lächelte bitter. »Ist

dir mal aufgefallen, dass er überhaupt kein eigenes Leben hat? Er macht alles nur, um Barbie zu gefallen.«

»Was ist falsch daran?«

»Die beiden werden sich nach ihrer Hochzeit zu Tode langweilen.«

»Werden sie nicht!« Ich wühlte wieder in der Kiste herum und zog zwei winzige Barbie-Babys heraus, die in rosa und blau gekleidet in einem Kinderbettchen lagen. »Hier! Sie werden zwei süße Babys bekommen.«

»O ja!«, sagte Harald spöttisch. »Ken wird auch die Kinder vergöttern und ein perfekter Vater sein. Er ist ja in allem perfekt. Hast du nicht auch ein passendes Kinderzimmer im Barbie-Schloss für sie?«

»Nein, aber das wird er ihnen bauen.« Ich war mir inzwischen sicher, dass wir längst nicht mehr von Barbie und Ken sprachen.

»Natürlich. Er tut ja alles, was Barbie will.«

Ich knallte das Bett mit den beiden Baby-Puppen auf den Boden und sprang auf. »Was ist so schlimm daran, einen Mann zu haben, der einem jeden Wunsch von den Augen abliest?«

Auch Harald erhob sich. Er hatte immer noch das Cabriolet mit Ken in der Hand und sah auf einmal traurig aus. »Nichts«, antwortete er bedrückt. »Außer dass das, was man sich wünscht, nicht immer das ist, was einem guttut.«

In diesem Moment steckte Sebastian den Kopf zu Tür herein. »Ach, hier bist du«, sagte er zu Harald. »Mein Vater braucht jetzt unbedingt diese blöden Klemmen.« Überrascht starrte er auf das Cabriolet in Haralds Hand. »Habe ich euch beim Spielen gestört?«

»Nein.« Harald stellte das Auto vorsichtig auf den Boden. »Ich spiele nicht mehr mit. Mit rosaroten Mädchenträumen konnte ich nämlich noch nie etwas anfangen.«

»Ich auch nicht«, bestätigte Sebastian grinsend.

»Hier sind die Klemmen.« Harald bückte sich und hob eine kleine Packung vom Boden auf. »Komisch, dass ich sie vorhin übersehen habe.«

»Wo seid ihr denn alle?«, brüllte mein Vater. »Ich brauche diese verdammten Klemmen!«

»Wir kommen!« Gemeinsam verließen Sebastian und Harald das Zimmer.

Ich starrte ihnen noch eine Weile lang nach und begann dann, die Spielsachen wieder in den Karton zu räumen. Zum Schluss lagen nur noch Barbie, Ernie und das Cabriolet mit Ken auf dem Boden. Vorsichtig nahm ich Barbie in die Hand und betrachtete sie kritisch.

»Bist du glücklich?«, fragte ich sie.

Sie blickte mich aus ihren blau geschminkten Augen ausdruckslos an und schwieg.

»Und du?« Ich holte Ken aus dem Auto heraus. »Bist du glücklich?«

Auch von ihm bekam ich keine Antwort.

Der Einzige, der ein fröhliches Gesicht machte, war Ernie. »Du passt aber überhaupt nicht in diese Geschichte. Du bist nicht annähernd so perfekt wie Ken«, flüsterte ich ihm zu. »Warum akzeptierst du das nicht?«

Ihn schien das nicht zu stören, denn er strahlte weiterhin über das ganze Gesicht.

»Du kannst ganz schön hartnäckig sein.« Plötzlich hatte ich eine Idee. »Aber ich zeige dir jetzt mal, wer der perfekte Mann für Barbie ist!« Vorsichtig schob ich die Arme von Ken und Barbie nach vorn und drückte ihre Körper zusammen. »Hier, siehst du?«

Doch die Puppen verweigerten sich der Umarmung. Barbie hielt ihren Mund ins Leere, genau in die Lücke zwischen Kens Kinn und seiner Brust. Und Kens Gesicht landete mitten in Barbies hochtoupierten Haaren auf dem Perlenschleier.

Vielleicht waren sie doch nicht füreinander geschaffen? Zögernd entfernte ich Ken aus Barbies Armen und drückte ihr stattdessen Ernie an die Brust. Die weiche Puppe passte sich dem Plastikkörper mühelos an. Mehr noch, es sah sogar so aus, als ob sich Barbie glücklich an ihn schmiegen würde.

»Ist es das, was du willst?«, fragte ich sie.

Natürlich antwortete sie nicht. Aber ihre Arme gaben Ernie selbst dann nicht frei, als ich die beiden zusammen in den Karton legte.

»Ich werde mich von Raphael trennen«, verkündete ich Hanna mit leiser Stimme, als sie mich spät am Abend anrief und sich nach den Ereignissen der letzten Tage erkundigte.

»Warum? Hat es mit dem Sex nicht geklappt?«

»Das auch. Aber das ist nicht der Grund.«

»Das wäre aber Grund genug.«

»Hanna! Kannst du bitte aufhören, ständig auf diesem Thema herumzureiten? Darum geht es gar nicht.«

»Sondern?«

Ich schluckte. »Hast du dich schon mal gefragt, ob Barbie mit Ken glücklich sein kann?«

»Was redest du denn da? Hast du etwas getrunken?«

»Nein. Mal ernsthaft: Wenn alles genauso ist, wie man es sich erträumt hat, ist man dann wunschlos glücklich?«

Sie lachte. »Diesen Zustand werde ich leider nie erreichen, deshalb kann ich dir darauf keine Antwort geben.«

»Aber du bist glücklich mit dem, was du hast und bist, nicht wahr? Obwohl nicht alles vollkommen ist.«

»Hier ist weiß Gott so gut wie gar nichts vollkommen«, stöhnte sie. »Aber ja, es stimmt. Ich bin trotzdem sehr glücklich.«

»Vielleicht nicht trotzdem, sondern gerade deswegen«, murmelte ich. »Vielleicht lebt es sich glücklicher, wenn man nicht alle Träume erfüllt bekommt.«

»Theresa, für diese Uhrzeit ist mir das Thema eindeutig zu kompliziert. Kannst du das etwas einfacher erklären?«

»Ich werde es versuchen. Stell dir vor, ich bin Barbie.«

Sie lachte. »Das kann ich nicht. Du hast weder ihre blonden Haare noch ihre Figur.«

»Vielen Dank. Dann stell dir meinetwegen vor, ich bin eine braunhaarige, normalgewichtige Barbie mit Sommersprossen.«

»Okay, ich versuche es.«

»Diese Barbie hat schon seit vielen Jahren einen guten Bekannten mit Namen Ernie.«

»Ernie?«, gluckste Hanna. »Der aus der Sesamstraße?«

»Genau der. Ein Typ zum Lachen, Streiten und Pferdestehlen.«

»Ich finde ihn ehrlich gesagt ganz schön nervig.«

»Das geht mir genauso, manchmal zumindest. Aber manchmal ist er einfach nur süß.«

»Könnte es sein, dass dieser Ernie ein Mathe-Genie mit kräftigem Bartwuchs ist?«

»Äh ... ja«, gab ich zu.

»Ich ahne, was passiert. Jetzt kommt Raphael ins Spiel.«

»Ken«, korrigierte ich.

»Ken«, wiederholte sie. »Gutaussehend und makellos. Unsere braunhaarige, dickliche Barbie ist hin und weg.«

»Zumindest für ein paar Wochen. Sie erlebt genau das, was sie sich immer erträumt hat.«

»Aber?«

»Aber irgendwie ist sie damit nicht so glücklich, wie sie eigentlich sein sollte. Und dann öffnet ihr ausgerechnet Ernie die Augen. Sie erkennt, dass Ken ihr zwar ein perfektes Leben bieten kann, dass dann aber alles andere auf der Strecke bleiben wird.«

»Alles andere?«

»Dinge, die ihr Spaß machen, obwohl sie es niemals zugeben würde.«

»Zum Beispiel?«

»Sich betrunken von lauter Sechzigjährigen zum Tanzen abschleppen zu lassen. Mathe-Rätsel zu lösen, während man beide Hände im Tapetenkleister hat. Oder sich mit dem Gartenschlauch nasszuspritzen.«

»So etwas mag Barbie? Ich bin schockiert!«

»Ja. Allerdings hat sie keines dieser Erlebnisse Ken zu verdanken.«

»Tja, meine Liebe ...« Hanna machte eine kurze Pause. »Das allein reicht aber trotzdem nicht aus, um Ken zu verlassen.«

»Nein? Warum nicht?«

»Wenn er tatsächlich so verständnisvoll ist, wird er dafür sorgen, dass Barbie sich weiterhin so vergnügen darf, wie sie es möchte. Er liest ihr schließlich jeden Wunsch von den Augen ab.«

»Ja, das tut er«, musste ich zugeben. »Daran habe ich bis jetzt noch gar nicht gedacht.«

»Ich glaube eher etwas anderes.« Hanna zögerte kurz, sprach dann aber weiter. »Ich glaube, unsere Barbie hat noch einen anderen Grund, Ken in die Wüste zu schicken.«

»Und der wäre?«

»Sie kann ihr Herz nicht an Ken verschenken. Sie hat es vermutlich schon längst an Ernie verloren.«

Im ersten Moment wollte ich protestieren, doch dann biss ich mir nachdenklich auf die Lippen. Konnte es sein, dass Hanna recht hatte? Hatte ich mich in Harald verliebt?

Zuerst langsam, dann aber immer schneller begannen

meine Gehirnzellen zu arbeiten. Erinnerungen, Gedanken und Gefühle jagten durcheinander, und mit einem Mal fügten sie sich zu der einzig sinnvollen Antwort zusammen: Ja! Das mit Harald war nicht nur ein flüchtiges Intermezzo. Es war viel mehr. Ich hatte mich tatsächlich in ihn verliebt.

»Theresa? Bist du noch da?«

»Ja.« Ich atmete tief durch und versuchte, mich dieser neuen Erkenntnis zu stellen. Vergeblich. »Was soll ich denn jetzt tun?«, fragte ich kläglich.

»Du bist beiden die Wahrheit schuldig. Und zwar so schnell wie möglich.«

»Das wird nicht einfach werden.«

»Ich weiß. Aber es ist der einzige Weg, Barbie, Ken und Ernie nicht gemeinsam ins Unglück zu stürzen.«

»Ich glaube, ich muss eine Nacht darüber schlafen.«

»Tu das. Und wenn du das nächste Mal anrufst, sag mir vorher Bescheid, in welche Rollen du schlüpfen möchtest. Ich muss nämlich jetzt meinem Mann erklären, warum ich mit dir am Telefon die Beziehungsprobleme von Kinderspielzeug diskutiere!«

13

Raphael erschien am Mittwochabend sehr pünktlich. Er trug wieder seinen dunkelblauen Anzug, dieses Mal aber mit kariertem Hemd.

»Möchtest du ausgehen?«, begrüßte ich ihn und trat vorsichtshalber einen Schritt zurück, so dass er mich nicht umarmen konnte.

Stattdessen küsste er meinen rechten Handrücken und nickte. »Ich denke, wir haben eine zweite Chance verdient, oder?«

Beinahe hätte ich mit dem Kopf geschüttelt, doch ich riss mich zusammen. Ich musste ja nicht gleich mit der Tür ins Haus fallen.

»Du siehst aber auch toll aus.« Sein Blick wanderte von meinen neuen Sandalen über die glänzenden Seidenstrümpfe bis hin zu meinem blauen Kleid mit dem weit schwingenden Rock.

»Tja, irgendwie war mir danach, mich schick zu machen«, murmelte ich. Gut angezogen fühlte ich mich ein wenig selbstsicherer und nicht ganz so charakterlos.

»Fein, das passt ja. Sollen wir in den ›Goldenen Engel‹ gehen?«, fragte er.

»Was, schon wieder?«

»Ich dachte, es gefällt dir dort.«

»Ehrlich gesagt, nein.«

»Oh!« Er machte ein erschrockenes Gesicht. »Bitte entschuldige.«

»Du kannst doch nichts dafür.« Ich hakte mich bei ihm unter und zog ihn ins Wohnzimmer.

»Irrtum! Ich hätte es merken müssen. Schließlich bin ich dazu da, dich glücklich zu machen«, widersprach er, als ich ihn Richtung Sofa schob.

»Siehst du? Genau da liegt mein Problem«, sagte ich seufzend.

»Du hast ein Problem?«

»Ich fürchte, ja.«

»Das verstehe ich nicht.« Raphael runzelte nachdenklich die Stirn und blickte mich aus seinen wunderschönen blauen Augen erwartungsvoll an. »Aber du wirst es mir sicherlich erklären.«

»Setz dich bitte.«

Gehorsam nahm er Platz.

Ich schloss für einen Moment die Augen. Die Sache würde sehr viel schwerer werden, als ich es mir ausgemalt hatte. Warum musste er so verdammt verständnisvoll sein und dabei auch noch so gut aussehen?

»Theresa? Ist dir nicht gut?«, fragte er schüchtern.

Ich öffnete meine Augen wieder. »Doch. Alles bestens. Ich weiß nur nicht, wie ich dir etwas sagen soll.«

»Dann lass mich zuerst reden. Ich habe hier etwas für dich!« Er zog ein samtbezogenes Kästchen aus seiner Jackentasche und öffnete es. Angesichts des großen, funkelnden Diamanten, der in der Mitte eines fein geschliffenen Rings prangte, musste ich blinzeln.

»Der ist wunderschön!«, murmelte ich.

»Er ist für dich«, sagte Raphael und lächelte zufrieden. »Ich habe lange überlegt, ob ich ihn dir in einem Glas Champagner überreichen soll oder lieber mit einer Portion Schokoladenpudding. Aber nach den Erfahrungen des letzten Mals erschien es mir sicherer, ihn dir direkt zu geben.« Er hielt mir das Kästchen vor die Nase.

Fast hätte ich zugegriffen. Aber nur fast. Gerade noch rechtzeitig besann ich mich und schüttelte bedauernd den Kopf. »Ich kann das nicht annehmen.«

»Warum nicht? Willst du lieber den Ring von neulich. Kein Problem, das lässt sich machen.«

»Nein, ich —«

»Oder einen ohne Diamanten?«

»Raphael! Lass mich einfach mal ausreden.«

»Okay.« Er klappte das Kästchen wieder zu und stellte es auf den Tisch. Dann lehnte er sich entspannt in die Kissen zurück und sah mich fragend an. »Was willst du mir denn sagen?«

»Ich kann dich nicht heiraten«, brach es aus mir heraus, und ich hielt erschrocken die Luft an. Eigentlich hatte ich ihn schonend auf die Wahrheit vorbereiten wollen.

»Warum denn nicht?«

Langsam blies ich die Luft wieder aus meinen Lungen und räusperte mich. Jetzt hatte ich angefangen, also musste ich die Sache auch zu Ende bringen. »Es ... es gibt etwas, das du wissen musst«, stotterte ich.

»Was denn? Bist du etwa schon verheiratet?«, fragte er alarmiert und runzelte nachdenklich die Stirn. »Hm. Das wäre dann zwar schlecht und würde alles etwas verkomplizieren, aber ich bin sicher, dafür finden sie eine Lösung.«

Jetzt war es an mir, verwirrt zu gucken. »Wie meinst du das?«

»Ach, nichts.«

Ich überging die Antwort. Das Ganze war auch ohne seine eigenartigen Bemerkungen schwer genug. »Ich bin natürlich nicht verheiratet«, stellte ich klar.

»Gut.« Erleichtert atmete er auf. »Und warum willst du mich trotzdem nicht?«

»Die Wahrheit ist: Ich kann dich nicht heiraten, weil ich dich nicht heiraten möchte.«

»Du möchtest nicht?«, wiederholte er überrascht. »Bist du sicher?«

Was war denn das für eine Frage? »Ich denke schon.«

»Hast du etwas gegen eine traditionelle Hochzeit? Von mir aus können wir auch in wilder Ehe zusammenleben. Obwohl Gabriel sicherlich nicht einverstanden ist, aber Eva wird ihn schon überzeugen.«

»Deine Familie hat eigentlich gar nichts damit zu tun.« Und ihre Meinung war mir auch herzlich egal.

»Was ist es dann?«

Es half nichts, ich musste noch deutlicher werden. »Ich habe absolut nichts gegen eine Hochzeit. Aber ich habe etwas gegen eine Hochzeit mit dir. Ich … ich liebe dich nicht, Raphael.« So, nun war es ausgesprochen!

»Oh.« Wie im Zeitlupentempo erhob er sich vom Sofa und blickte mich unverwandt an. »Du liebst mich nicht?«, wiederholte er leise. »Was habe ich falsch gemacht?«

Noch so eine seltsame Frage! »Gar nichts«, versicherte ich ihm.

»Aber warum dann? Ich verstehe das nicht.«

»Ich verstehe es selbst nicht.« Zögernd trat ich ein paar Schritte auf ihn zu und ergriff seine Hand. »Du bist der absolute Traummann. Aber leider reicht das nicht.«

»Es reicht nicht?«, wiederholte er fassungslos. »Was fehlt mir denn?«

»Ein wenig Menschlichkeit. Ein paar Fehler, über die man sich aufregen kann.«

»Ich bin also nicht menschlich genug«, murmelte er und verzog den Mund zu einem traurigen Grinsen. »Das war ja zu befürchten.«

»Wie bitte?« Es musste an meiner seelischen Verfassung liegen, dass ich heute viele seiner Bemerkungen einfach nicht verstand.

Er ignorierte meine Frage und dachte angestrengt nach. »Ich könnte menschlicher werden, indem ich mir ein paar Fehler zulege«, sagte er dann. »Ist es das, was du willst?«

»Fehler kann man sich nicht einfach zulegen. Man hat sie oder man hat sie nicht. Tut mir leid, Raphael.«

»Dann habe ich wohl versagt.« Er seufzte und zog seine Hand aus meiner.

»So ein Quatsch«, widersprach ich. »Versagen kann man nur in einem Wettkampf. Aber das zwischen uns war etwas ganz anderes, und außerdem –«

Die Melodie von »Mission Impossible« unterbrach mich. Raphael holte das Handy aus seiner Jackentasche, las die SMS und warf es dann verärgert in die Sofakissen.

»Alles in Ordnung?«, erkundigte ich mich.

»Ja. Aber ich glaube, ich möchte für einen Moment allein sein. Darf ich in die Küche gehen und mir ein Glas Wasser holen?«

Ich nickte. »Du kannst mir auch eines mitbringen. Lass dir alle Zeit, die du brauchst.«

Nachdem er das Zimmer verlassen hatte, begann ich vor lauter Verwirrung die Sofakissen aufzuschütteln. Aus der Küche waren das Klappern von Schranktüren, das Klirren von Gläsern und das Öffnen eines Drehverschlusses zu hören. Geistesabwesend griff ich zum nächsten Kissen und stieß dabei Raphaels Handy vom Sofa, das mit einem lauten Plumps auf den Boden fiel.

»Ist etwas passiert?«, kam seine Stimme aus der Küche.

»Nein«, rief ich und hob das Telefon vom Boden auf. Vorsichtshalber drückte ich eine Taste, um zu prüfen, ob es noch funktionierte.

»Willst du Eiswürfel?«, wollte Raphael wissen.

»Ja, bitte!«, antwortete ich und blickte flüchtig auf das Display des Handys, das nach meinem Tastendruck hell leuchtete.

Nachricht von Eva
26. Mai 19:12 Uhr:
Kein Wort über unsere Wette!
Bleib ruhig und denke nach!
Vielleicht kannst du sie noch umstimmen!

Die Nachricht war keine fünf Minuten alt. Das musste die SMS sein, die er gerade empfangen hatte. Was für ein merkwürdiger Text! Ob Eva wohl immer so seltsam formulierte? Hatte Raphael eine Wette abgeschlossen? Das passte irgendwie gar nicht zu ihm.

Eigentlich hätte ich das Handy nun zu dem Kästchen mit dem Verlobungsring auf den Tisch legen sollen. Doch meine Neugier war stärker. Deshalb wählte ich die vorige SMS aus dem Posteingang an.

Nachricht von Eva
23. Mai 04 16:45 Uhr:
Sex ist hiermit ausdrücklich erlaubt!

Ich stutzte und schaute zur Sicherheit noch einmal hin. Aber am Text änderte sich nichts. Es blieb bei dieser mehr als verstörenden Botschaft.

Raphael erhielt Textnachrichten von einer Frau, die ihm Sex ausdrücklich erlaubte. Mein Blick fiel auf das Datum, und ich erschrak. Die SMS stammte vom letzten Sonntag und war genau zu dem Zeitpunkt verschickt worden, als Raphael und ich uns auf dem Sofa vergnügt hatten. War das Zufall?

Oder wusste Eva, was wir gerade taten? Hatte sie heimlich mitgehört?

Misstrauisch drehte ich das Handy in meiner Hand hin und her, aber ich fand keinen Hinweis auf ein verstecktes Mikrofon oder eine Kamera. Was hatte das alles zu bedeuten?

»Möchtest du auch einen Tee?«, fragte Raphael plötzlich.

Vor Schreck ließ ich fast das Telefon fallen und blickte nervös zur Tür. Doch anscheinend war er in der Küche geblieben und wartete dort auf meine Antwort.

»Äh ... ja. Einen Schwarztee, bitte. Du musst ihn aber mindestens fünf Minuten ziehen lassen!« Das würde ihn hoffentlich noch eine Zeitlang beschäftigen und mir die Gelegenheit geben, weiterzuforschen.

Zitternd wählte ich die nächsten SMS auf dem Display aus:

Nachricht von Gabriel
23. Mai 04 16:44 Uhr:
Stopp! Sex ist hiermit ausdrücklich verboten!

Nachricht von Gabriel
23. Mai 16:42 Uhr:
Stopp! Kein Sex vor der Ehe!

Gabriel war anscheinend ganz anderer Meinung als Eva. Darum war es also in dem Streit der beiden gegangen! Fast hätte ich lachen müssen, wenn mir nicht genau in diesem Moment durch den Kopf geschossen wäre, dass es sich nicht um irgendwelchen Sex, sondern höchstwahrscheinlich um den Sex zwischen Raphael und mir gehandelt hatte.

Was ging das die beiden an? Und was wussten sie noch von uns? Welche Rolle spielte Raphael bei dieser Geschichte? Es gab wohl nur einen Weg, das herauszufinden. Ich musste versuchen, alle SMS der vergangenen Tage lesen.

Leider stieß ich als Nächstes auf eine Nachricht, die ich nicht verstand, die aber genauso verstörend klang wie die vorherigen SMS.

Nachricht von Eva
23. Mai 16:16 Uhr:
Wir mussten uns einmischen.
Sonst wäre deine Mission in Gefahr.
Aber keine Angst, Theresa hat nichts bemerkt.

Mission? In welcher Mission war Raphael unterwegs? Und was hatte ich nicht bemerkt? Wie hatten »sie« sich eingemischt? Wer waren überhaupt »sie«?

Da mir auf all diese Fragen keine Antworten einfielen, begnügte ich mich damit, den Zeitpunkt der Nachricht zu überprüfen. Sie stammte ebenfalls vom letzten Sonntag, kurz nachdem Raphael bei mir eingetroffen war. Worüber hatten wir uns unterhalten? Vermutlich hatte ich ihm gerade von dem seltsamen Traum meiner Mutter erzählt. Ich erinnerte mich an sein erschrockenes Gesicht und die Bitte, kurz seine SMS lesen zu dürfen. Aber was hatte der Traum meiner Mutter mit Gabriel und Eva zu tun?

Ich schüttelte den Kopf. Fragen brachten mich jetzt nicht weiter. Also arbeitete ich mich zur nächsten Nachricht vor. Sie stammte von Samstagnacht und war genau zu der Uhrzeit versendet worden, als ich mit Harald vor meiner Haustür gestanden hatte.

Nachricht von Eva
22. Mai 23:59 Uhr:
Theresa!
Setzen Sie nicht alles aufs Spiel!
Raphael liebt Sie!

Vor Schreck bekam ich Gänsehaut. Diese Nachricht war an mich persönlich adressiert! Eva hatte also gewusst, dass Raphaels Telefon in meiner Jackentasche steckte. Sie schien mich Tag und Nacht zu überwachen. Kein angenehmer Gedanke!

Um mich von meiner Angst abzulenken, las ich schnell weiter und stieß auf drei SMS, die im Abstand von wenigen Stunden geschrieben worden waren. Ich klickte mich zur ersten der drei Nachrichten vor, um sie in der richtigen zeitlichen Reihenfolge lesen zu können.

Nachricht von Eva
22. Mai 19:39 Uhr:
Achtung!
Kümmere dich bitte um Theresa!

Nachricht von Eva
22. Mai 21:27 Uhr:
Achtung! Dringend!
Kümmere dich um Theresa!

Nachricht von Eva
22. Mai 22:16 Uhr:
Höchste Alarmstufe!
Kümmere dich sofort um Theresa!

Offensichtlich war es Eva nicht verborgen geblieben, dass sich Raphael beim Grillfest lieber mit Pokern als mit mir beschäftigt hatte. Die Steigerung ihres Befehlstons sprach dafür, dass er die Nachrichten nicht sofort gelesen hatte. Vermutlich hatte sein Handy den ganzen Abend über im Flur meiner Eltern gelegen.

»Theresa?« Raphaels Schritte auf dem Holzfußboden im

Flur kamen näher. Eilig versteckte ich das Handy hinter einem Sofakissen. Gleich darauf steckte Raphael seinen Kopf durch die Wohnzimmertür. »Bist du sicher, dass dein Tee fünf Minuten ziehen soll?«, wollte er wissen. »Dann wird er ja bitter.«

»So mag ich ihn aber«, entgegnete ich langsam.

»Also gut.« Er drehte sich um und verschwand wieder.

»Raphael?«, rief ich ihm nach.

»Ja?«, kam seine Stimme aus der Küche.

Gut! Er war nicht mehr in meiner Nähe. »Acht Minuten wären noch besser«, sagte ich laut und zog dabei das Handy wieder hervor. Je mehr Zeit zum Lesen ich hatte, umso besser! Ich wählte die nächste SMS an.

Nachricht von Eva
21. Mai 09:46 Uhr:
Es wird Zeit für den Verlobungsring.
Diamanten sind immer gut.
Lass dir was Nettes für die Übergabe einfallen!
Alte Liebesfilme sind hilfreich.

Mich traf fast der Schlag. Anscheinend hatte nicht Raphael, sondern Eva die Idee zu unserer Verlobung gehabt. Sie war es auch, die Raphael angewiesen hatte, einen Ring zu kaufen und diesen möglichst romantisch zu übergeben.

Die nächsten SMS waren vom 14. Mai, dem Tag unserer Ankunft in Deutschland nach dem Urlaub in Südafrika.

Nachricht von Gabriel
14. Mai 16:23 Uhr:
Beachte das achte Gebot!
Du sollst nicht lügen!

Stirnrunzelnd las ich die Nachricht noch einmal, aber ich verstand sie auch nach dem zweiten Lesen nicht und entschied mich, lieber zur nächsten SMS zu wechseln. Die Zeit war knapp, und nachdenken konnte ich später immer noch.

Nachricht von Eva
14. Mai 13:23 Uhr:
Engelchen ist ein menschliches Kosewort!
Keine Panik!

Engelchen? Hatte ich ihn nicht so genannt, als wir im Schuhgeschäft standen? Sein Gesichtsausdruck war alles andere als begeistert gewesen. Aber wer geriet schon aufgrund eines Kosewortes in Panik?
Nervös biss ich mir auf die Lippen. Die ganze Sache wurde immer verwirrender und beunruhigender, je weiter ich las.

Nachricht von Eva
12. Mai 17:50 Uhr:
Nicht so sachlich! Laufe auf sie zu, nimm sie
in die Arme und küsse sie endlich auf den Mund!

Jetzt musste ich meinen Taschenkalender zur Hilfe nehmen, um die SMS zeitlich richtig einordnen zu können. Der 12. Mai war der Mittwoch gewesen, als Hanna und ich von unserer kleinen Reise zurückgekehrt waren. Ich erinnerte mich deutlich an Raphaels sachlichen Tonfall bei unserem Wiedersehen, der sich schlagartig änderte, nachdem er diese Nachricht gelesen hatte. Offensichtlich bekam er von Zeit zu Zeit Anweisungen, die er prompt und pflichtgemäß befolgte. Langsam, aber sicher kochte Wut in mir hoch. Waren seine Küsse also gar nicht echt, sondern nur die Folge einer SMS gewesen?
Ich rief eine weitere Nachricht ab.

Nachricht von Eva
08. Mai 22:16 Uhr:
Etwas mehr Romantik! Mach ihr Komplimente!
Sag ihr, dass sie schön ist, tolle Augen hat,
intelligent ist und dass du gern mit ihr zusammen bist!

Genau das waren seine Worte gewesen, als wir unter dem Sternenhimmel lagen. Ich brauchte gar nicht erst das Datum zu prüfen, um zu wissen, dass die SMS an jenem Abend verschickt worden war.

Die nächste Nachricht kam von Gabriel.

Nachricht von Gabriel
08. Mai 07:47 Uhr:
Stopp! Kein Wort über unsere Heilkräfte!

Heilkräfte? Nachdenklich runzelte ich die Stirn. Das war eine der wenigen SMS, in der es nicht um mich und unsere Beziehung ging. Welche Heilkräfte waren gemeint? Hielten sich Raphaels Verwandte für Heiler?

Ich erinnerte mich an den Morgen in Somerset West, als er mir die Hand auf die schmerzende Stirn gelegt hatte. Danach war mein Kater tatsächlich auf wundersame Weise verschwunden. Ein schneller Blick auf das Datum der SMS bestätigte meine Vermutung. Die Nachricht war genau zu dem Zeitpunkt verschickt worden, als Raphael an meiner Tür gestanden hatte. Bedeutete das, dass er tatsächlich Heilkräfte besaß? Und wieso durfte er nicht darüber sprechen? Das wurde ja immer mysteriöser!

Die folgende Nachricht schien die letzte zu sein, die in seinem Posteingang gespeichert war. Sie stammte von dem Tag, als wir uns kennengelernt hatten.

Nachricht von Eva
07. Mai 16:39 Uhr:
Bitte erwähne auf keinen
Fall deine wahre Mission!

Ich erinnerte mich. Zur betreffenden Uhrzeit hatten wir in Hannas Garten gesessen und über Superman diskutiert. Ich sah Raphaels nachdenkliches Gesicht noch vor mir, als ich ihm eröffnet hatte, wie wichtig für mich Ehrlichkeit in einer Beziehung war.

Ehrlichkeit.

Ich lachte bitter auf.

Er war alles andere als ehrlich.

Er war ... ja, was genau war er eigentlich?

Ein Typ, der sich von zwei unsichtbaren Leuten, die immer genau zu wissen schienen, was er gerade tat, per Telefon manipulieren ließ.

Aber warum?

War er ein Spion, der mich zur Tarnung benutzte? Ein Spinner aus einer Gruppe von Verrückten, die sich für überirdische Wesen mit Superkräften hielten? Oder vielleicht ein entsprungener Massenmörder, der sich mit Hilfe von anderen Psychopathen an unschuldige Frauen heranmachte?

»Der Tee ist fertig.« Raphael erschien mit zwei Tassen in der Tür und betrachtete stirnrunzelnd das Handy in meiner Hand. »Was tust du da?«

Mit einem Aufschrei fuhr ich zusammen und warf das Telefon zwischen die Kissen. »Gar nichts!«

Vom Sofa her ertönte »Mission Impossible«. Täuschte ich mich, oder klang der Ton heute besonders dringend?

Verdammt, diesen unsichtbaren Überwachern entging aber auch nichts. Welchen Befehl würden sie Raphael dieses Mal erteilen? Mich aufzuklären? Wohl kaum! Wahrscheinlicher war es, dass sie mich aus dem Weg haben wollten. Bei diesem Gedanken wurde mir vor Angst ganz schlecht. Ich musste von hier verschwinden.

Raphael schien nichts von meiner Furcht zu bemerken. Er seufzte und bückte sich zum Tisch, wohl um die Tassen abzustellen. Diesen Moment nutzte ich zur Flucht. Ich nahm Anlauf und schubste ihn aufs Sofa. Überrumpelt ließ er die Teetassen fallen, die mit einem lauten Klirren zersprangen. Aber das kümmerte mich nicht, denn ich war schon auf dem halben Weg in mein Schlafzimmer. Dort schlug ich die Tür zu und versuchte hektisch, den Schlüssel im Schloss umzudrehen, was mir nach einigen endlos erscheinenden Sekunden auch gelang.

Erst jetzt schoss mir durch den Kopf, dass das Schlafzimmer keine gute Wahl gewesen war. Allein würde ich hier nicht rauskommen, denn schließlich wohnte ich im dritten Stock.

Es blieb mir also nichts anderes übrig, als per Telefon um Hilfe zu rufen. Am ganzen Körper zitternd machte ich mich auf die Suche nach meinem Handy. Dabei warf ich immer wieder einen nervösen Blick auf die Schlafzimmertür. Bislang war die Klinke noch nicht heruntergedrückt worden. Raphael war anscheinend ziemlich langsam. Oder er war sich seiner Sache sehr sicher ... Dieser Gedanke jagte mir einen neuen Schauer über den Rücken. Verflixt, wo war das Handy? Hektisch durchsuchte ich meine Jackentaschen. Wenn ich aus dieser Situation lebend herauskam, würde ich diszipliniert und ordentlich werden, das schwor ich mir!

Endlich fand ich das Telefon auf dem Schaukelstuhl unter einem Pulli und hielt kurz inne. Wen sollte ich jetzt anrufen? Flüchtig dachte ich an Hanna, verwarf den Gedanken jedoch gleich wieder. Sie würde zwar am ehesten verstehen, worum es hier ging. Aber sie war Tausende von Kilometern weit entfernt und hatte keine Chance, mich zu retten.

Es gab eigentlich nur einen Menschen, der mir schnell und effektiv helfen konnte. Allerdings hatte ich nicht die geringste Ahnung, wie ich ihm die Situation erklären sollte.

»Hallo?«, klang es mir nach dem vierten Klingelton zaghaft entgegen.

»Steffi?«, fragte ich verdutzt. »Warum gehst du an Sebastians Handy?«

»Wir sind zusammen unterwegs und stehen gerade im Stau auf der A3.«

»Das ist schlecht.«

»Warum?«

»Ich brauche dringend Sebastians Hilfe!«

»Warte, ich gebe ihn dir.« Ein kurzes Rascheln, dann erklang die Stimme meines Bruders. »Hallo?«

»Sebastian!« Ich war selten so froh gewesen, ihn zu hören. »Du musst kommen, hörst du? Sofort! Ich bin –«

»Ist etwas mit Mama und Papa?«, unterbrach er mich besorgt.

»Nein, denen geht es gut. Aber mir geht es schlecht, sehr schlecht sogar! Ich glaube, Raphael ist furchtbar böse auf mich. Vielleicht wird er mir sogar etwas antun«, flüsterte ich ins Telefon.

»Was?« Seine Stimme überschlug sich fast. »Habt ihr Streit gehabt?«

»Nein. Das ist kein normales Beziehungsproblem, verstehst du? Ich habe gerade seine SMS gelesen und –«

»Jetzt mal langsam!«, unterbrach er mich erneut. »Du gehst einfach an sein Handy? Dann darfst du dich nicht wundern, wenn er sauer wird.«

»Er ist nicht sauer geworden.« Jedenfalls noch nicht, fügte ich in Gedanken hinzu. »Aber in den Nachrichten standen sehr merkwürdige Dinge. Ich befürchte, er gehört irgendeiner geheimen Sekte oder Terror-Organisation an.« Das war zwar jetzt ein wenig übertrieben, würde aber das Telefonat ungemein verkürzen.

Und richtig, Sebastian biss an. »Was genau stand denn in den SMS?«, fragte er mit geschäftsmäßiger Stimme. Endlich schien er sich daran zu erinnern, dass er Polizist war.

»Er soll seine geheime Mission nicht verraten. Und er darf nicht über seine Kräfte sprechen.«

Sebastian lachte erleichtert. »Das klingt für mich eher nach einem harmlosen Spinner, der zu viel Asterix gelesen hat. Gab es noch weitere Nachrichten?«

»Ja. Er hat zum Beispiel detaillierte Anweisungen erhalten, wie er mir einen Verlobungsring geben soll.«

»Ihr seid endlich verlobt? Gratuliere.«

»Nein, wir sind nicht verlobt. Aber das ist eine andere Geschichte.«

»Bei Gelegenheit kannst du sie mir gern erzählen.«

»Nicht jetzt!«, zischte ich.

»Ist ja schon gut«, beruhigte er mich. »Vielleicht kamen diese SMS von seiner Mutter oder einer Schwester. Was hat er denn gemacht, als du ihn auf die SMS angesprochen hast?«

»Ich habe ihn nicht darauf angesprochen, sondern bin weggelaufen und habe mich im Schlafzimmer eingeschlossen.«

»Und er?«

»Keine Ahnung.« Ich schielte zur Tür.

»Er ist dir nicht gefolgt?«

»Bis jetzt nicht«, gab ich zögernd zu.

»Was macht er dann?«

»Woher soll ich das wissen?«

»Du könntest durch das Schlüsselloch gucken«, schlug er vor.

»Und wenn er mich dann durch die Tür erschießt?« Vor meinen Augen tauchten alle möglichen Filmszenen auf, in denen sich Gangster durch geschlossene Türen gegenseitig ermordeten.

»Hat er denn eine Pistole dabei?«

»Nein, ich glaube nicht.«

»Hm. Dann ist deine Befürchtung wohl mehr als grundlos. Außerdem, wenn er dich umbringen wollte, hätte er das längst tun können«, stellte Sebastian fest.

»Das ist ja wirklich beruhigend!« Die Vorstellung, dass Raphael zu so etwas fähig sein könnte, war alles andere als angenehm. Trotzdem erhob ich mich und ging zur Tür. So leise wie möglich entfernte ich den Schlüssel aus dem Türschloss und spähte hindurch.

»Was tut er?«

»Er hat sich aus der Küche Besen und Schaufel geholt und kehrt die Scherben zusammen«, berichtete ich einigermaßen verblüfft.

»Welche Scherben?«

»Ihm sind zwei Teetassen runtergefallen, als ich ihn auf der Flucht angerempelt habe.«

»Du meinst, er macht sauber?«

»Sieht so aus.«

»Das klingt nicht sehr gefährlich. Du solltest die Tür öffnen und ihn zur Rede stellen.«

»Und du solltest sofort herkommen!«

»Das würde ich gern tun, aber wir stehen hier wohl noch eine Weile im Stau.«

»Oh, Gott!« Erschöpft lehnte ich mich gegen die Tür. »Was soll ich denn jetzt machen?«

»Du scheinst wirklich Angst zu haben«, bemerkte Sebastian unerwartet verständnisvoll.

»Ja.«

»Gut. Dann rufst du jetzt sofort die Polizei an.«

»Nein, das will ich nicht. Vielleicht ist alles ja doch ein riesengroßes Missverständnis.«

»Theresa! Du musst dich jetzt mal entscheiden, was du willst.«

»Ich brauche Hilfe. Möglichst schnell und möglichst diskret.«

»Ich habe eine Idee«, sagte er nach kurzem Nachdenken. »Ich rufe bei Harald an. Der wohnt ganz in der Nähe und kann schnell bei dir sein.«

»Nein! Nicht Harald.« Der hatte mir jetzt gerade noch gefehlt! Ich wusste, dass ich irgendwann mit ihm reden musste. Aber doch nicht jetzt, und nicht unter diesen Umständen.

»Sei nicht albern. Und jetzt geh aus der Leitung. Ich muss telefonieren.«

»Sebastian!«, protestierte ich verzweifelt. Inzwischen war es mir egal, ob Raphael mich hören konnte.

»Wir sind so schnell wie möglich bei dir«, versicherte mir mein Bruder und beendete das Telefongespräch.

»Vielen Dank«, murmelte ich und warf das Handy aufs Bett. Nervös rieb ich mir die Stirn und überlegte, was ich Harald sagen sollte. Ich war kaum in der Stimmung für ein Liebesgeständnis. Außerdem hatte ich vorgehabt, die Gespräche mit beiden Männern in Ruhe und getrennt voneinander zu führen. Aber in den letzten Minuten war die Situation außer Kontrolle geraten.

Ich war so in Gedanken versunken, dass ich zusammenfuhr, als ein leichtes Klopfen an der Tür ertönte.

»Theresa?«, fragte Raphael vorsichtig.

Mir stellten sich vor Panik alle Nackenhaare hoch.

»Bitte, Theresa!« Es klopfte wieder.

»Was willst du?«, quiekte ich ein paar Oktaven zu hoch.

»Können wir reden?«

»Reden? Worüber?«

»Die Nachrichten auf meinem Handy haben dich sicherlich ziemlich beunruhigt ...«

»O ja!«

»… und dafür möchte ich um Entschuldigung bitten«, fuhr er fort. »Ich will nicht, dass du Angst hast.«

Seine Worte überraschten mich. Ich hatte mit fast allem gerechnet, als er an die Tür klopfte – nur nicht damit, dass er um Verzeihung bitten würde. Vielleicht hatte ich mich doch nicht völlig in ihm getäuscht. Vielleicht war er nur ein wenig verrückt, aber harmlos.

»Was haben diese merkwürdigen SMS zu bedeuten?«

»Das ist nicht einfach zu erklären. Schon gar nicht durch eine Tür.«

»Versuch es einfach!«

»Wo soll ich anfangen?«

»Wie wäre es mit der Wahrheit über deine Person?«

»Mein Name ist Raphael von Hohenberg. Ich bin 39 Jahre alt, ledig und führe als leitender Direktor das Schlosshotel Silberstein sowie den dazugehörigen Reitstall und das Weingut.«

»Das weiß ich alles schon. Und bis vor einer Stunde dachte ich auch, dass es stimmt.«

»Es stimmt«, versicherte er mir eindringlich.

»Und was hat es mit diesen merkwürdigen Nachrichten von Eva und Gabriel auf sich?«

Wie auf Kommando ertönte in diesem Moment »Glory, Glory, Halleluja!«

»Siehst du!«, schimpfte ich und schlug mit der Hand gegen die Tür. »Die können dich nicht einmal jetzt in Ruhe lassen!«

Die Melodie spielte weiter.

»Willst du nicht lesen, was du zu tun hast?«

»Ich weiß es nicht.« Raphaels Stimme klang ratlos.

»Gabriel weiß es bestimmt«, bemerkte ich höhnisch. »Und ich wette, Eva hat auch noch einen guten Tipp auf Lager.«

Das Lied verstummte, und es war mit einem Mal sehr ruhig. Vorsichtig schaute ich durch das Schlüsselloch. Raphael saß auf dem Boden und starrte gedankenverloren auf die Schlafzimmertür. Das Handy lag neben ihm.

»Und, was schreibt er?«

»Keine Ahnung.« Raphael schubste das Telefon achtlos Richtung Küche. »Ich habe nicht nachgesehen.«

»Wirklich nicht?«

Er schüttelte den Kopf, und ich zog mich rasch vom Schlüsselloch zurück. Wahrscheinlich hatte er mich dort längst entdeckt.

»Ich muss eine Entscheidung treffen«, sagte er bedächtig. »Und ich muss sie allein treffen. Jetzt. Ohne die Hilfe des Himmels.«

»Was hat denn der Himmel damit zu tun?«

»Vieles.«

»Das verstehe ich nicht.«

»Warte einen Moment!« Er seufzte, und danach war es wieder still. Zögernd wagte ich einen weiteren Blick durchs Schlüsselloch. Raphael hatte sich erhoben, die Hände im Nacken verschränkt, und dachte offenbar gründlich nach. Ein paar Sekunden später nickte er entschlossen und ließ seine Finger sinken. »Wirst du mich anhören, wenn ich dir die Wahrheit erzähle?«

»Äh ... natürlich.« Was blieb mir denn anderes übrig? Ich saß hier fest.

»Könntest du die Tür öffnen? Ich möchte dir dabei in die Augen sehen. Bitte!«

Ich versuchte, meine chaotischen Gedanken zu ordnen. Einerseits verursachte mir die Situation immer noch riesige Angst. Vor meiner Schlafzimmertür stand der Mann, in den ich mich vor zwei Wochen Hals über Kopf verliebt hatte. Er trug irgendein Geheimnis mit sich herum, das ich nicht kannte und das im schlimmsten Fall gefährlich, vielleicht aber auch nur völlig harmlos und durchgeknallt war.

Andererseits war ich trotz meiner Furcht sehr neugierig auf seine Erklärung. Außerdem: Was konnte mir schon passieren, wenn ich die Tür öffnete? Raphael hatte in den letzten Wochen mehr als eine Gelegenheit gehabt, mir zu schaden. Offensichtlich wollte er momentan tatsächlich nichts von mir. Und Harald würde bald hier sein.

»Also gut.« Vorsichtig drehte ich den Schlüssel um. Langsam öffnete sich die Tür, und Raphael sah mich mit seinen blauen Augen erleichtert an. Er lächelte sogar.

Ich schluckte. »Also, was willst du mir sagen?«

»Ich bin sozusagen der Mann deiner Träume«, begann er.

»Hm.« Das stimmte eigentlich nicht. Nicht mehr.

»Und ich bin ein Engel.«

Jetzt musste ich doch ein wenig schmunzeln. »Nicht immer.«

»Du verstehst es nicht, Theresa!« Er straffte sich und wirkte auf einmal sehr stattlich und eindrucksvoll. »Ich bin tatsächlich ein Engel und komme aus dem Himmel.«

»Wie bitte?«

»Ich bin ein Engel«, wiederholte er.

Das war eindeutig durchgeknallt, aber auf eine sehr liebenswerte Weise. Meine Angst schwand dahin. »Kannst du mir das näher erklären?«, fragte ich und bemühte mich, ein gleichgültiges Gesicht zu machen.

»Gern«, sagte er lächelnd. Er schien sich zu freuen, dass ich an seiner irrwitzigen Geschichte Interesse zeigte. »Ich bin vom himmlischen Rat zur Erde gesandt worden.«

»Vom himmlischen Rat? Was ist das?«, fragte ich verdutzt.

»Das sind Gabriel, Adam, Eva, Maria und Petrus. Sie teilen sich die Leitung des himmlischen Unternehmens.«

»Himmlisches Unternehmen?«

»Unsere Firma.«

»Natürlich! Euer weltweit tätiges Familienunternehmen!« Eins musste man ihm lassen – seine Fantasie war konsequent.

»Und warum haben dich diese … diese Wesen auf die Erde geschickt?«

Raphael sah auf einmal etwas betreten drein. »Genau genommen war das Evas Idee«, begann er zögernd. »Sie wollte beweisen, dass jede Frau mit einem Mann glücklich werden kann, wenn er nur die richtigen Eigenschaften besitzt.«

»Eigenschaften, von denen die Frauen träumen?«

»Ja. Ist dir nicht aufgefallen, dass ich genau die Eigenschaften habe, die du dir bei einem Mann immer erträumt hast? Für dich wurde ich zum südländisch aussehenden Grafen mit Schloss und Reiterhof.«

Ich stutzte. Die Übereinstimmung seiner Person mit meinen Träumen hatte mich tatsächlich von Anfang an fasziniert, aber ich hatte es für einen glücklichen Zufall gehalten. Konnte tatsächlich mehr dahinterstecken? Dann würden viele Ereignisse der letzten zwei Wochen tatsächlich einen Sinn ergeben. Aber noch war ich nicht so weit, ihm zu glauben. »Und weiter?«, fragte ich stattdessen.

»Sie schickten mich zu dir – und den Rest kennst du.«

»Nicht so schnell!« Mir schwirrten tausend Fragen durch den Kopf. »Warum wurde gerade ich ausgesucht?«

»Das war Zufall. Du warst gerade verfügbar und hattest sehr konkrete Vorstellungen von deinem Traummann.«

»Und du? Hast du dich freiwillig gemeldet? Oder gab es vielleicht eine Art himmlisches Casting?«, scherzte ich, darum bemüht, ihm nicht zu zeigen, wie verwirrt ich mittlerweile war.

Er schmunzelte. »Ich war gerade frei.«

»Frei? Was machst du denn sonst, wenn du nicht frei bist?«

»Normalerweise bin ich ein Schutzengel.«

»Ach so.« Aus seinem Mund klang das irgendwie plausibel. Mein Widerstand gegen seine Geschichte bröckelte.

»Ich habe schon viele Menschenleben begleitet und kenne mich mit euch sehr gut aus.«

»Du hast gesagt, du wärst im Personenschutz tätig«, murmelte ich und erinnerte mich an die Unterhaltung in Hannas Auto am Tag unserer Ankunft. »Das wäre dann nicht einmal gelogen gewesen.«

»Nein. Ich versuche, nicht zu lügen. Schließlich muss ich mich an unsere Regeln halten.«

»Mich hast du aber ganz schön belogen!«

»Irrtum«, widersprach er. »Ich sage nur nicht immer die ganze Wahrheit.« Er räusperte sich. »Glaube mir, das ist besser für dich.«

»Das ist alles so ... unfassbar«, flüsterte ich.

»Ich weiß.«

»Was hat es zum Beispiel mit diesen merkwürdigen SMS auf sich?«

»Sie stammen von Gabriel und Eva.«

»Vermutlich von der Urmutter Eva und dem Erzengel Gabriel«, sagte ich spaßend und hielt dann erschrocken inne. Auch das machte irgendwie Sinn.

»Richtig!«

»Dann ist der Erzengel Gabriel wohl ein sehr alter, verbitterter Mann, der einem nicht das kleinste Vergnügen gönnt.«

Raphael lachte. »Er ist nicht verbittert. Er muss nur auf die Einhaltung der Regeln achten ... «

»... die für Eva anscheinend nicht gelten. Sie hat dir sehr weibliche Ratschläge gegeben.«

»Sie wollte, dass es zwischen uns beiden funktioniert.« Auf einmal sah Raphael traurig aus. »Leider hat sie umsonst gehofft.«

Ich legte meine Hände auf seine Schultern. »Das liegt nicht an dir, Raphael. Das ist ganz allein meine Schuld.«

Er erwiderte meine Umarmung. »Wenn du mich nicht willst – kannst du dann wenigstens versuchen, mir zu glauben? Das wäre mir sehr wichtig!«

»Ich weiß es nicht.« Irgendetwas in meinem Inneren sagte mir, dass er tatsächlich die Wahrheit sprach. Immerhin hatte ich viel Zeit mit mathematischen Rätseln verbracht und wusste, dass oft die unwahrscheinlichste Variante, so verrückt sie auch klingen mochte, die einzig mögliche Lösung darstellte. Konnte es nicht auch hier so sein?

Aber noch bevor ich etwas sagen konnte, öffnete sich meine Eingangstür mit einem lauten Knall, und Harald stürmte in die Wohnung.

»Theresa?«, brüllte er angstvoll und blickte sich hektisch um.

»Wir sind hier«, antwortete ich leise.

Schnell trat er zu uns ins Schlafzimmer. Als er mich unversehrt bei Raphael stehen sah, machte sich grenzenlose Erleichterung in seinem Gesicht breit. Aber nur so lange, bis er begriff, was ich gerade tat und wen ich umarmte. Schlagartig verwandelte sich seine Mimik in Unverständnis und Ablehnung.

Ich wäre vor Scham am liebsten im Boden versunken. Was sollte er jetzt von mir denken? Zuerst rief ich per Telefon verzweifelt um Hilfe, und dann stand ich mit dem Mann, der meine Panikattacke hervorgerufen hatte, eng umschlungen im Schlafzimmer. Doch statt ihm alles zu erklären, trat ich die Flucht nach vorn an. »Du hast gerade meine Tür aufgebrochen!« Ich deutete anklagend auf mehrere kleine Werkzeuge, die er in der Hand hielt.

»Dein Bruder hat gesagt, es sei Gefahr im Verzug«, verteidigte er sich. »Aber offensichtlich war er falsch informiert.«

Rasch löste ich mich aus Raphaels Umarmung und trat einen Schritt zurück. Dieser blickte mich verwundert an, machte aber keine Anstalten, erneut die Arme um mich zu legen, sondern verschränkte sie vor seiner Brust.

»Wahrscheinlich hattet ihr nur ein kurzzeitiges Beziehungsproblem, oder?« Harald zog spöttisch die Augenbrauen in die Höhe. »Das soll in den besten Familien vorkommen.«

»Wir hatten kein Beziehungsproblem. Es war alles nur ein riesiges Missverständnis.«

»Und worum ging es? Um die Wahl zwischen Theaterloge und Nobelrestaurant?« Er musterte unsere Kleidung.

»Es muss ja nicht jeder am Abend so nachlässig gekleidet herumlaufen wie du«, gab ich böse zurück und warf einen missbilligenden Blick auf seine ausgelatschten Turnschuhe, die zerrissene Jeans und das zerknitterte Hemd.

»Nur zu deiner Information: Als Sebastians Anruf kam, bin ich sofort losgerannt, weil ich dachte, du schwebst tatsächlich in Gefahr. Ich habe nicht einmal Licht ausgemacht, und mein Fernseher läuft auch noch. Wenn ich gewusst hätte, dass das hier eine elegante Abendveranstaltung wird, hätte ich mich selbstverständlich vorher in Schale geworfen.«

»Womit denn? Du hast gar keine schönen Klamotten!«

O Gott, was tat ich da? Vor lauter Unsicherheit stritt ich mich mit dem Mann, den ich liebte. Für ihn hatte ich sogar einen anderen Mann verlassen – meinen Traummann, der ebenfalls im Zimmer stand und alles mit anhören musste. Falls er überhaupt ein Mann war ...

Erschöpft schlug ich die Hände vors Gesicht und ließ mich in den Schaukelstuhl fallen. Die Entwicklungen der letzten Stunde waren einfach zu viel für mich. »Theresa?« Gleich von zwei Seiten kamen besorgte Stimmen. Harald hatte sein Werkzeug fallen lassen, kniete sich vor mich und legte seine Hände auf meine Knie. Raphael beugte sich von hinten über meine Schulter und strich mir die Haare zurück.

»Alles okay?«, wollte Harald wissen, ohne auf Raphael zu achten.

»Nein«, stöhnte ich hinter meinen Händen. »Gar nichts ist okay.«

»Hat er dir doch etwas angetan?« Haralds Stimme klang drohend.

»Nein, natürlich nicht. Es ist alles meine Schuld«, schluchzte ich.

»Hey!«, sagte Harald leise und zog mir die Hände vom Gesicht. »So schlimm ist es doch nicht, dass du gleich in Tränen ausbrechen musst. Es war einfach falscher Alarm. So etwas kommt vor.«

Mit einem Ruck richtete sich Raphael auf und starrte erstaunt auf meine Finger, die in Haralds Händen lagen. »Ach, so ist das!«

Hastig zog Harald seine Hände zurück, aber ebenso schnell ergriff ich sie wieder und hielt sie so fest wie ich konnte. Jetzt war sowieso schon alles gleichgültig. Verwirrt blickte er mich an. Ich wagte ein schüchternes Lächeln, das er ebenso zurückhaltend erwiderte.

»Das ist also der wahre Grund.« Raphael lachte erleichtert auf.

»Welcher Grund? Wofür?«, wollte Harald wissen.

»Ich habe mich gerade von Raphael getrennt und ...«, begann ich.

»Also habt ihr doch ein Beziehungsproblem.« Harald entzog mir seine Hände und richtete sich auf.

»Von mir aus nenne es so, auch wenn es die Wahrheit nicht einmal ansatzweise trifft.«

»Soll ich es ihm erklären?«, bot sich Raphael an.

»Auf keinen Fall!«, kreischte ich und sprang auf. Wenn ich

selbst schon nicht sicher war, ob ich Raphaels Geschichte glauben sollte, dann durfte er sie auf keinen Fall jemand anderem erzählen, der ihn längst nicht so gut kannte wie ich. In Haralds Fall kam noch erschwerend hinzu, dass er Raphael nicht einmal besonders mochte.

»Wie du meinst.« Raphael wirkte wie verwandelt, als ob er von einer schweren Last befreit worden sei. »Aber ich bin froh, dass ich jetzt den wahren Grund für unsere Trennung kenne.«

»Ich verstehe immer noch kein Wort«, sagte Harald, doch ich hatte das Gefühl, dass ihm langsam dämmerte, worum es hier eigentlich ging.

»Ich werde dir alles später erklären.« Verlegen fuhr ich mir durch die Haare.

»Später?«, wiederholte er verblüfft. »Wollt ihr denn nicht ausgehen?«

»Nein. Das hat sich erledigt.«

»Hm.« In seinem Kopf arbeitete es. »Kannst du mir nicht wenigstens einen Hinweis geben?«

Ich überlegte kurz. »Es geht im weitesten Sinne um Barbie und Ernie.«

»Du meinst wohl Barbie und Ken?«

»Nein, ich meine Barbie und Ernie. Ken spielt nicht mehr mit. Er verabschiedet sich gerade.«

Wenn Harald überrascht war, so ließ er es sich kaum anmerken. Allerdings huschte ein kurzes Strahlen über sein Gesicht. Doch er zuckte betont gleichmütig mit den Schultern und nickte. »Wenn ich schon mal hier bin, kann ich auch noch ein wenig bleiben.«

»Ich kümmere mich gleich um dich, okay? Zuerst muss ich Raphael noch etwas sagen.«

»Hoffentlich kommst du nicht durcheinander mit all den Männergeschichten, die du am Laufen hast.« Grinsend schob

Harald die Hände in seine Hosentaschen und inspizierte neugierig mein Schlafzimmer. Nicht gerade der vorteilhafteste Ort, um mich näher kennenzulernen ... Aber im Moment war es mir wichtig, dass ich noch ein wenig Zeit für Raphael hatte, auch wenn Harald alles mit anhören konnte. Sollte ich ihn aus dem Zimmer schicken? Nein, entschied ich. Das war albern. Außerdem durfte er ruhig wissen, dass mir der Abschied von Raphael alles andere als leicht fiel.

Langsam drehte ich mich zu Raphael um und lächelte ihn traurig an. »Es tut mir alles schrecklich leid.«

»Das ist nicht nötig«, tröstete er mich.

»Warum komme ich mir dann trotzdem so schlecht vor?«

»Weißt du nicht, was ich dir immer gesagt habe? Ich will, dass du glücklich bist.«

»Gerade fühle ich mich aber extrem unglücklich.«

»Das vergeht. Und dann wird alles so kommen, wie du es dir erträumst.«

»Lieber nicht!«

Raphael schmunzelte und blickte an meiner Schulter vorbei zu Harald. »Nicht ganz so perfekt, aber dafür menschlicher und intensiver, nicht wahr?«

Ich nickte und konnte Haralds fragende Blicke in meinem Rücken deutlich spüren. Aber noch galt meine ganze Aufmerksamkeit Raphael. Vorsichtig machte ich ein paar Schritte in seine Richtung. »Und? Was wird jetzt aus dir? Was wirst du jetzt machen?« Mit einem Mal wurde mir bewusst, dass unser Abschied für immer kurz bevorstand.

»Ich gehe dahin zurück, wo ich hergekommen bin.«

»Hm.« Meinte er den Himmel? »Und dann?«

»Dann werde ich darum bitten, meinen alten Job wieder aufnehmen zu dürfen.«

»Du meinst ... den Personenschutz?«, formulierte ich vorsichtig.

»Ja.« Er nickte. »Vielleicht werde ich sogar eine Auswechslung beantragen. Ich wüsste nämlich jemanden, den ich liebend gern beschützen würde.«

»Oh.« Die Vorstellung, ihn als Schutzengel zu haben, war überwältigend schön. Ich vergaß fast, dass ich eigentlich gar nicht an Engel glaubte. Trotz der Tränen, die mir in die Augen stiegen, lächelte ich. »Ich werde dich vermissen.«

»Keine Sorge, ich werde nicht weit fort sein.« Er wischte mir die Tränen aus dem Gesicht und küsste mich behutsam auf den Mund.

Harald ließ uns genau zwei Sekunden. Dann räusperte er sich lautstark, und sofort zog sich Raphael zurück. »Das war ein Abschiedskuss«, sagte er in Haralds Richtung und zwinkerte ihm entschuldigend zu. Beinahe sah es so aus, als ob er sich über die Situation amüsierte.

Doch ich kannte ihn besser. Ich sah den melancholischen Ausdruck in seinen Augen, und ich hatte vorhin einen kleinen Blick in seine Seele werfen dürfen. Ob er nun tatsächlich ein Engel war oder sich nur dafür hielt – auch er hatte Gefühle und wusste, dass es für ihn Zeit war, zu gehen.

»Wie kann man gleichzeitig glücklich und traurig sein?«, fragte er mich. »So etwas habe ich noch nie gefühlt.«

»Vielleicht bist du doch menschlicher, als du annimmst.«

»Ja, vielleicht. Auf jeden Fall werde ich diese Empfindungen niemals vergessen.«

»Seid ihr jetzt fertig mit eurem merkwürdigen Gespräch?« Auf einmal stand Harald direkt neben mir.

»Ja, das sind wir.« Raphael hielt Harald die Hand hin. »Ich wünsche dir alles Gute. Pass auf sie auf!«

Überrascht, aber durchaus freundlich schlug Harald ein. »Das mache ich, sofern sie mich lässt.«

»Ansonsten bin ich ja auch noch da. Zwar nicht sichtbar, aber immer –«

»Raphael!«, warnte ich ihn und schüttelte den Kopf.

Er verstand. »Das soll unser Geheimnis bleiben, nicht wahr?«

»Ja.«

»Einverstanden.« Er küsste mich sanft auf die Stirn. »Danke für alles. Du hast mir mehr gegeben, als du ahnst.«

»Du mir auch.« Ich schluckte und spürte einen riesigen Kloß im Hals. »Leb wohl!«

Er lächelte mir noch einmal zu, drehte sich um und ging dann langsam aus dem Zimmer.

»Raphael?«, rief ich ihm nach.

»Ja?«

»Vergiss nicht, mir Bescheid zu geben, wenn die Auswechslung geklappt hat!«

»Wird gemacht«, versicherte er mir und verschwand durch die Tür.

Jetzt ließ ich meinen Tränen freien Lauf.

»Hey!« Harald nahm mich sanft in seine Arme. Er versuchte nicht einmal, mich zu trösten, sondern hielt mich ganz fest und ließ mich weinen. »Bist du dir sicher, dass du das Richtige getan hast?«, fragte er irgendwann.

Ich nickte und trocknete meine Tränen. »Ganz sicher.«

»Es ist merkwürdig, dass selbst ich mich traurig fühle«, gab er zu. »Dabei habe doch gerade ich allen Grund, froh über seinen Abschied zu sein.«

»Mich wundert das nicht. Raphael ist etwas ganz Besonderes.«

»Das muss er wohl sein, auch wenn ich kein Wort von eurer Unterhaltung verstanden habe.«

»Macht nichts.«

Behutsam zog Harald meinen Kopf hoch, so dass ich ihm in die Augen schauen musste. »Du wirst es mir auch nicht erklären, oder?«

»Lieber nicht. Das ist eine sehr persönliche Sache zwischen Raphael und mir. Kannst du das akzeptieren?«

»Es bleibt mit wohl nichts anderes übrig.«

»Danke!«

Er grinste. »Außerdem interessiert mich gerade eine andere Sache noch viel brennender.«

»Barbie und Ernie?«, mutmaßte ich seufzend.

»Genau. Wie war das noch gleich mit den beiden?«

»Barbie hat Ken verlassen, weil sie festgestellt hat, dass Ernie viel besser für sie ist. Er ist zwar nicht so perfekt wie Ken, aber –«

»Moment mal!«, unterbrach er mich. »Ernie hat ein paar nicht zu verachtende Qualitäten.«

»Zum Beispiel?«

»Na ja, er wäscht seine Wäsche selbst. Seit letzter Woche kann er auch prima mit Dämmfolie und Eingangsklemmen für Dimmschalter umgehen. Und er ist besser in Mathe als Barbie!«

»Was noch zu beweisen wäre«, murmelte ich.

»Jederzeit.« Seine Lippen waren mittlerweile ganz nahe an meinem Gesicht, und sein Bart kitzelte an meiner Nase entlang. »Willst du es testen?«

»Jetzt?« Momentan war ich von seiner Berührung so abgelenkt, dass ich nicht einmal in der Lage gewesen wäre, eine einfache Additionsaufgabe zu stellen, geschweige denn, sie auszurechnen.

»Warum nicht?«

»Später«, flüsterte ich und vergrub meine Hände in seinen Haaren.

Und dann küssten wir uns für eine halbe Ewigkeit, oder zumindest kam es mir so vor. Das war kein zärtlicher, rücksichtsvoller Kuss, wie ich ihn von Raphael kannte. Dieser Kuss war fordernder, intensiver und leidenschaftlicher als all das, was ich bislang erlebt hatte. Es kam mir vor, als ob ich schon immer in genau diese Arme gehört hätte. Und mit einem Mal wusste ich, dass Harald zwar nicht derjenige war, den ich mir erträumt hatte, dafür aber genau der Mann war, den ich brauchte.

Plötzlich ertönte hinter uns die Stimme meines Bruders. »Was macht ihr denn da?« Sebastian stand mit Stefanie in der Schlafzimmertür und starrte uns anklagend an.

Steffi stieß ihn in die Seite. »Was sie da machen, weißt du hoffentlich! Die Frage ist nur, warum sie es tun.«

»Vor allem: warum gerade jetzt? Ich dachte, ihr schwebt hier in größter Gefahr!«

»Wegen euch sind wir teilweise auf der Standspur gefahren.« Steffi schauderte angesichts ihrer Erinnerungen. »Ich möchte lieber nicht wissen, wie viele Verkehrsregeln wir gebrochen haben.«

»Und warum das alles?«, regte sich Sebastian auf. »Um euch beim Knutschen zusehen zu können!«

»Entschuldige.« Ich errötete und löste mich widerwillig aus Haralds Umarmung. »Ich glaube, ich habe etwas überreagiert. Der Streit mit Raphael war harmloser als befürchtet. Wir haben uns im beiderseitigen Einvernehmen getrennt.«

»Und deshalb lässt du deine Erleichterung und deine Dankbarkeit an Harald aus.« Mein Bruder schüttelte fassungslos den Kopf. »Bist du jetzt völlig übergeschnappt?«

»Sebastian!« Harald runzelte warnend die Stirn.

»Ist doch wahr!«, regte sich Sebastian auf. »Ich habe mir wirklich Sorgen gemacht.«

»Ich sagte doch schon, dass es mir leid tut«, murmelte ich.

»Seit wann geht das denn schon mit euch beiden? Und warum weiß ich nichts davon?«

»Du stellst mir immer die gleichen Fragen, wenn es um

einen Mann geht, ist dir das mal aufgefallen?«, entgegnete ich erbost.

Beruhigend legte Harald den Arm um meine Schultern.

»Hier handelt es sich aber nicht um irgendeinen Mann, sondern um meinen besten Kumpel«, schimpfte mein Bruder. »Du kannst nicht einfach den einen Mann abservieren und dir gleich den nächsten schnappen! Und schon gar nicht Harald!«

»Ich habe ihn mir nicht geschnappt, sondern du hast ihn mir geschickt!«

»Na toll, jetzt bin ich vermutlich auch noch schuld an der Sache.«

»Das muss ich mir nicht anhören, schon gar nicht von dir!« Ich ballte meine Fäuste, und Harald zog mich noch ein wenig fester an sich.

»Hört sofort auf zu streiten«, mischte sich Steffi ein. »Das hier ist weder die richtige Zeit noch der geeignete Ort, um sich auszusprechen.«

»Sie hat recht«, kam Harald ihr zur Hilfe.

»Ich schlage vor, wir gehen morgen Abend zusammen etwas trinken und klären alles in Ruhe.« Steffi stupste Sebastian in die Seite. »Einverstanden?«

Mein Bruder nickte zögernd. »Okay.«

»Gut.« Steffi atmete auf.

»Trotzdem muss Theresa mir aber jetzt noch sagen, was mit dem armen Raphael passiert ist«, bemerkte Sebastian trotzig.

»Wie meinst du das?«

»Wir haben ihn gerade im Treppenhaus getroffen«, erzählte Steffi. »Irgendwie sah er aus, als hätte er etwas getrunken. Er wirkte seltsam entrückt und hat uns mehrmals erzählt, wie wichtig die Liebe im Leben ist.«

»Und dann hat er sich von uns verabschiedet und mir seinen Rolls-Royce geschenkt«, ergänzte mein Bruder und hielt wie zur Bestätigung die Autoschlüssel hoch.

»Er wird sich doch nichts antun, oder?«, wollte Harald von mir wissen.

»Nein«, beruhigte ich ihn. »Aber da, wo er jetzt hingeht, kann er sein Auto nicht gebrauchen.«

»Cool. Dann kann ich es ja behalten.« Sebastian steckte die Schlüssel in seine Hosentasche.

»So viel also zu deiner Sorge um Raphael«, knurrte ich.

Er zuckte mit den Schultern. »Wenn du sagst, dass es ihm gut geht und er nichts Dummes machen wird ...«

»Er wird sicherlich nichts Dummes machen.« Davon war ich überzeugt, auch wenn ich selbst nicht genau wusste, warum.

»Dann lasst uns doch eine Probefahrt machen!«, schlug Steffi vor. »Ein bisschen Spaß haben wir uns nach dieser Geschichte redlich verdient.«

»Kommt ihr mit?«, fragte Sebastian, aber es war ihm deutlich anzusehen, dass er uns lieber nicht dabeihaben wollte.

Harald und ich sahen uns an und schüttelten gleichzeitig den Kopf. Wir hatten beide nicht die geringste Lust, mitzufahren. »Nein, danke. Wir haben hier noch etwas zu erledigen«, murmelte ich.

Steffi grinste amüsiert. »Komm schon!«, forderte sie meinen Bruder auf und schob ihn zur Tür hinaus. »Die beiden wollen allein sein.«

»Ich fasse es nicht«, hörte ich Sebastian noch im Treppenhaus brummen. »Mein bester Freund und meine Schwester!«

»Wo waren wir stehengeblieben?«, fragte ich und ließ mich wieder in Haralds Arme sinken.

»Ungefähr hier, glaube ich«, flüsterte er und küsste mich auf den Hals.

Und dann machten wir genau dort weiter, wo wir vorhin

unterbrochen worden waren. Dieses Mal ließen wir uns nicht stören, nicht einmal durch »Glory, Glory, Halleluja!« und »Mission Impossible«, die abwechselnd aus der Küche ertönten.

»Willst du nicht rangehen?«, fragte Harald irgendwann atemlos zwischen zwei Küssen. »Es könnte dringend sein.«

»Nein.« Ich schüttelte den Kopf und schmiegte mich noch enger an ihn. Das war nicht dringend.

Der Himmel konnte warten!

Projektabschluss

»Management by Helikopter:
Über allen schweben, von Zeit zu Zeit
auf den Boden kommen, viel Staub
aufwirbeln und dann wieder ab nach oben.«
(Verfasser unbekannt)

Projekt: Engel für Single (EfüSi) / Protokoll des Meetings vom 28. Mai

Teilnehmer: Jesus (Gast)
Petrus (Projektleiter)
Gabriel (stellv. Projektleiter)
Maria
Adam
Eva (Protokollführerin)

TOP 1: Projektabschluss und Bewertung
Das Projekt wird mit sofortiger Wirkung beendet.

Der VE ist bereits in den Himmel zurückgekehrt.

Trotz herausragender Performance der Beteiligten und entgegen aller Erwartungen hat sich die VP dazu entschlossen, mit einem gewöhnlichen Mann zu leben.

Der VE wird hiermit ausdrücklich von jeder Verantwortung für die Geschehnisse freigesprochen. Darüber hinaus drücken ihm alle Teammitglieder und der heutige Gast ihren Dank aus.

Teammitglied Adam und die Protokollführerin ziehen ihre Wette einvernehmlich zurück und kündigen an, jetzt erst einmal gemeinsam einen langen Urlaub machen zu wollen.

Die Entscheidung über Erfolg oder Misserfolg des Projektes durch den heutigen Gast erübrigt sich deshalb.

Alle irdischen Güter des VE werden online zum Verkauf angeboten, mit Ausnahme des Rolls-Royce, den der VE in einem Anfall von Schwäche an den Bruder der VP verschenkt hat.

TOP 2: Ausblick
Das Problem der überzähligen Schutzengel soll ab sofort durch die Gründung eines himmlischen Chores gelöst werden.

Der VE bittet darum, den Personenschutz für die VP übernehmen zu dürfen. Dieser Bitte wird einstimmig entsprochen.

Der derzeit für die VP zuständige Schutzengel wird in den Himmel abberufen. Da er über eine kräftige Singstimme verfügt, stellt er eine zusätzliche Bereicherung für den himmlischen Chor dar.

Adam, Eva, Gabriel und der VE werden der VP zum Abschluss noch einmal im Traum erscheinen, um ihren Dank auszudrücken und ein paar offene Punkte zu klären.

Irdischer Epilog

Ich saß allein auf einer Bank im Schlosspark und ließ mein Gesicht von der Sonne bescheinen. Der Wind raschelte leise durch die Blätter, und irgendwo im Hintergrund war merkwürdigerweise der leise Gesang eines Männerchores zu hören.

»Entschuldigung, ist hier noch frei?«

Langsam öffnete ich die Augen. Vor mir standen eine sehr elegant gekleidete Frau und ein ebenso gut angezogener Mann, die sich an den Händen hielten und sehr verliebt wirkten.

»Ja.« Ich nickte und rückte ein Stück zur Seite.

Die beiden ließen sich zu meiner Rechten nieder. Gleich darauf humpelte ein weißhaariger Greis auf uns zu, der sich bei einem nicht mehr ganz jungen Mann untergehakt hatte.

Mich traf fast der Schlag. Dieser Mann war Raphael!

»Hallo Theresa!« Er ließ den alten Mann los und umarmte mich, über das ganze Gesicht strahlend. »Dürfen wir uns zu dir setzen?«

»Alle?«, fragte ich, immer noch überrascht von dem plötzlichen Wiedersehen. »Wird das nicht ein bisschen eng?« Mit mir zählte ich fünf Personen, die gemeinsam auf der Bank Platz nehmen wollten. Dabei standen neben uns jeweils noch drei unbenutzte Parkbänke!

»Keine Angst, Kindchen, wir wiegen fast nichts«, beruhigte mich die hübsche Dame zu meiner Rechten.

Ich achtete nicht weiter auf sie, sondern starrte Raphael an. Er sah genauso perfekt aus wie immer, und sogar sein Lächeln wirkte so freundlich und liebevoll, wie ich es in Erinnerung hatte.

»Wie geht es dir?«, wollte ich wissen.

»Gut. Und dir? Bist du glücklich?«

»Sehr sogar.« Glücklich war gar kein Ausdruck. Seit ich mit Harald zusammen war, war meine Welt vollkommen.

»Das ist schön.« Er half dem alten Mann auf die Bank und nahm dann direkt neben mir Platz.

Ich räusperte mich. »Warum bist du hier? Ich dachte, du wolltest zurück in den Himmel gehen.«

»Das habe ich auch gemacht. Aber wir wollten heute noch einmal gemeinsam die Gelegenheit nutzen, dir zu danken.«

»Wir?« Ich musterte die anderen drei Personen auf der Bank misstrauisch.

»Weißt du nicht, wer wir sind, Kindchen?«, wollte die elegante Dame wissen.

»Ich bin nicht Ihr ›Kindchen‹«, entgegnete ich unfreundlich. Irgendwie war mir diese Frau unsympathisch, und ich wurde das Gefühl nicht los, dass ich sie kannte. Woher bloß?

Sie beobachtete mich genau und schmunzelte amüsiert. »Deine Mutter wusste schneller Bescheid.«

»Was hat denn meine Mutter damit zu tun?«

»Deine Mutter ist eine sehr kluge Frau, Kindchen. Sie ist uns schon einmal begegnet. Weißt du jetzt, wer wir sind?«

»Nun lass ihr doch etwas Zeit«, schimpfte der gut angezogene Herr neben ihr. »Wie soll sie denn sonst nachdenken?«

»Ganz ruhig.« Raphael ergriff meine Hand und drückte sie leicht. Der alte Mann neben ihm hüstelte und starrte missbilligend auf unsere verschlungenen Finger. Sofort zog Raphael seine Hand zurück.

Mit einem Mal war mir klar, wer da mit mir auf der Bank

saß. »Ihr seid Adam, Eva und Gabriel!«, rief ich und sprang auf. »Ohne die Erkennungsmelodien aus dem Handy hätte ich Sie beinahe nicht erkannt.«

»Die waren gut, oder?« Gabriel kicherte. »Ich könnte wirklich Gefallen finden an der Technik des einundzwanzigsten Jahrhunderts.«

»Apropos Handy.« Ich kramte in meiner Handtasche herum und zog Raphaels Telefon hervor. »Hier, das hast du bei mir liegen lassen.«

»Willst du es nicht behalten?«

»Nein. Ich brauche keinen direkten Draht zum Himmel. Das macht mir Angst.«

Raphael lachte und nahm mir das Handy ab.

»Den Ring habe ich auch noch irgendwo.« Ich wollte meine Hand wieder in die Tasche stecken, aber Raphael hielt mich zurück.

»Möchtest du nicht wenigstens den Ring behalten?«

»Äh ... ich glaube, das würde Harald nicht gefallen.«

»Das kann ich verstehen«, mischte sich jetzt Adam ein.

»Kann ich den Ring mal sehen?«, fragte Eva.

Ich nickte, holte das Schmuckkästchen aus der Tasche und gab es ihr. Sie klappte es auf und streifte den Ring über ihren rechten Mittelfinger. »Der ist wunderschön!«, flüsterte sie und starrte andächtig auf ihre Hand.

»Sie können ihn gern behalten«, murmelte ich.

»Auf keinen Fall.« Adam schüttelte heftig den Kopf. »Du trägst keine Ringe eines fremden Mannes!«

»Aber er ist doch kein Mann, sondern ein Engel«, protestierte Eva. »Und der Ring war sowieso meine Idee.«

»Na und? Der Rolls-Royce war meine Idee«, entgegnete Adam. »Durfte ich ihn deshalb etwa behalten?«

»Na gut.« Seufzend streifte Eva den Ring wieder vom Finger und gab ihn Raphael.

»Wir werden ihn bei passender Gelegenheit verkaufen und den Erlös spenden«, murmelte Gabriel und fügte nach einem Seitenblick auf Adam und Eva hinzu: »An eine Beratungsstelle für eheliche Konfliktlösung ...«

»... die wir natürlich nicht mehr benötigen«, ergänzte Eva mit selbstgefälligem Lächeln. »Dafür hat Theresas Mutter ja gesorgt.«

»Richte ihr bitte unseren Dank und unsere Grüße aus!«, bat Adam. »Das wird sie bestimmt freuen.«

Ich nickte, obwohl ich jetzt schon sicher war, dass ich nichts dergleichen tun würde. Meine Mutter würde sich bestimmt nicht über die Grüße freuen, sondern mich höchstwahrscheinlich für verrückt erklären. Seit der Trennung von Raphael war unser Verhältnis sowieso nicht mehr das Beste. Sie hatte es noch nicht verwunden, dass ich einen Grafen aufgegeben hatte und stattdessen lieber mit einem gewöhnlichen Polizisten zusammenleben wollte.

»Auch bei dir müssen wir uns herzlich bedanken«, fügte Gabriel feierlich hinzu. »Du hast sehr großes Verständnis bewiesen, obwohl wir es dir nicht immer leicht gemacht haben.«

»Ist schon in Ordnung«, flüsterte ich und senkte verlegen den Blick. Dieser Gabriel war ganz schön respekteinflößend!

»Darf ich für einen Moment allein mit Theresa sprechen?«, bat Raphael mit leiser Stimme.

Seine drei himmlischen Kollegen berieten sich flüsternd und nickten dann. »Wir gehen schon mal vor. Du hast fünf Minuten«, brummte Gabriel und erhob sich ächzend. Adam und Eva nahmen ihn in ihre Mitte, und einen Moment später waren die drei im Licht der Frühlingssonne verschwunden.

Verblüfft starrte ich ihnen nach.

Raphael zupfte mich sanft am Ärmel. »Wie geht es deiner Familie?«, wollte er wissen.

»Gut. Mein Vater hat sich vorgenommen, als Nächstes den Keller zu renovieren. Meine Mutter hat fast einen Nervenzusammenbruch erlitten, als sie das hörte.«

»Wird sie dann wieder zu dir ziehen?«

»Nein. Dieses Mal ist Sebastian dran, das schwöre ich!« Außerdem war meine Wohnung inzwischen belegt, denn Harald und ich waren praktisch Tag und Nacht zusammen.

»Viel Glück!« Er lachte. »Und sonst? Hast du etwas Neues von Hanna gehört?«

»Natürlich. Ständig.« Seit Raphaels Abschied nervte sie mich zwar nicht mehr dauernd mit zweideutigen Ratschlägen, aber wir telefonierten weiterhin viel miteinander. Den größten Teil unserer Unterhaltung bestritt mittlerweile ich, denn ich konnte nicht aufhören, ihr von meinem neuen Glück mit Harald zu erzählen. Die Arme tat mir fast schon leid. Aber nur fast. Denn wozu waren beste Freundinnen schließlich da?

»Es geht ihr gut«, berichtete ich. »Der Winter hat in Kapstadt Einzug gehalten, und ihre Töchter sind beide erkältet. Aber davon abgesehen ist alles in Ordnung.«

»Magst du sie von mir grüßen?«

Ich warf ihm einen schnellen Seitenblick zu. Raphael grinste. »Ich kenne dich inzwischen sehr gut. Ich habe dein Gesicht gesehen, als du genickt und versprochen hast, die Grüße von Adam und Eva an deine Mutter auszurichten. Du wirst nichts dergleichen tun.«

»Ist das schlimm?«, flüsterte ich. »Bringt mir das im Himmel Negativpunkte ein?«

Er beugte sich zu mir. »Wir müssen es ihnen ja nicht verraten.«

»Alles klar!« Ich atmete auf. »Und selbstverständlich werde ich Hanna von dir grüßen.«

»Weiß sie –«, begann Raphael.

»Nein«, unterbrach ich ihn. »Ich habe es keinem erzählt. Nicht einmal Harald. Aber ich glaube, er ahnt etwas.«

»Und was machst du, wenn er doch noch einmal fragt?«

»Er wird nicht fragen.« Ich war mir ganz sicher. »Er vertraut auf meine Aussage, dass es besser ist, manche Dinge nicht zu wissen.«

»Gut.« Raphael schien erleichtert. »Dann kann ich jetzt auch loswerden, was ich noch zu sagen habe.«

»Und das wäre?«

»Erinnerst du dich an unseren Abschied? Als du mich gefragt hast, was ich künftig tun werde?«

Ich nickte.

»Ich weiß es jetzt.« Er ergriff meine Hände. »Theresa, vor dir sitzt dein neuer Schutzengel.«

»Nein!« Ich schluckte.

»Doch«, bestätigte er glücklich. »Mein Job beginnt irgendwann heute im Laufe des Tages.«

Wie auf Kommando ertönte »Glory, Glory, Halleluja« in seiner Jackentasche.

»Manche Dinge ändern sich nie«, seufzte ich. »Hast du schon wieder etwas falsch gemacht?«

»Nein.« Er schüttelte bedauernd den Kopf. »Aber ich muss gehen.«

»Darf ich dir noch eine Frage stellen?«

»Natürlich.«

»Werde ich mich an dieses Gespräch erinnern, wenn ich aufwache?«

»Ja.«

»Das ist gut, denn es gibt noch etwas …«

»Und das wäre?«

»Du hast mir ein Zeichen versprochen, wenn du deinen Job als mein Schutzengel beginnst.«

»Reicht dir dieser Traum nicht aus?«

»Nein. Ich möchte etwas Reales. So etwas wie ein plötzlicher Wirbelsturm oder ein Leuchten am Himmel.«

»Das geht leider nicht. Dazu bräuchte ich Petrus' Hilfe. Und es würde zu viele Leute erschrecken.«

»Hm.« Ich war enttäuscht. In den wenigen übersinnlichen Geschichten, die ich kannte, war das Wetter nie ein Problem gewesen. »Dann denke dir etwas anderes aus, das weniger auffällt.«

Raphael überlegte für einen Moment. »Wie wäre es mit dem Wiehern eines Pferdes? Das erinnert mich an einen wunderschönen Nachmittag.«

»So angenehm war dieser Tag nicht, jedenfalls nicht für mich.« Ich grinste, als ich mich an die schreckliche Reitstunde erinnerte. »Aber es ist irgendwie passend. Ich bin einverstanden. Wenn ich das Wiehern eines Pferdes höre, hat dein Dienst begonnen.«

In diesem Moment klingelte das Handy erneut.

»Jetzt muss ich wirklich gehen.« Raphael drückte noch einmal liebevoll meine Hand, flüsterte mir ein »Lebewohl!« ins Ohr und erhob sich.

Und dann, ganz plötzlich, war er verschwunden.

Ich erwachte durch laute Schnarchgeräusche. Haralds Gesicht lag an meinem Hals, und jedes Mal, wenn er ausatmete, pustete er mir warme Luft ins Ohr. Ich stieß ihn sanft mit dem Ellenbogen in die Seite, und das Schnarchen verstummte.

Gähnend drehte ich mich um und schloss die Augen. Doch dann fiel mir der Traum wieder ein, und ich richtete mich auf. Mein Zimmer lag im Dunkeln, die einzige Lichtquelle war der Radiowecker, der mir anzeigte, dass es kurz nach fünf Uhr morgens war.

Was für ein seltsam realistischer Traum! Ich hatte alle Personen genau vor mir gesehen und hatte selbst Raphaels Rasierwasser riechen können. Sogar die Unterhaltung war mir einigermaßen sinnvoll erschienen. Allerdings nur, wenn ich an Raphaels Geschichte von den Engeln glaubte.

Aber tat ich das nicht inzwischen sowieso?

Kurzzeitig erwog ich, aufzustehen und in meiner Handtasche nachzusehen, ob der Ring und das Handy noch da waren. Aber dann verwarf ich diesen Gedanken wieder. Das konnte ich später immer noch tun.

Für den Moment reichte die Erinnerung an den Traum, um mich wunschlos glücklich zu machen. Ich hatte einen persönlichen Schutzengel, der immer auf mich aufpassen würde. Außerdem lag der Mann, den ich liebte, neben mir. Ich wusste, dass auch er alles daransetzen würde, dass es mir gut ging. Zufrieden drückte ich meinen Rücken an seinen Bauch.

Harald grunzte und legte einen Arm über meine Schulter. Das Schnarchen ging von neuem los.

In diesem Augenblick wieherte irgendwo ein Pferd, und ich hob den Kopf. Hatte Raphael sein Versprechen tatsächlich wahrgemacht?

Sogar Harald wachte davon auf. »War das gerade ein Pferd?«, murmelte er verschlafen.

»Kann schon sein«, erwiderte ich leise und starrte in die Dunkelheit. Ob Raphael jetzt hier irgendwo herumschlich?

»Ein Pferd um diese Zeit?« Harald gähnte.

»Es ist schon fast halb sechs.«

»Trotzdem. Hier sind doch gar keine Ställe in der Nähe. Seltsam!«

Abermals wieherte das Pferd laut und deutlich.

»Das ist eindeutig ein Wiehern«, stellte Harald fest. »Sehr merkwürdig.«

»Schlaf weiter!« Ich strich ihm sanft über das Gesicht.

Er schüttelte den Kopf. »Jetzt kann ich nicht mehr einschlafen.«

»Soll ich uns einen Kaffee kochen?«

»Bekomme ich auch ein Milchbrötchen und die Zeitung dazu?«

»Gern. Mit Nutella?«

»Du bist ein Schatz!« Er drückte mir einen Kuss auf die Wange und zog mich ganz nahe zu sich heran. »Allerdings könnte das Frühstück auch noch ein wenig warten«, flüsterte er zärtlich. »Ich glaube, ich habe gerade eine bessere Idee, wie wir uns die Zeit vertreiben können.«

»Nicht schlecht«, murmelte ich, als er begann, die Knöpfe meines Nachthemds zu öffnen.

Flüchtig schoss mir durch den Kopf, was Raphael einmal über seinen Dienst als Personenschützer gesagt hatte. Ich konnte nur hoffen, dass er sich zu gegebener Zeit aus dem Zimmer zurückziehen und vor der Tür warten würde.

Doch dann war es auch schon vorbei mit dem Denken. Das Letzte, was ich hörte, bevor ich mich Haralds Zärtlichkeiten hingab, war ein erneutes Wiehern.

Dieses Mal klang es wie ein fröhliches Lachen.

Ein himmlisches Dankeschön an meine ganz persönlichen Engel

Dies ist schon mein drittes Buch.
Es wird höchste Zeit, mich bei all den Menschen zu bedanken, die mir das Schreiben ermöglichen, mich inspirieren, mich ermutigen oder auf jede andere erdenkliche Weise unterstützen.

Ein pauschales »Dankeschön« geht zuerst an alle die Menschen, die mir – zugegebenermaßen ungefragt – ihre Vornamen zur Verfügung gestellt haben. Ich kenne zwei Theresas (Mutter Teresa mal nicht mitgerechnet), vier Sebastians (mit einem bin ich sogar verwandt), mehrere Steffis und einen Harald (vor dem habe ich allerdings so viel Respekt, dass ich ihn niemals mit Vornamen ansprechen würde).

Außerdem habe ich eine Mutter, einen Vater, einen Ex-Freund und bin schon diversen Flugbegleiterinnen, Finanzbeamten, Apothekern und Polizisten begegnet.

Ihnen allen kann ich versichern, dass ich mir zwar ihren Namen oder ihre Funktion ausgeliehen habe, ansonsten aber jede Ähnlichkeit rein zufällig und nicht beabsichtigt ist.

Denn: wenn ich eine Geschichte schreiben müsste, in der nur unbekannte Namen oder Berufe vorkommen dürfen, so käme dabei eine sehr dünne Story heraus (zum Beispiel die Liebesgeschichte zwischen der ukrainischen Unterwasser-

Schweißerin Uliana und dem Bernsteinschnitzer Brandon aus Botswana. Aber wer will so etwas schon lesen?)

Ein weniger pauschales, aber dafür umso herzlicheres »Dankeschön« geht an:

- meine Agentin Petra Hermanns, meine Lektorinnen Kristine Kress, Marion Vazquez und Gisela Klemt und alle anderen Damen vom Ullstein Verlag. Danke, Ladies!
- alle Leserinnen, die mir per Mail, im Internet oder während einer Lesung ein direktes Feedback gegeben haben. Danke, und macht weiter so!
- meine Freundinnen, die dafür gesorgt haben, dass ich mir ab und zu eine Auszeit vom Schreiben nehmen konnte. Danke, dass es Euch gibt!
- meine gesamte Verwandt-, Bekannt- und Nachbarschaft, die meine Bücher an alle möglichen Leute verschenkt haben. Danke, dass Ihr meinen Umsatz so kräftig angekurbelt habt!
- meine Freundin Kathrein, die mir mit ihrem wunderschönen Haus in Somerset West die perfekte Kulisse für diese Story geliefert hat. Ich freue mich schon auf ein Wiedersehen am Kap!

Und natürlich danke ich den vier wichtigsten Menschen in meinem Leben:

- meinem Vater, obwohl er zugegeben hat, dass er noch keines meiner Bücher gelesen hat;
- meiner Mutter, die dafür schon alle Bücher mindestens dreimal gelesen hat;
- meinem Mann, der gar nicht gefragt wird, sondern immer als »Erst-Leser« herhalten muss;

- und meinem Sohn, der die Bücher seiner Mutter in spätestens fünf Jahren vermutlich furchtbar peinlich finden wird.

Euch vieren kann ich gar nicht genug danken. Ich liebe Euch!

Heike Wanner
Der Tod des Traumprinzen

Roman
Originalausgabe

ISBN 978-3-548-26806-4
www.ullstein-buchverlage.de

Silke Sommer, sechsunddreißig, geschieden, lebt zufrieden mit ihrer Katze Gurke zusammen. An ihrem Geburtstag wird sie mit ihren Teenager-Tagebüchern aus dem Keller der Eltern überrascht. Und Silke liest sich gebannt fest. Da sie gerade nichts Besseres vorhat, hört sie auf ihre besten Freundinnen und macht sich auf die Suche nach drei ehemaligen Traumprinzen ihrer Jugend. Was einmal so hinreißend war, kann ja so schlecht auch heute nicht sein. Oder doch?

Markus Götting
Nachts im Sägewerk
Die chaotische Liebesgeschichte eines Schnarchers
Originalausgabe

ISBN 978-3-548-37352-2
www.ullstein-buchverlage.de

Markus ist ein Schnarcher. Ein Terrorist der Dunkelheit: Er schnarcht nicht nur manchmal und ein bisschen, sondern IMMER und LAUT. Was ihm das Single-Dasein erleichterte (keine Frau lag nach einem One-Night-Stand morgens noch neben ihm), wird zum echten Problem: Denn Markus hat sich in Lena verliebt und möchte nichts lieber, als mit ihr die ganze Nacht zu verbringen. Doch sein Schnarchen ist ein Beziehungskiller, und so beginnt für Markus eine absurde Odyssee durch Apotheken, Arztpraxen und Schlaflabors …

»Markus Götting ist wahrscheinlich die unterhaltsamste Schnarchnase Deutschlands.« *Jan Weiler*

Bettina Haskamp

Alles wegen Werner

Roman

ISBN 978-3-548-28184-1
www.ullstein-buchverlage.de

Nach dreißig Jahren endet Claras Ehe mit einem Knall: Ehemann Werner wirft sie aus der Luxusvilla am Meer und verschwindet mit einer schönen Brasilianerin. Was Clara noch bleibt, sind Rotwein, Verzweiflung und ein übergewichtiger Hund. Kann es überhaupt ein Leben jenseits von Werner geben?
Ein herzerwärmender komischer Roman über eine Frau, die durch den größten anzunehmenden Unfall in ihrem Leben zu sich selbst findet.

»Ein bezaubernd witziger Roman!« *Lisa*

Filterkaffee trifft Latte macchiato

Florian Beckerhoff
FRAU ELLA

Roman

ISBN 978-3-548-28276-3
www.ullstein-buchverlage.de

Frau Ella, rüstige 87, soll am Auge operiert werden. Völlig unnötig, findet sie. In der Klinik begegnet ihr zum Glück der junge Sascha, befreit sie aus den Fängen der Ärzte und quartiert sie erst einmal bei sich zu Hause ein. Nur für eine Nacht, glaubt Sascha. Doch dann kommt alles anders. Ein humorvoller und warmherziger Roman über eine ungewöhnliche Freundschaft.

»Mit sensiblem Humor erzählt Florian Beckerhoff die Geschichte einer ungewöhnlichen Begegnung. Ein Buch, das dem Leser zu Herzen geht.«
Für Sie

JETZT NEU

Aktuelle Titel | **Login/Registrieren** | **Über Bücher diskutieren**

Jede Woche vorab in einen brandaktuellen Top-Titel reinlesen, …

… Leseeindruck verfassen, Kritiker werden und eins von **100** Vorab-Exemplaren gratis erhalten.

vorablesen.de